倾城时光，与你共享

Share best time with you

何乐逸 著

内蒙古出版集团
远方出版社

图书在版编目(CIP)数据

倾城时光，与你共享 / 何乐逸著 . —呼和浩特 : 远方出版社，2016.1

（紫水晶情感小说系列）

ISBN 978-7-5555-0626-3

Ⅰ . ①倾… Ⅱ . ①何… Ⅲ . ①长篇小说—中国—当代 Ⅳ . ① I247.5

中国版本图书馆 CIP 数据核字 (2016) 第 022766 号

倾城时光，与你共享

作　　者	何乐逸
责任编辑	蔺　洁
出版发行	内蒙古出版集团　远方出版社
社　　址	呼和浩特市乌兰察布东路 666 号　邮编 010010
电　　话	（0471）2236471 总编室　2236460 发行部
经　　销	新华书店
印　　刷	北京富达印务有限公司
开　　本	650 × 940　1/16
字　　数	167 千
印　　张	16
版　　次	2016 年 3 月第 1 版
印　　次	2016 年 3 月第 1 次印刷
标准书号	ISBN 978-7-5555-0626-3
定　　价	29.80 元

引　子

朝阳以温柔的方式，一寸一寸地照亮这个被世界誉为音乐之都的城市。

多瑙河上细碎的光点不断地闪烁，仿佛坠入河中的亮星星，耀眼夺目，蜿蜒流淌的河水正演奏着一段段大自然所赋予的独特音乐。

连绵起伏的东阿尔卑斯山支脉林山伸展于西郊，大片大片的绿林像是一排排卫士，山的西面是华丽的住宅区，建筑风格大同小异的花园以及美不胜收的葡萄园。

金碧辉煌的金色音乐大厅，此时寂静无声，与音乐会上的富丽堂皇截然不同，像是一个正在沉睡的公主。屋顶上竖立着许多音乐女神的雕像，这仿佛是这座最古老的音乐厅向世人展示历史所留下的变迁。

第六区，一辆豪车慢慢驶入玛利亚·希尔夫大街，车身被擦得锃亮，在光线作用下，闪耀得让人睁不开眼。两旁绿树成荫，一间间名品店像是加长版油画映入眼帘。

车缓缓地停下，一名身着西装革履，金色头发的司机恭敬地打开后车门，一双穿着黑色高跟鞋的脚迈出，简单修身的黑裙，衬出凹凸有致的身材，白皙的手指上，一颗三克拉的钻戒尤为突兀，每一个菱角都在绽放光芒。

“白小姐，那女孩已经跟了我们三天了，确定随她吗？”

白若岚摘下黑色墨镜，显出精致立体的五官，透过镜片看到有个小黑影在身后，嘴角勾起一个漂亮的弧度，瑰丽的双唇吐出两个字，“随她”。

她提着价值不菲的手袋，径自四处闲逛，当她大袋小袋的从 Hermes 名品店出来，看到身后的小黑影跟她四处跑，已经累得满头大汗。她让身边的助理送上一瓶矿泉水，只见那女孩不仅没有接受，反而气势汹汹地朝她走来，马尾辫随着步伐肆意甩动，黑白分明的眼睛里，散发出一种名叫怒气的东西。

“你早就知道我跟着你，对不对？”

白若岚面对突如其来的质问，从容淡定地说：“请问你有什么事吗，虞小姐？”

“你怎么知道我？”虞锦沫倒是愣了一下。

“……你这样很无礼，难道他就是这么教你的吗？”白若岚朝她走进一步，弄得虞锦沫一愣，随即马上反应回来，反驳道：“我也不管你为什么知道我，我就想告诉你，顾宏成是我的，你不准抢，我不管你是不是他未婚妻，我是最爱他的女人，我有的是时间陪你耗。”

白若岚打趣地说：“小姑娘家家的，整天脑子里都想什么呢？”

“你管我！”虞锦沫鼓起嘴巴，像是一只小青蛙。

白若岚淡淡地笑了，别开眼，望着远处的人群，而这种笑容让虞锦沫觉得很刺眼，“喂，你在笑什么？我跟你说的话，你听见没？”她忍不住拍了下白若岚的肩膀。

不明情况的司机一下子就拽住了她的手，凶狠地说：“你干吗？”

“我……”还未待虞锦沫说话，一声熟悉的男声从虞锦沫的背后发出声音，“你给我放开她。”

白若岚不动声色，一只手转动戒指，嘴角露出玩味的笑容。

迅雷不及掩耳之势，顾宏成已经来到虞锦沫的身边，拍掉司机紧抓的手，双眉紧蹙地问虞锦沫：“你没事吧？”

“顾……顾叔……你怎么来了？”虞锦沫瞬间没了刚刚的气势，连称呼都改变了，声音糯糯的像是受了委屈的小动物，不动声色地靠到他身上，一只手搂在他的腰上，双眼充满了挑衅地看着她，像是在宣示主权。

顾宏成在确定虞锦沫完好无损后，朝着白若岚点头，“她小孩子脾气，别跟她计较。”

“哪敢。”白若岚饶有兴趣地打量这俩人，“这几天她可辛苦了，回去多给她补补。”

“小孩子不就喜欢这样乱跑乱跳吗，让她动动也好。”

顾宏成句句都在维护虞锦沫，甚至有点理直气壮，她微微一笑，“逛半天了，我也累了，先回去了，你们慢慢逛。”

“那不送了，回头我再找你。”

她跟他们告别之后，走了几步回头，就看到阳光洒到他俩的身上，好似镀上一层金，往来的金发碧眼的行人仿若自动渐隐，顾宏成正满脸正色地教训虞锦沫。那女孩低着头，不时地揪揪他的袖子，偶尔顶几句，影子拖得很长，叠加、分开，那画面美得不可思议。

爱情本就是一件辗转千回的事，再怎么抗拒，都会像磁石一般，紧紧地将注定的人吸到一起。可以不相信爱情，但一定要相信缘分。

……

目录

第一章 往昔

很多人觉得爱情是一味中药，它的主要味道是苦涩，喝下去之后，才会慢慢地回甘，至于有没有副作用，效果如何，得看药引子的成分。

任何人这一辈子都要喝下去，哪怕再不愿意，都无法阻挡这命运。

全球深受2008年金融危机所创，在近几年慢慢回温的状态下，经济走向适度微调，但是PMI数据只是小幅起落，整体市场正在不断走强，一些公开经济指标也证实了这些，未来的经济走势会持续向上。

而就在这持续低迷的几年，顾氏集团却不断地收购其他倒闭企业，使其不断壮大，从总部维也纳遍布全球，这种发展速度不禁让媒体纷纷关注这集团究竟是何人操控。

然而顾氏董事长顾宏成却极为低调，且无各种八卦传闻，甚至无妻无子，这让各大周刊杂志对顾宏成不断进行猜测，他没有出面澄清过，于是关于他是同性恋这件事，也就在行业不胫而走。

即便如此，他在事业上的成就，仍旧是无数人所关注的焦点。

在 2009 年 12 月希腊政府公布政府财政赤字，从那之后，全球三大信用评级相继调低希腊主权信用评级，从而揭开希腊债务危机的序幕，并迅速连带性席卷整个欧洲。顾氏企业将核心项目转移到中国，且不断加大投资，令人唏嘘他的魄力。

不过，关于顾宏成的媒体消息报道不多，一是他不轻易露面，都是让有关负责人洽谈所有项目，二是据说他有特殊癖好，好像是从公司内部传出的。

究竟是真是假，就不得而知了。

十几分钟后，第一区的一栋雅致别墅内，花园里的植物享受着阳光的沐浴，细细碎碎的光线像是金沙一般洒进大厅。虞锦沫闷闷不乐地坐在沙发上，不断地用指甲抠真皮沙发，顾宏成站在她面前，伟岸高大的影子覆盖她大半，虞锦沫见状，不禁噘起嘴巴，将双腿搁到沙发上，抖啊抖……

沉稳浑厚的声音从她脑袋上传来，“锦沫，我跟你说过多少次，不要抖腿，不雅观。”

顾宏成刚想伸手将她腿拿下，瞄见她的眼神中闪过一丝狡黠，凝固在半空，然后收回手，加重音调，“听到没？自己放下来，不要再让我说第二次。”

“我……”虞锦沫欲言又止，见他拉下脸，便垂下睫毛，轻咬嘴唇，乖乖地坐好。

顾宏成见她变得这么乖巧，心底最柔软的那根弦瞬间被触动，叹了一口气，这丫头真的是越来越不能说，紧蹙的眉头舒展开，坐到她的身侧，揉揉她细软的发丝，“你就不能乖点吗？也要步入社会了，不再是那个还在学校里什么都不懂的小姑娘了。”

虞锦沫顺势靠在他的肩膀上，用小脑袋蹭着他的肩膀，略带撒娇地说：“我哪里不乖？喜欢你，想和你在一起，这就是不乖的举动吗？”

顾宏成沉下脸，慢慢地站起来，“我跟你说了多少次，我是你的长辈，再说了，我已经跟白小姐订婚了，你不要再说这种话。”

“不是不是不是！你是我哪门子的长辈？你跟我是有血缘关系还是有领养关系！？只不过是长我十一岁就非要我叫你叔叔，你不是不是不是！再说了，你又不喜欢白小姐，为什么跟她订婚？干吗要耽误别人！为什么……为什么……我这么喜欢你……你却……”虞锦沫委屈地看着顾宏成，使劲地眨巴眼睛，想挤出点眼泪，可是越急就越出不来。

他一言不发，眼里流淌过许多的情绪，却没有一样是虞锦沫可以解读的。她用软绵绵的身子抱着他，“顾叔，你是喜欢我的，对不对？”

顾宏成陷入一片沉默中，然后将她推开，一字一句地说：“别闹了。”

说完这句话，他便匆匆离去，步伐没了平时的稳重。

虞锦沫瘫坐在沙发上，感觉心底的那道门被狠狠关上，她用尽全力不断地扒开，扒开，这会儿眼泪倒是跟开了水闸似的，哗哗哗流出。这种喜欢像是着了魔，唯有他才可以填满，没有任何人可以替代，哪怕全世界的人都反对，她也要这么做，只是纯粹地爱他，没有任何杂质。

顾宏成一个人待在地下车库，从车子里找出一根香烟点燃，缓缓吐出烟圈，想来他已经好几年没抽烟了，因为她不喜欢，总是念念叨叨抽烟的不良影响，思绪拉得老远……

三年前，中国上海。

“顾总，关于明后天的行程，我已经安排好发到你手机上了。”朱秘书在手机那头公式化地报告，推了推黑色镜框，认真地看着电脑屏幕上的文档。

顾宏成坐在车子上，随意瞄了一眼膝盖上的笔记本电脑，对朱秘书说：“都给我推了，这两天我另有别的事，至于和富康集团的合作，排到下周一再行洽谈。”

“顾总，那这两天需要我安排什么吗？”

“不用。”

顾宏成有些疲惫地按了下睛明穴，闭上眼睛，脑子里浮现出早上与富康集团万磊的一段对话。

他背对着会议桌，透过玻璃窗俯瞰楼下的车水马龙，“虞氏怎么会在一夕之间宣告破产？”

“唉……虞克投资不当，把十几亿的资金通通投给了万富基金，谁知道那基金在欧洲乃至国内的项目全部崩盘，搞得他倾家荡产，夫妻双双跳楼自杀。一想到我妹妹这么年轻就死了，我这心就难受……本来我也想投一些，只不过我老婆不同意，所以就作罢了，不然现在富康集团，也就跟着破产了。唉，怎么会发生这样的事。”

万磊满脸哀愁，双指摩挲金丝眼镜，闭上眼睛叹声连连，话锋一转：“顾总怎么对虞氏的事这么关注？”

“随便问问，万富基金只是一个皮包空壳公司，只是没有想到居然能捞骗这么多大公司，甚至连赫赫有名的虞氏都被骗了，的确有些意外。”顾宏成面不改色地继续说，“那他们家还有其他人吗？”

“有，还有一个女儿锦沫，本来我想带过来寄养，可那小女孩性格比较刚烈，再加上突如其来的父母双亡，心理很难适应，在我家住了几天就和我老婆两人大打出手，最后我被迫把她送到学校寄宿去了。”

“嗯，是很可怜。”顾宏成语气轻淡，听不出喜怒。

这些片段慢慢地在脑中散去，紧接着出现，虞克满脸笑意地瞅着他，眼角皱纹越发的深，语重心长地对他说：“钱不是问题，你放心，好好读书，将来有作为才是对我最好的报答。”

“不，我不要，虞叔，你给我们的东西实在太多了，我不想再拿你的钱。”他倔强地说。虞克硬是将东西塞到他兜里，一张薄薄的支票，却重如千金。

他低着头不说话，眼中聚满泪水，小手紧紧握成拳头，那年他仅八岁。

虞克的身影渐渐淡化，淡化，直至消失不见。

顾宏成猛地睁开眼，对着开车的司机说：“掉头，去青诸大学。”

随即拨了章以南的号码，对那头说：“帮我仔细查一下虞锦沫的全部资料，还有上次让你查的虞氏的内部问题，你尽快。”

轰隆一声，雷声作响，天空迅速像是蒙上一层薄纱，一道闪电划过云霄，瞬间四分五裂，仿佛将天分割成几块，须臾消失，豆大的雨噼里啪啦地落下，顾宏成将车窗摁上，几滴雨水溅进车里。

雨势来得令人措手不及，行人纷纷四处躲避，道路两旁的大树被吹得狼狈不堪，叶子落了一地，甚至有几棵都折了枝干，这场雨似乎越演越烈，不断加大，青诸大学的第二操场上，早已泥泞不堪，一个女孩一屁股猛地摔倒在地上，泥巴沾得她满身都是，大雨淋得她睁不开眼。

“哈哈，摔倒了吧？虞锦沫，你有什么好拽！”葛微耀武扬威地瞅着虞锦沫，旁边女孩正替她撑伞，而在她身后还站着三个女孩，一副看好戏的模样。

葛微猛地踢了她一脚，“我爸爸在青诸大学可是赞助了图书馆的，你爸爸都破产了你还拽，你以为长着一张漂亮的脸蛋了不起？真以为自己是女神？看看你这副模样，女神经病吧！哈哈……”

几个女孩全都起哄笑了起来，虞锦沫低着头，看不清面容，任大雨不断地侵袭，头发湿成一缕一缕地挂在两侧，雨水顺着滴到了膝盖上，双手握成拳头，青筋爆出。

“哟，不说话了，虞锦沫啊虞锦沫，你倒是拽啊，你倒是装啊，你不是自以为可以吸引到很多人吗？你就跟你那没用的父母一样，早该见阎王了，活着干吗？”

“没用的父母才会养出你这样的乱勾引人的女儿！”

葛微说到后来眼神里充满了嫉妒，眼睛眯成一条缝，凭什么她能够拥有所有的东西，包括她的喜欢，真不甘心……

虞锦沫像是被电击一般，立马站了起来，抓起一把泥巴就往葛微脸上扔去，狠狠地瞪着她们，用尽全力在嘶吼：“不准你说我爸妈！”

声音响彻整个操场，几个女孩被震愣着，葛微被扔得满脸都是泥巴，不可置信地用手指一擦，看到满是泥水，“你敢扔我？你知道我是谁吗？我跟我爸爸说一声，你立马就要滚出这所学校。”

而虞锦沫对她的话置若罔闻，又蹲下捏起一堆泥巴不断地朝她们扔去，嘴里喃喃地念：“不许你们说我爸妈，不许你们说我爸妈，都给我闭嘴、闭嘴、闭嘴……”

“啊……”几个女孩受到她的袭击，均异口同声地大叫起来。

“虞锦沫疯了，你们还不给我赶紧把她抓住，叫什么叫！”

三个女孩纷纷上前去抓虞锦沫，没想到她像是一只失控的小狮子，不管不顾地乱咬，“啊……她咬我！”

“啊……”

四个人在泥巴里滚着，不断厮打、乱踢、谩骂，虞锦沫寡不敌众，最终被三个人按压在地上，任凭雨水不断拍打在脸庞，撑伞的女孩扯了扯正在用纸巾猛擦脸的葛微，“微微，虞锦沫被她们摁住了。”

葛微走到虞锦沫的身边，看着她满身污垢地躺在地上，抬手就落下一巴掌，“啪”的一声，“跟我斗？”

“轰隆隆”，整个天空又不安定了，葛微站了起来，“我们走！待会儿肯定又要打雷了，让她一个人在这等死吧！”

“对！”几个女孩满身污垢，纷纷站了起来。

顾宏成一来到操场上，就看到几个女孩像是从非洲难民营里跑出来似的，看见他过来了，立马一窝蜂地跑走，司机帮他撑着一把黑伞，轻声说：“躺在地上那位就是虞小姐，估摸几个人关系并不是……”

司机还没说完话，不顾雨势，顾宏成快步走到她的身边，此时虞锦沫双眼紧闭，整张脸都被污泥掩盖，连带头发都粘成一坨一坨的，整个人躺在地上毫无声息。

他伸手抱起她，虞锦沫缓缓地睁开双眼，那一霎，两个人彼此一愣，虞锦沫仿佛看到了他身上发出白色的光芒，耀眼夺目，好看得令人痴迷，她的嘴角满足地笑了，忽然眼前一片漆黑。

他焦急地喊："你怎么了？快，赶紧去把车子开过来，我们去附近的医院。"

"好！"

医院内，顾宏成在回廊里来回踱步，等待她的消息，医生从里面走出，他急急走上前询问消息："怎么样了？"

医生摘下口罩，"没事的，病人只是受凉了，有点小感冒，我们给她打了针，应该很快就会恢复，只不过怎么会搞得满身都是泥巴？是不是打架了？我让护士给她清洗了一下，现在在里面休息。"

顾宏成点点头，推开病房门，走到她病床前，黑眸波动了一下，这只小泥猫洗干净了，五官和脸蛋居然如此清丽，浓密的睫毛紧闭，跟刚刚满身污垢，只露出一双又大又黑的眼珠截然相反。

他不自觉地笑了笑，替她掖好被子，脑子里闪过一幕似曾相识的画面，曾经他也被几个同龄的小男生狠狠地殴打……

猛地，眼神中闪过一抹狠劲，"乖……等你睡醒，就再也不会有人欺负你了。"

位于上海郊区的一处别墅里，满屋子都是欧式风格的家具，镀金的吊灯、大理石地板以及墙壁上价值不菲的油画，都在宣示着主人的特殊，用人们尽忠职守地工作。

扶梯而上，二楼开阔明亮，红木地板被打扫得一尘不染，透着光亮。待病情稳定以后，顾宏成就把虞锦沫带到这里来了。

左边第一间房门微敞，虞锦沫正坐在床上，莫名其妙地望着四周，席梦思大床、淡蓝色的窗帘、书架上密密麻麻都是书。她不可置信地看了一眼身边的小熊，这跟她家里的是一模一样的，她来到人间仙境了吗？

她忍不住用拳头敲敲脑袋，记得她被学校的五朵金花拦截，葛微打了她一巴掌，雨下得很大，她们都在嘲笑她，甚至还骂她父母，一想到这里，她忍不住哽咽，全身蜷成一团，眼睛里噙着泪水，后来她就晕了……

等等，不对，好像还有一个男人，感觉是个相当严谨沉稳的人，高挺的鼻子，浓密的眉毛微微上扬，深黑色的瞳孔里泛着担忧神色，还有……

她好像把他干净的白色衬衫弄脏了。这究竟发生了什么？她究竟在哪里？

门被轻轻地推开，虞锦沫慢慢转头，瞬间傻了，看到脑海中的男人如此清晰地出现在眼前，不由得眼睛一眯，“你是？我认识你吗？”

顾宏成将一碗鸡汤端到她床头，温柔地揉了揉她的发丝，“趁热喝了，医生说你身体还很虚弱。”

虞锦沫满脸戒备地端过碗，犹豫了一下，迅速“咕噜咕噜”地喝下，将空碗递给他，“现在可以告诉我了吗？”

“真乖……”顾宏成满意地笑笑，“我叫顾宏成，你可以叫我顾叔，你的父亲虞克曾经在我最贫困的时候资助我，直到大学毕业，只是没有想到你们家会发生这样的事，你是他唯一的女儿，我理应照顾你。”

“就这样？”虞锦沫听完他的解释，一下子没有反应回来。

顾宏成双手一摊，“你还想知道什么？”

虞锦沫低着头，思索了一会儿，“没有。”

“你说谎！”顾宏成眼神炯炯，瞅着她，“我知道一下子很难让你消化这些，不过慢慢来。”

虞锦沫默不作声，一双小手揪着被褥，眼神别开，看向窗外的景色，几只小鸟正“叽叽喳喳”地在树上嬉戏，枝叶格外茂盛，看得出来主人是细心栽种的。

“我相信，真的。”她说到最后一个字尾音带颤，眼泪止不住流下来。看到她泪水滴落的那一刻，顾宏成没由来的心慌，“你别哭。”急急忙忙地抽出一张纸巾给她拭去眼泪，没想到他这么一弄，惹得虞锦沫哭得更为厉害，甚至放声大哭起来。

有时候，人就是这么奇怪，倘若委屈的时候，身边没有任何人，忍一忍就过去了，如果有个人在关心，就会让情绪波动更为严重。

这一刻，她觉得自己糟糕透了，而这种感觉是从未有过的，从小到大锦衣玉食，所有人对她和颜悦色，没有人敢让她吃亏，就连她做了什么错事，别人也会睁一只眼闭一只眼，从而造就了她冷傲骄纵的性格。

而这三个月来，她的整个世界都要崩塌了。她做什么错什么，即使什么都没做，也会被埋怨到她身上。所有的亲戚对她都是冷眼相待，甚至口出恶言。她不明白为什么会变成这样，可是事实却已经发生了。

她猛地扑到他怀里，眼泪鼻涕乱抹在他高档衬衫上，顾宏成拍拍她的脑袋，叹了口气，“如果，你觉得哭出来比较好受，那就哭吧……”

这一个明朗的午后，虞锦沫将憋了很久的委屈，倾数以哭声发泄出来，却只字未言，而顾宏成则是适时地安慰，并未阻止她，直到她哭得疲惫，才又沉沉地睡去。

顾宏成小心翼翼将她发丝撩到一旁，缓缓地给她盖好被子，走向房门口。章以南正倪头笑看他，“老大，你这是闹哪出？”

他并未多加解释，朝着书房走去，章以南跟在他屁股后头，继续问：“听朱秘书说你从青诸大学抱了一位女学生回来，难怪那么多商业女精英你都不多看一眼，原来是不合口味。”

他猛地转身，章以南猝不及防就撞上去，捂着额头说：“哎哟，老大，你转身前提醒一下，不然很危险！”

顾宏成脸上透着严肃，“嘘，她刚睡下，别说那么大声，有什么事去书房说。”

章以南压下满肚子的疑惑，跟着他进了书房，就见他轻手轻脚地将门合上。章以南忍不住翻了一个白眼，这书房离那小女孩的客房足足有十米的距离，况且这房子隔音效果这么好，他们就是在这打鼓，那边都未必能听得见。

顾宏成坐在办公椅上，满脸凝重地看着电脑，而章以南则坐在旁边的皮质沙发上，室内隐隐散发着一股子书香味。用人慢慢推开门，将两杯热腾腾的茶水端上，静悄悄地离去。章以南忍不住叫了一声：“老大……”

“你发过来的资料上，显示虞氏集团在投资万富基金之前，他们的资金链就出现了严重的问题，那他们为什么还要拿仅有的钱去投资？”

“那我就不知道了，没准他是想铤而走险，做最后一搏。”

章以南摊手，“不过还在调查中，这不是你急着要看最新的消息，我给你送来，说实话，我觉得这事还是比较蹊跷的。”

章以南走到顾宏成旁边，指着电脑说：“你看，虞氏怎么着也有三十多年的历史了，并且之前一直经营良好，就是在去年忽然出现问题，紧接着他马上就投资万富基金，企业直接破产，这速度实在是太快了，快得有点让人不敢相信。”

“所以，你认为这是有人在背后操作的？”顾宏成面无表情地看着电脑屏幕。章以南点点头，“但是我实在想不出来，谁要这么做，虞克还算是个不错的人，在业界内口碑不错，做这件事的人，肯定对虞氏非常了解，可是在他人缘都挺好的情况下，这……”

“很多事，不是我们看到的这样……”顾宏成意味深长地说，手指轻点了几下鼠标，屏幕上出现了一个带着金丝眼镜的老男人。章以南脸上露出了然，“你是怀疑万磊？”

“继续查。”顾宏成关掉电脑，将转椅一转，端起茶水轻啐一口。

“好，我会继续跟进，不过老大，那女孩究竟是谁？”章以南仍旧百思不得其解。顾宏成淡淡地抛出三个字：“虞锦沫。”

“哎呀，我算是明白了！她是虞克的女儿！老大，你跟虞克究竟是什么关系？怎么会这么关心虞氏，连她的女儿都带过来了？”

章以南是顾氏在大陆地区的负责人，除此之外，他还是顾宏成在美国念大学时候的学弟。在学校的时候，他就非常崇拜顾宏成，顾宏成不仅在学业上相当出色，在为人处世上，更是少见的厉害，不过虽然如此，但是章以南对顾宏成依然不了解，在他的眼里，顾宏成绝对是倘若不想说，谁都逼不了他的人，其城府实在难猜，一个不小心就被他给绕进去了，这让他对顾宏成十分敬重。

顾宏成一想到虞锦沫，眉角缓和，“我打算将她带在身边，她的父亲曾经给了我很大的帮助，我这辈子是没能报答他了，我感到很遗憾，所以绝对不能让他女儿流落在外。”

“老大，我没听错吧。”章以南嘴角忍不住上扬。

等虞锦沫醒来，已经是隔天的中午，她慵懒地扭了扭脖子，思绪慢慢回笼。

忽然，眼眸倏地睁大，连忙抓起放在床头柜上的手机，失神地看着：“我消失了两天，怎么学校都没有给我打电话？”

她立马拨了一个电话给沈青，其实虞锦沫在学校的人缘并不是很好，特别是女生缘，这可能跟她本身的性格有关系，不大合群，也不喜欢阳奉阴违，虽然长得漂亮，但却因为太过于特立独行，有点过于自我，没有人敢接近她，沈青算是跟她讲得来的同学，但关系也一般。

沈青正在学校里吃午餐，一看到虞锦沫来电，便匆匆从食堂跑出去，“喂，锦沫，你在哪儿呢？病好点了没？”

虞锦沫一下子也不知道怎么回答沈青这句话，连她自己也不知道现在在哪儿。奇怪，沈青怎么知道她生病了？于是她咳嗽了一声，“那个……我不见了两天，张老师有没有问起？”

“你病糊涂了？你家里人早就帮你请假了。对了，你和葛微的事已经传开了，张老师狠狠地训了她们五朵金花，她们现在特别同情你，老是跟大伙儿讲你的好。”

虞锦沫愣了，她哪里还有家里人？难道是顾叔？“这样就好，你跟张老师说我明天就可以来上课了。”

“好的好的。”沈青在电话那头热络地说。

虞锦沫有些不明白现在的状况，全身乏力地躺在床上，不过一想到这里不是她家，她便匆匆打开门，顺着扶梯往下走。她这一举动惊扰了楼下正在工作的用人，一位面容慈祥的中年阿姨笑盈盈地说：“虞小姐，你怎么下来了？”

“我……那个……顾叔在哪儿？”虞锦沫一下子对顾宏成的称呼叫不出口，支支吾吾半天说不出来话。中年阿姨笑眯眯地说：“他现在在公司开会，晚上会回家吃饭，你再等等……”

虞锦沫乖乖点点头，怯怯地四处望了一圈，便上楼去了。

晚上，顾宏成回来就听到用人报告，说虞锦沫下午就在找他，放下公文包，迈着轻快的步伐来到她房门口，敲了敲门。没过几秒门就开了，虞锦沫眨巴着大眼睛看着他，一时也不知道说什么，两两相望而无语。

顾宏成清了清喉咙，“听说你从下午开始就在找我？”

虞锦沫咬唇想了半天说：“顾……叔，我想回家了。”

顾宏成眼眸中的愉悦顿时散了，他掩饰得很好，并没有让虞锦沫发现，沉默不语地绕过她的身子，走到房间里，被褥折叠整齐，看得出来已经被她理过了，窗户大开，帘子随风飘荡，从内往外望夜空显得甚是迷人。屋子里微微透着沁凉，椅子有被移动的痕迹，“你刚刚坐在窗户上。”

很显然，这句话并不是疑问句，而是肯定句。虞锦沫有些疑惑地看着他，却也老老实实地回答他，“嗯，是的。”

“这里是二楼，下次不要做这么危险的事，小心点。”

顾宏成拉了一张椅子坐下，虞锦沫像是一个做错事的小孩子，点头如捣蒜，“哦，知道了。”等等，他说下次？还有下次？

她瞪大眼睛看着顾宏成，“我说我要回家！”

她说完这句话，顾宏成并没有回应她，“呼呼”的风声拍打着窗户，不知是不是心理作用，她感到身上冒出一阵鸡皮疙瘩，是风吗？还是他的眼神过于凌厉？

时间一分一秒地过去，虞锦沫差点以为他都不会回答，没想到终于开口，“锦沫，以后有我在的地方就是你家。”

这是第一次他喊她的名字，声音浑厚得醉人，却给她带来一个爆炸性的消息。她脱口而出，“凭什么？”

他拉长脸，一副不高兴的样子，虞锦沫吓得低着头，忍不住喃喃道：“我有自己的家，为什么要住在你这儿？况且我连你是谁都不知道。”

“你家在哪儿？”顾宏成叹了一口气，“如果可以送你回家，我愿意，如果你家都不在了，那么你只能待在我这里。”

虞锦沫听到这句话，失神了半天，的确，她家究竟在哪儿？

因为父母欠债，惹得她家的老房子都已经被卖了，只能寄住在舅舅家，可是舅妈跟她关系不和，于是又住回到学校的宿舍。她就像是一个圆滚滚的球，可以被推来抛去，事到如今，她还有自己的家吗？想到这里，她忍不住哽咽了，倔强地低下头，拼命眨巴着眼睛，努力抑制住泪水。

“可……可，你为什么要帮我？”虞锦沫拼命忍住，却仍旧在抬头那一霎，一颗豆大的泪珠滚出。顾宏成靠近她，温柔地帮她拭去眼泪，叹了一口气说：“我是你这个世界上，唯一可以相信的人，我说过，虞叔曾经不求回报地帮助过我，我自然不可能对你不管不顾。”

虞锦沫听到这句话，像是某根神经不对劲了似的，崩溃地大喊：“你们谁都说是我可以相信的人，根本就是在胡说！胡说！胡说！没有人……没有人……都不要我了，都是为了自己的利益……”

她情绪波动太大，跌坐到地上，顾宏成连忙手忙脚乱地上去抱着她，“别哭了，唉……”

看到虞锦沫这副样子，他忽然想到他曾经也是这样，自打母亲去世之后，不相信任何人，觉得所有人都是在为自己的利益而生活，他像是一个被世界抛弃的人，没有任何人要他，这份压抑感，一直在他三十年的时光里，像是一个巨大的包袱，沉沉地压着。他不希望她也变成这样的人，绝对不可以！

顾宏成紧蹙眉头，忍不住喊了一声：“别哭了！”

虞锦沫被这巨大的声音给震傻了，呆呆地朝着他看，眼眶红红的，脸庞上尽是泪水，像是一只受了委屈的小白兔，“你吼我，你居然吼我……嘤嘤……”

虞锦沫开始低低地哭起来，像是在无声地控诉，顾宏成忽然觉得这个小姑娘一点都不好惹，没有表面上看起来那么无害，“好好好，我不该吼你，是我的错。”

在顾宏成的再三安慰和解释之下，虞锦沫才停止了哭泣，一双水汪汪的大眼睛盯着他，说：“你的意思是我爸爸从你小时候到你读书毕业这段时间，都在金钱上资助你，所以你心存感恩，才会想要收留我吗？”

“是。”顾宏成被她折腾得没有办法，只能原原本本地将自己和虞父之间的关系，一五一十地跟她说。虞锦沫歪着小脑袋开始喋喋不休，“可是，为什么呢？我爸爸为什么要帮助你呢？世界上有那么多人，为什么唯独要帮你呢？”

“虞锦沫！”顾宏成有些不耐烦，因为从小到大的性格使然，让他不愿意过多地跟人交流什么，从来没有这么仔仔细细地跟一个人解释过。

虞锦沫睇了他一眼，“哦，不问了。”

“嗯，很好，从今天开始，你就待在我身边。”顾宏成鲜少有耐心地说得这么详细，而虞锦沫好像还是一副不领情的样子。“你还有什么问题？”

“你又不肯让我问。”虞锦沫轻轻地说，满脸委屈。

这会儿，顾宏成倒是说不出话了，勉强冒出一句，“下次再说。”

虞锦沫在私心里仍旧保持怀疑，只是像顾宏成所说的，她并没有什么后路可退。

青诸大学人文传播学院一班，学生们都在认认真真地看书，为了应对面临的期末考试，整个教室安安静静，没有一丝声响。虞锦沫也在兢兢业业地做习题，她绝对不想被他小看，原因是昨晚跟顾宏成的一段对话。

顾宏成看了一眼正在埋头吃饭的虞锦沫，“算算时间，你也快期末考试了，我看了一下你以往的成绩，全班前二十名是没问题，只不过全班前三名才有奖学金。”

“……前二十名也是不错的。”虞锦沫倒也是个有考试天赋的人，很多东西看几遍就能记住，只是在学业上有些松散，并没有多认真，顾宏成叹了一口气，“不错是不错，只不过你父亲、母亲都是名牌大学毕业生，而且读书的时候，年年都是第一二名，你这么不上进，好吗？再说，你难道不想要考研吗？一般学校的研究生遍地都是，如果是知名大学的可就不一样了。到了我这个年龄，你就会知道人际圈、世界观是完全不一样的……”顾宏成尾音拉长。

正在喝西红柿蛋汤的虞锦沫听得一呛，“你说什么呢！”

顾宏成被这场景惹笑了，“好好好，我什么都没说，你考得上也好，考不上也罢，反正也没事。”

用人上前将她桌子上的污垢清理干净，虞锦沫直直地盯着他，“……你存心的。”

顾宏成嘴角上扬，“没……”

“故意的……”虞锦沫动作维持不变。

“没……”顾宏成仍旧一个单字。

虞锦沫轻轻“哼”了一声，顾宏成淡定下来，将碗筷递给用人，擦擦嘴角，“我上去办公了，小姑娘家家疑心病这么严重，说到底还不是为了你好吗，但是实力不行的话，也就算了，没事的。”

虞锦沫朝着他的背影，做了一个鬼脸，心中暗暗下决心。

沈青就坐在虞锦沫的前座，她一回头就看见虞锦沫正在认真做题，忍不住问：“锦沫，你现在住在哪儿？”

虞锦沫因为家里破产的原因，住回了学校宿舍，被分到了沈青的那间，而就在前几天，她忽然搬走了。

虞锦沫抬起头，“我住在我叔叔家。”的确是叔叔，自打她住他家之后，一直都在叫他顾叔。

“这样啊，那就好，我还以为……”沈青瞄了一眼在教室门口的葛微，虞锦沫立马就问：“以为什么？”

“以为……”沈青的声音越发地轻，用小手在嘴边拱起，“五朵金花说你被一个老男人给包养了。”

虞锦沫听完这话，瞬间石化了，过了会儿才反应回来，怒气冲冲地说：“她们有完没完！怎么这么说话！我又跟她们没有仇，凭什么诬陷我！还老男人！我呸！”

老男人说的是顾宏成？奇怪，她们几个怎么知道顾宏成的？

她的脸蛋被气得通红，猛地站起身子朝着葛微走去。

葛微正在走廊上跟别的班的同学有说有笑，虞锦沫立马上前质问：“葛微，你无缘无故造谣生事干什么？”

葛微一看到虞锦沫那副气得要爆炸的样子，嘴角勾起一抹不屑的笑容，“难道我说的是假的？你没有跟那个老男人住在一起？啊……”

“啪”的一声，她狠狠地甩了葛微一巴掌，眼神中充满了鄙夷，葛微白皙的脸上多了一道红印子，傻在那里，似乎没有想到虞锦沫会在大庭广众之下这么做。

“闭上你那不干净的嘴巴，否则我绝对要你好看！”虞锦沫撂下这句话便跑走，葛微整个人气得发抖，“我倒是要看看，谁让谁好看。”

午间，虽已经进入初夏阶段，不过却燥热得仿若盛夏，食堂里的冷气早已打开，以供学生们能够安心用餐，虞锦沫大口大口地咀嚼红烧肉，吃得美滋滋的。青诸大学的伙食在全国都是有名的，其厨师在国内数一数二，绝对不会出现菜里出虫子、苍蝇之事，所有的食材都是经过严格挑选，在各大高校中都是远近驰名。

她有些口齿不清地说：“葛微是怎么知道什么老男人的？真古怪。”

“不清楚，不过她家这么有钱，想查应该没什么难处。”沈青在一旁小鸡啄米般吃饭，虞锦沫因吞咽得太快，一下子被噎住了，拿起一瓶矿泉水灌下去。

“咳……”终于全都吞下去了，她的小脸涨得红彤彤的，“也是，搞不清楚，她神神道道的，为什么一直都看我不顺眼，平时又没什么仇。”

沈青柔柔地问：“锦沫，你真的没有吧？”

“怎么可能！我真的不知道她在说什么，那个人是我的叔叔。”虞锦沫忙解释，沈青点点头，“真的有那个人啊……不过我相信你。”

沈青这话怎么听都让她觉得，好像葛微说的是真的似的。

她眼睛一眯，就看到沈青脸上露出和善的微笑，一抹阳光袭来，衬得两个人的影子拉长，桌子上虞锦沫的手微微松开，而沈青则是捏成一个小小的拳头，偷偷地伸到桌下。

与此同时，比起学校里的舒适，外面的世界可就残酷多了。

骄阳似火，人潮汹涌的马路两旁，尽是一些叫卖的小摊贩，头顶烈日，满身汗水淋漓地叫唤，时时刻刻提防着城管来收摊，而在这不远处，隔着一条街便是最高档的写字楼，光顾氏企业就占了十八层。

电梯“叮咚”一声开启，停在顾氏企业所在楼层，第二十八楼。万磊焦急地从电梯里走出，直奔总经理办公室，连门都没敲，就直接推入，正在伏案看文件的章以南，并没有抬起头，而是继续忙着手头上的事。

“章总，这为什么不跟我们继续续约？”万磊不是愚笨的人，一看到章以南这副波澜不惊的模样，心中便有了一些底。

章以南慢慢抬起头，身影投射在电脑屏幕上，“万总，商场如战场的道理，我想你应该不会不知道，古往今来不继续合作有各式各样的原因，但是最大的原因肯定是我方并没有感到利益最大化，不过，这也是相对的。”

“凭什么，富康和顾氏一向都是合作愉快，而且我们的价格也已经非常优惠了。”万磊眼中闪烁着一束火焰。

章以南笑而不语，“万总，倘若我是你，绝对不会在这儿研究什么为什么，既然事情已经发生，自然是将公司的损失降到最低不是吗？何必计较这么多呢？”

“好，那你能否告知，跟你们新签约的公司是哪家？他们是什么价位？”万磊忍住心中的怒火，仍旧好声好气地问。章以南摆摆手，“无可奉告，过一阵新闻上自会告知。”

万磊被气得不轻，转身急于离去，章以南喊住他，“等等……”

章以南缓缓地走到他身边，“万总，我想说一句局外话，出来混总是要还的。”说完，他神秘莫测地一笑，万磊听得一头雾水，“章总的意思是？”

章以南咳嗽一声，“我是劝你，从我这走了，别又跑到顾总面前，结果都是一样的，别白费心机了。”

“那……”万磊不明所以地问，章以南冲他挥挥手，“不送。”随即走到办公桌上，摁下秘书室电话，“张秘书，进来送万总出去。”

“你……”万磊见到此情此景，深知再留下也无意义，碍于顾氏在国内外的业务都极其庞大，也就不好发作，只能憋着一肚子闷气被秘书请出去。

章以南见万磊离去了，走向办公室的柜子，将其打开，里面其实是一个小型客厅，玻璃桌、红木椅、一整排一整排的书架，一应俱全。顾宏成正坐在椅子上喝茶，章以南发出“啧啧啧”的声音：“老大，他真的找上门来。”

“他不会这么善罢甘休的。”顾宏成嘴角勾起一抹笑，章以南这会儿倒是迷糊了，“我真不明白，其实他们公司价钱合理，而且是长期合作的，为什么选择另外一家公司呢？即便他有可能是虞氏的幕后黑手，可这样做，是不是……”

“万磊的野心可不是我们现在所看到的这样，趁他现在并没有能力反击的时候铲除，说不定对我们来说，倒是一件好事。”顾宏成喝了一口茶，“继续盯紧他，看他接下来会怎么做。”

“是。”章以南点头，顾宏成话锋一转，“上次我让你查锦沫在学校里的事，情况怎么样？”

章以南不禁失笑，“老大，你真的是要为虞家鞠躬尽瘁。”

他感受到顾宏成的冷眼，瞬间摇摇头，“没有，虞锦沫这女孩，平时在学校性格比较冷漠，加上之前家里情况比较好，与同学的关系并不融洽，甚至有点对立，上次的事，估计也就是小女生之间的争风吃醋。”

“嗯。”顾宏成淡淡哼了一声，听不出情绪，章以南拎不清顾宏成的想法，“那……”

“她还有一个月就过生日了，现在的小女孩都喜欢什么？”顾宏成看着章以南递交上来的资料问。章以南瞟了一眼他，清了清喉咙，“小女孩嘛，衣服、首饰、包包，或者是明星演唱会之类的，肯定都很喜欢。”

两个人吃晚饭的时候，顾宏成就觉得虞锦沫整个人闷闷不乐，也不吭声，一股脑地扒拉着碗里的饭菜。

他瞄了一眼她碗里的咕老肉和椒盐大虾，“注意饮食均衡，也多吃点青菜。”

“哦。”虞锦沫应了一声，顾宏成挑眉瞅了她一眼，心中暗忖虽然她平时也是比较拘束，所以话不多，可今天明显看出她有心事。

他不动声色地观察她的面部表情，虞锦沫一下子抬起头，满脸疑惑地说：“顾叔，我有这么讨人厌吗？”

顾宏成不动声色地给她碗里夹了一堆青菜，“还好，不讨厌，就是脾气有点拗，自我保护意识太强，对别人不大容易相信。”

“可为什么，我跟同学相处得不好呢？”虞锦沫连番的说辞让顾宏成不禁笑了，原来这就是她不开心的原因。“很有可能是你太优秀了，或者太差劲了，除此之外同等水平下的人，应该不会产生太多的排斥。”

“是吗？”虞锦沫似懂非懂地点点头，“那我应该怎么做？”

顾宏成想了一会儿，“做你想做的，何必去顾虑别人，并不是所有八面玲珑的人都能过得很好，也并不是所有不受欢迎的人就过得很差，都是相对的，你只需做好你自己，别的根本不是问题。”

虞锦沫豁然开朗地咬了下筷子，“你说得真好。”

“时间问题，随着你的年龄增长，也会慢慢领悟到的。”顾宏成放下碗筷，虞锦沫瞄了他一眼，觉得他的身影变得高大起来，嘴角不禁笑弯，身边待着一个全能的人，这种感觉真心不错，“那就要等很久啦。”

顾宏成故作生气地摸摸自己的脸蛋，“我有这么老吗？”

“……”虞锦沫笑了出来，也是。

虽然跟葛微有太多的不愉快，倒也没有让她搁在心里太久，或者说葛微打那之后，就像是销声匿迹似的，没有什么太大的动作，而虞锦沫也就安安心心地在学校里复习考试。

只是，似乎生活这种东西，并不是太会安静的，总会起一些波浪，哪怕只是涟漪。

图书馆里，书架上满满当当的全都是书，以极为标准的规格放置，像是一排排多米诺骨牌，空气中弥漫着一股油墨味。

附近的座位上全都是人，即使没人，椅子上也会叠满书。虞锦沫和沈青俩人早早就来到这里占位置，所以才有一席之地。

正当俩人一边看书一边做笔记的时候，王亦墨身穿格子衬衫，脸上带着清秀的笑容，悄然无息地走到虞锦沫的身边，准备下手一拍，却没想到虞锦沫早已先一步转头，他的手尴尬地悬在半空中，“你反应什么时候变得这么快了？”

“……废话，你影子那么大，我又不是瞎子。”虞锦沫指了指桌子上，王亦墨笑得有些不自然，“你看见我回来，怎么都不意外？”

王亦墨的家境殷实，家族企业全靠木材发家，已经做到全国连锁，这回他家里人把他送到美国培训了几个月。虞锦沫故作惊奇地说：“哇，原来你回来了！”

“虞……锦……沫……”王亦墨这三个字几乎是咬着牙说的。虞锦沫做出一个“嘘”的手势，“这是在图书馆，小声点，我早知道了，你朋友圈不都发了吗。”

“那你……那你……”王亦墨说了半天也没说出几个字。其实他想说的是，“那你怎么也没有给我留言”，只是这话到嘴边就说不出来了。

他在发朋友圈的时候，期望就是看到她的一个点赞或者回复，只是当发上去二十四小时之后，攒了一堆留言和赞，唯独没有看见她的，那时候失落的心情，仿佛这条消息从来没有发过，又或者是她看漏了，发的不是时间。

虞锦沫拍了他一下，“你什么……好了，既然你回来了，是要请我们吃饭吗？”

王亦墨不知不觉地脸红，“嗯，好。”随即转头看了一眼被忽视很久的沈青，“一起吧。”

沈青不作声地点点头，看着虞锦沫和王亦墨登对地站在一起，似乎眼睛里沾了好多的辣椒，刺痛、难过。

三个人找了学校附近的一家小馆子，据说这家馆子里的菜分量足，而且价格实惠。虞锦沫一坐下就像是一个饿死鬼一样，“哗哗哗”就点了一堆，沈青扯了扯她，“够了吧，这么多，我们也吃不下。”

虞锦沫看着自己点的菜单，吞了吞口水，可她哪样都不想删，“我好饿……”

“没事，我们不还在长身体吗，多吃点。”王亦墨又在菜单上写了几个菜名，才拿给服务员。虞锦沫笑了笑，“好吧，打从你第一天认识我开始，就应该知道我能吃垮你了。”

虞锦沫和王亦墨打从初中开始，便是同班同学，没想到高中、大学时，又能够考上同一所学校，所以两人的感情，比起其他人相对来说要热络点，再者两家父母在生意场上，曾经是很好的合作伙伴，所以王亦墨算是虞锦沫少数能够说得来的同学。

王亦墨笑眯眯地说：“那倒也不错。”

“砰”的一声，沈青的筷子掉到地上去了，她连忙俯下身子捡起，虞锦沫立马叫来服务员，给她换了一双新的，王亦墨便说：“哟，好久不见，你倒是聪明了不少。”

“本来就很聪明好不好。”虞锦沫装作生气地瞟他一眼，然后笑了出来。

两个人有说有笑，并没有注意到沈青的脸色有些不对劲，一顿饭全都是虞锦沫和王亦墨在对话，沈青鲜少插上几句。

虞锦沫的食量倒是不小，居然能够把这一桌吃得都差不多了，还吧唧吧唧嘴巴。沈青本来清瘦，也没吃进去多少，王亦墨带着她俩走出馆子，沈青笑得腼腆，“那我们回图书馆继续看书了。”

虞锦沫打了一个饱嗝，用手摸摸肚子，“不行，我吃太饱了，还是回教室休息一下，在图书馆大伙儿都那么认真，我都不好意思趴在桌子上了。”

“那我跟你一块回教室。”王亦墨不由分说地带着虞锦沫走了，沈青一个人走向图书馆，走到台阶处，拾级而上，居然有一棵小草在水泥上冒出，她看了一眼，狠狠地踩了一脚。

两个人优哉游哉地走在回教室的小道上，两旁密密麻麻的树木，枝繁叶茂，撑起一片又一片的绿荫。忽然，王亦墨开口，“锦沫，你家里的事，我都知道了，本来想让我爸妈帮你的，只是今年公司经营也是一般，所以……”

“我懂。”虞锦沫勉强撑起一个笑容，“你啊，别提这些扫兴的话，听得我都郁闷了，要说就要说点开心的事。”

“听他们说，你搬出学校了？那你现在住在哪儿？”

虞锦沫停下脚步，“你知道得挺快，我现在住在我叔叔家里。”

“叔叔，哪个叔叔？我不记得你有什么叔叔，是你舅舅吗？”王亦墨蹙眉看着她，虞锦沫淡淡地说：“你哪能了解我家全部状况，我有几个叔叔很正常吧？再说了，你知道我有几个舅舅吗？真是的，我现在很好，行了，别再问了。”

最后几个字，她说的尤为慢，甚至有点发怒的前兆。王亦墨喃喃地说：“我只是关心你。”

“好，谢谢。”虞锦沫嘴角露出一个灿烂的微笑，而在王亦墨看来这比哭还难看，很显然是她伪装起来的，她真的不喜欢别人再提她家里事，他作罢不语。

傍晚，洁白无瑕的云便像火一样鲜红，整个天空好似披上一层的金缕衣，一束束柔和的光从空中照射下来，大地仿佛涂上一层隐约的光芒，一直延伸到宁静的江水，上面闪烁着亮闪闪的金点。

岸上，便是错落有致的教学大楼，在夕阳的衬托下，显得格外庄严、壮丽，两个影子好像被拉伸了一样，一长一短。

“过几天就是虞锦沫的生日，我可以让她出来吃饭，到时候你应该知道吧？”沈青背朝着江边。

葛微莫名地笑了，眼神中带着一点点毒辣，“这个，我还不用你教，亏得虞锦沫一直当你是好朋友，如果被她知道，你几番三次在害她，不知道她会有什么表情，我真期待。”

沈青不禁咬了咬牙，她就知道像葛微这种老是觉得自个儿高高在上的人，肯定不会乖乖听话，“我这不是在帮你吗，不然她一直在，王亦墨就会一直无视你，你难道想这样？”

“屁，怎么可能！虞锦沫算是什么东西！”葛微啐了一口，慢慢靠近沈青，两个影子渐渐开始平行，她在沈青的耳边讽刺地说：“我妈妈告诉我，背叛朋友的人不可信，所以，我只会做认为对的事，你等着看。”

“呵呵……”沈青虚笑了一下，可表情却显得势在必得。

第二章　安全感

有时候，她会感到很孤独，像是一艘小船漂在海上，无人问津。

他像是一道光，将她从海域引领到岸上。

虞锦沫并不喜欢生日宴会，却在沈青的一再劝说下，甚至拉上王亦墨一起说服，答应请几个班里的同学一起到餐厅吃一顿，但仍旧对这事兴趣缺乏，主要是不大喜欢热闹的场合以及那些场合的人。

顾宏成知道这事之后，倒是出乎意外地支持，给她订了一家高级餐厅，还让朱秘书带了一批小礼服过来，供她选择。

只见用人将一件件礼服推上来，大多是从国外空运过来的，她跟着朱秘书绕着一排礼服走了一圈，心中仍旧忍不住暗忖，她是知道顾宏成有钱的，却没有想到这个程度似乎超过她所预期的，随意扒开一件礼服的水洗标，就知道全部都是奢侈品，预定一件就是很难得事情，更何况是送到眼前来挑。

“怎么样，喜欢哪一件？还是都不喜欢，换下一批？”朱秘书穿着一身职业装，笑眯眯地瞅着虞锦沫，眼角旁的皱纹清晰可见，不过却显得特别慈爱。

虞锦沫连忙摆摆手，“不用那么麻烦，留下那一件白的就行了。”她指了指左侧的一件，华伦天奴纯白的小礼服，上面镶嵌着密密麻麻的水晶，长至过膝，既俏皮又不失大方。

朱秘书点点头，“你们几个把白的那一件留下来给小姐换上，其他的撤走，换下一批。”

“朱秘书，不用这么麻烦吧？”虞锦沫瞬间呆愣住了，这还要下一批，只不过是吃一顿饭而已。朱秘书安抚地笑笑：“万一这件不行呢？总归是多看看比较好。”

……虞锦沫瞬间无语，在试了几件衣服之后，还是决定最初的那件白色小礼服，比较适合她这个年纪。

顾宏成因为公司忙，所以回不了家，虞锦沫这一天都没有看见他人影，不过倒也可以理解，他要是不忙的话，怎么会有这么多可以挥霍的金钱呢？不过他特意交代过，让司机开车送她去餐厅。

虞锦沫坐在车子后座，看着景色渐渐消失、出现，如此不断地循环。不禁小心翼翼地将头靠在窗户上，生怕弄到精心打理的头发，慢慢地闭上眼睛。她对顾宏成的感觉是非常矛盾的，有点敬畏、有点感激，可能是因为他工作比较忙，而她学业上也挺忙，所以两个人交流的时间并不是很多，虞锦沫有点期望知道将来会怎么样，只不过想多了，又怕只是空想，倒也没必要。

车子缓缓地停下，虞锦沫睁开眼睛，司机在前面按了一下后门开车键，她打开车门，就发现服务生殷切地扶她下来。在服务生的带领下，她来到了三楼的包厢，名为水榭楼台，一开门，果不其然，有一条潺潺的水流绕着餐桌直到墙壁，水质清澈见底，上面有几艘小船。

已经有几个同学三三两两地来了，沈青笑眯眯地朝着她走来，“你终于来啦！”

虞锦沫点点头，一一向班里的同学打招呼，他们几个就开始坐下来了，沈青的心情看上去比较好，一直“叽叽喳喳”的没完没了，虞锦沫只是淡笑应付。过了一会儿，王亦墨也过来了，穿着一件干净的T恤衫，简单的牛仔裤，看上去清清爽爽，特别舒服。

他坐在了虞锦沫身边的位置，看到她一身白色小礼服，眼睛笑眯眯地说：“你穿成这样特别漂亮。”

虞锦沫摇摇头，“还好，今天大伙儿都穿得蛮好看，沈青的那件不是也蛮好的吗？”

沈青一身粉色连衣裙，王亦墨瞄了一眼，点点头，继续跟虞锦沫说话。沈青的笑容有些僵了，转头与一旁的同学聊天，不时转头过来看看她俩。

不久，服务员端上一盘盘冷菜，热菜会经由小船从水流里漂过来，这就是这间水榭楼台的特色，虞锦沫之前只是听闻，但也没有想到过会在这里吃饭，毕竟这里高额的费用，并不是一般人家可以承受的。有时候，她甚至会觉得不可思议，为什么会有这样的餐厅。

就在她发呆地看着一艘艘小船的时候，三个不速之客出现在她的眼前，首当其冲的自然是葛微，还有五朵金花之二，这三个人会来，着实让虞锦沫惊讶了一把。沈青招呼她们三个坐下，又在虞锦沫的耳边轻轻地说：“锦沫，你不会怪我吧？我想大家好歹是同学，抬头不见低头见，不要闹得太僵会比较好，而且她也愿意过来，表示还是希望跟你冰释前嫌的。”

虞锦沫惊讶地说："没事，没事。"又狐惑地看了一眼葛微，自己上次这么狠狠地让她丢脸，葛微真的能当没事？不过一想到葛微好久都没动静了，估计是已经不介意了吧。

装着热菜的小船从水的头段漂到这边来，几个班上的同学忍不住惊呼："这样太棒了！"

"好拽的吃法。"

"我都没有吃过这个。"

虞锦沫默默地夹着自己碗里的菜，一言不发，可看到他们吃得这么开心，心底倒也泛着暖意。感觉到王亦墨一直在看着她，她抬头发出一个好奇的眼神，王亦墨摇摇头，低头吃饭。

大伙儿都吃得相当饱了，服务员就将十二层的大蛋糕推上来，大伙儿将灯光关掉，一下子整个室内只看见蜡烛的光。虞锦沫一吹掉蜡烛，大伙儿纷纷开心地说："生日快乐！十八岁了。"

然后以王亦墨为首，陆陆续续地送上自己的礼物，一直到沈青，"锦沫，生日快乐，希望我送的礼物你能够喜欢。"

虞锦沫收下礼物，笑眯眯地说："谢谢。"

最后，大家的目光齐齐看向葛微，她慢慢地走到虞锦沫的跟前，手里拿着一叠东西，递给虞锦沫。

虞锦沫刚想接过，就被葛微一把扔到地上，照片散落在地上，一张张清晰可见虞锦沫和顾宏成的画面，甚至有一张看上去极其暧昧的画面。

大家没有一个人说一句话，虞锦沫的脸色瞬间刷白，葛微脸上露出一抹得意，沈青用力抿嘴，止住上扬的嘴角。

"虞锦沫，据我所知，你根本没有所谓的叔叔，你爸爸是独子，这事你要怎么解释？"葛微一副看好戏的样子。虞锦沫一声不吭，似乎还没有从刚刚的事里缓过神。

王亦墨不可置信地看了一眼虞锦沫，出声呵斥，“你知道？你怎么知道？难道你查过她家的家底？”

葛微瞅了一眼王亦墨，看虞锦沫的眼神越发凌厉，“你看她，父母都破产了，为什么还能大手大脚地请我们吃饭？难道你们都不觉得奇怪吗？”慢慢捡起一张照片，“啧啧啧……你看你们哪里像……成何体统。”

“你胡说，你胡说……”虞锦沫肚子有一堆话，可是就是一个字都蹦不出来，只能喃喃地说，双眼瞪着葛微。

“是我胡说，还是事实如此？”葛微见到虞锦沫慌乱的样子，越发的自信。

“你是故意的！”虞锦沫狠狠地说，葛微嗤笑，“我故意什么，事实不就是这样的吗？你们说对不对？”

见到此情此景，大伙儿面面相觑，窃窃私语，有一个为首的男生说：“锦沫啊，我们要先回去了。”

还没等虞锦沫说话，几个人就逃难似的走了，葛微嘴角带着胜利女王的笑容，“那我也先走了，亦墨，一起吧？”

王亦墨看了一眼虞锦沫，她正失神地站在原地不动，直勾勾地盯着照片看，朝着葛微点点头。葛微的眼神里泛出一抹得意，两人一同离开，只剩下沈青一人，她轻声轻语地说：“锦沫，我也先走了。”

虞锦沫点点头，面无表情，沈青拿起包包，小心翼翼地关上门。虞锦沫猛地将桌子上的碗筷扔向已经紧闭的大门，“乒乒乓乓”的声音震得她回神，才知道自己刚刚究竟做了什么事，捂着脑袋跌坐到地上，忍不住低低哭泣。

顾宏成接到朱秘书的消息，匆匆赶到，打开门就见到地上一片狼藉，虞锦沫将头埋在双膝之间，像是一只可怜的小动物。他让服务生进来，将包厢里清扫一下，走到虞锦沫的身边，不由分说地抱起她。

虞锦沫迷迷糊糊地感受到一个温热的怀抱，惊了一下，拼命想挣扎，却被强大的手臂禁锢住，一抬头就看见顾宏成的脸，全身像是被按了暂停键，顾宏成立马将她打出去。

车子平稳地向前行驶，虞锦沫趴在车窗上，死活就不愿意说一句话，顾宏成叹了一口气，“你小心点，这样做很危险。”

他说完这句话，车子猛地一个转弯，虞锦沫就狠狠地磕到窗户上了，“呜……”

顾宏成迅速将她拽到身侧，虞锦沫嘟着嘴巴揉揉额头，他急忙问：“怎么样？你别用手捂着，我看看。”

虞锦沫看到他的神情，忍不住“扑哧”一声笑出来，顾宏成蹙眉地瞅着她，有些不解，掰开她的手掌，看到已经红肿地鼓起一个包，开始念叨：“怎么这么不小心，不听老人言，吃亏在眼前。”

也不知他从哪里就掏出一个淡绿色的药瓶，轻柔地给她抹药，虞锦沫将头靠在车椅上，额头上凉凉的，极为舒服。

“锦沫，刚刚发生什么事了吗？”顾宏成见她的情绪缓和下来，便开始进入正题。虞锦沫瞄了他一眼，小嘴一瘪，刚被埋藏在心底的委屈像是波涛汹涌的海水不断袭来，抿了抿唇，咽了一口，“其实……也……没什么。”

顾宏成的眼眸瞬间暗了，闪过一抹心疼，摸了摸她的发丝说：“有什么事，一定要跟我说，只要你想要的，任何事我一定尽力去办好，憋在心底是没用的。”

虞锦沫深深地瞅了他一眼，欲言又止，用指甲戳指腹，“没事，我知道了，顾叔，你不是在公司加班吗，怎么有空来这里？”

顾宏成叹了一口气，“有一个不省心的小朋友，把包厢给砸了，我能不过来看看吗？”虞锦沫不好意思地笑笑，“对不起，下次不会了……”

“真不知道是说你聪明还是傻。”顾宏成摇摇头，心情较为复杂。

沈青从餐厅里走出来后，就跟在葛微和王亦墨的身后，马路上车辆来来往往，一棵棵大树生机勃勃，沈青站在阴影下。她自知不如葛微家那么富裕，很多事则是必须要等待才可以，葛微一路上像是小鸟一样“叽叽喳喳”地说个没完没了，重点在于将虞锦沫贬了个彻底，惹得王亦墨连连皱眉。沈青忍不住偷乐，像葛微这样的人，的确是很能自毁，过于聪明就是笨，过于直白就是傻，刚好俱全。

“亦墨，我觉得像虞锦沫那种人，真的是恬不知耻。”葛微略带讽刺地说，王亦墨并不作声，葛微越说越过火，“唉，反正我看她就不是一个好人，才大一就做出这样的事，也不知道将来会变成什么样。”

“你去哪儿？”王亦墨话锋一转，葛微也没多加思考，脱口而出，“我回家。”

“这样，我去学校，你家在前面，学校往这边走，那我先走了，下次再聊。”王亦墨扔下这句话就跑走了，不顾葛微的叫喊。

沈青顺势跟上了他，王亦墨渐渐地放慢了脚步，沈青加快速度叫住了他，“亦墨！”

王亦墨的心情并不是很好，见到她也是板着脸，与沈青的笑脸盈盈形成鲜明对比。沈青先开口，“我相信锦沫是无辜的。”

“你……”王亦墨有些诧异地看着她，“事实不是摆在眼前吗？”

“可是人都是有苦衷的，你不觉得吗？”沈青盯着王亦墨直直地看，眼神里没有一点杂质，像是笃定相信虞锦沫。

王亦墨像是展开心扉地点点头，“你说的是，我也是这么觉得，锦沫不像是做这种事的人，只是事实摆在眼前，你看她的表现不像是无辜的。其实，对于我来说，跟她认识那么多年，好像从来没有了解过她。”

“因为你喜欢，所以才觉得这样吧？”沈青忍不住冒出一句。王亦墨吃惊地看了沈青一眼，傻呆呆地点点头，“你知道？也对，我表现得也够明显，旁人都可以看得出来，只是她不知道而已。”说完，他不好意思地挠着脑袋呵呵笑了。

“放心，我跟锦沫这么好，会旁敲侧击查清楚这件事的。”沈青笑笑，王亦墨感激地冲她一笑，“你真是个好姑娘。”

顾宏成将虞锦沫送回房间，顺手将手里的一个包装精美的小盒子递给她，嘴角勾起一抹好看的笑容，“生日快乐。”虞锦沫没有想到顾宏成会送她礼物，毕竟他给她的东西实在太多了，“这个……不用了吧？”

“你确定？免得将来后悔。”他扬了扬下巴，虞锦沫眨巴了一下眼睛，默默地将礼物收回，“那……等会儿让我先看看吧。”

顾宏成忍不住笑了出来，“好了，休息一会儿吧。”

虞锦沫轻手轻脚地将门关上，小跑到书桌前，将盒子打开，这下她真的愣住了，里面是一只钻石兔，在阳光的作用下闪闪发光，她眼眶开始湿润。

记忆的匣子仿佛一下子就被打开。早在一年前，这是虞母从欧洲给她定制的，因为她特别喜欢闪闪发光的东西，至于为什么是兔子，那纯属是因为那是她的生肖，所以珍惜。可当虞父负债累累的时候，已经连同房子全部被人收走，她根本没有时间去拿回来它，只能做个回忆。

他怎么会知道这只钻石兔的存在？

她的心口划过一股暖流，这是打从父母去世后，感受到的第一次幸福的感觉。

第二天，虞锦沫早早起床，顶着俩黑眼圈，嘴里咀嚼着面包。顾宏成看到她那副样子，沉着脸问："谁又欺负你了？"

虞锦沫摇摇头，"没有。"

"昨晚没睡好？"顾宏成又问，虞锦沫点点头，"顾叔，为什么你好像什么都知道似的。"

顾宏成自然知道她指的是什么，"那东西是我偶然间从朋友那看到的，应该是已经被拍卖了，然后被我朋友给买下而已，我想你应该还喜欢，所以就跟他要过来了。"

虞锦沫点点头，"圈子好小。"

她自然不知道顾宏成是千方百计查出来的，只是没想到被熟人买走了而已，说得风轻云淡只是不希望她太有压力，而这种压力他深有体会。

纵然虞锦沫有千百万个理由不想来学校，但是作为一名大一的学生，她必须要过来，不然这事肯定会越闹越大，只是当她走在校园里，仍旧有不少人对她报以看笑话的姿态，不断地在交头接耳。

她心底非常明白，这事已经传开了，通常一件好事的传播速度比较慢，但是一件丑事的传播速度简直是光速。她根本就没有勇气再回到那个群体，生怕看见的都是不屑和嘲笑，只能一个人躲在图书馆里看书。

会议室里，两台冷气呼呼直吹，没有一丝嘈杂的声音，顾宏成正在仔细听副经理讲财务报表，手中的钢笔不断旋转，脸上的神情极为严肃，副经理一边擦汗一边继续。这时候，他的手机开始震动，瞄了一眼，对众人说："暂停一下。"

顾宏成拿着手机出去，章以南笑眯眯地出来说："大家喝口水，待会儿继续。"

"张老师好，请问有什么事吗？"顾宏成站在会议室门口，语气不卑不亢。

张老师坐在办公室里，手里拿着学生通讯录，一听到顾宏成的声音，没由来地紧张了一下，"是虞锦沫的家长吗？是这样的，听今天的任课老师说，锦沫都没来上课，她是怎么了吗？"

顾宏成用手轻轻地滑了玻璃墙壁，眼睛一眯，"她今天有点感冒，所以才没来的，我公司临时有事情，所以忘记跟老师说了，不好意思。"

"没事，这样就好，害我还担心了一下怕她出什么事。"

"老师费心了，锦沫一直说被你照顾，非常不好意思。"顾宏成开始来回踱步。

张老师对着电脑笑眯眯通："哪里哪里，锦沫也是一个很听话的孩子，没事就好，那我不打扰了。"

顾宏成挂了电话，走进会议室，"章经理，接下来的会议由你继续，我有事出去一下。"

他交代几句就离去，会议室的气氛一下子轻松了许多，副经理偷偷地呼了一口气，这大老板的气场实在太过于压抑，在他面前真的是不容许一丝马虎，不然绝对是分分钟凌迟。

虞锦沫蹲在图书馆啃书，无视手机上十几个张老师的未接电话，一心只想当一只乌龟，可当看到顾宏成的来电，就淡定不下来了，硬着头皮接起，"顾叔，有什么事吗？"

"在哪儿？"顾宏成简洁明了，虞锦沫环视四周，"在教室。"

"那在图书馆里看书的人是谁啊？"顾宏成的声音越发接近，不像是从手机里发出的，她失神地将手机摔到地上，猛地转头，居然就在她身后。

她低着头，像是一个做了坏事的孩子。顾宏成高大的身子走到她的面前，"为什么不愿意去教室上课，而来这里看书？"

虞锦沫一声不吭，手指不断地揉拧书的封面，隐约之间，看到一个大掌袭来，忍不住闭上眼睛，没有感到疼痛，顾宏成只是抚摩她的发丝，坐在她的身侧。

因为学生都在教室里上课，所以整个图书馆空空如也，连管理员都很少出现。窗外柳树因风起舞，正不断地摆弄枝条，叶子发出"沙沙沙"的声音，两个人坐了很久都没有说话，顾宏成才开口，"也好，你要是不想去上课，就来这自习，我会跟你老师说的。"

虞锦沫没有想到等来的居然是顾宏成这句话，以为他会呵斥、教训她，可是都没有，只是顺了她的心愿。她忍不住瞪大眼睛，"为什么？"

"因为你愿意。"顾宏成笑了笑，虞锦沫不可置信地说："那我……那我……不想来上课也可以吗？"

"可以，只是你得在家里上课，我会请好的老师给你，我说过，你有什么想法都可以跟我说，闷在心里一点都不顶用，只会徒增烦恼。难道到这个时候，你还当我是一个陌生人吗？"顾宏成很有耐心地一字一句说，虞锦沫深深地看了他一眼，嘴里支支吾吾地说："葛微，她让我在生日宴会上出丑，说……说……"

"说什么？"顾宏成脸色很是不好看，虞锦沫像是下定决心般说出来，"她说我跟你是不正当的关系，还有一大堆被偷拍的照片，学校里的人都在用有色眼镜看我，我不敢去上课。"

顾宏成冷哼一声，虞锦沫一张小脸跟苦瓜似的，"所以，你才会偷偷来图书馆自习？"

"恩。"虞锦沫点点头，顾宏成拍拍她的肩膀，"以后，就待在家里上课吧，其他的事，我都会处理好，不用担心。"

顾宏成一手拎起虞锦沫的书包，一手将她拽到车子上，在车窗缓缓阖上的那一刻，虞锦沫嘴巴一撇，其实她对这学校是有感情的，一下子就变成这样，实在是不想，而这一幕也被顾宏成察觉到了。

晚餐时间，顾宏成因为在外开会，所以没能回来吃，但他特意吩咐朱秘书带着几位新老师跟她一起用餐，餐桌上尽是刀叉的声音，虞锦沫并不是个善于交际的主，所以都是朱秘书在说话，"那以后就需要几位老师多多关照了。"

"那是那是。"

"那肯定的。"

“朱秘书太客气了。”

虞锦沫只能在一旁干巴巴地笑，这一顿饭，也就在一种满是客套话的氛围中结束，直到朱秘书请司机送走几位老师，虞锦沫才真正地呼了一口气，她果然不适合这种场合。

“朱秘书，你和顾叔认识几年了？”用人们上来收拾碗筷，虞锦沫和朱秘书则移驾到沙发上，虞锦沫一手无聊地抓着葡萄啃。朱秘书笑了笑，“大概也有四五年了。”

“那你对他很了解吗？”虞锦沫歪着脑袋问。朱秘书摇摇头，“完全不，他这个人对其他的都相对冷血，可能是出生在单亲家庭从小就要照顾母亲，所以看尽冷暖，任何事都要靠自己，那么做事也就毫不留情了。”

“毫不留情……”虞锦沫听到这词觉得新鲜，在她的印象里，顾宏成倒不是一个严肃的人，甚至能够察觉到人心在想什么，适时地给予帮助，朱秘书叹了一口气，“没准，也就对你最好了。”

虞锦沫眨巴眨巴眼睛，“嗯，顾叔说我爸爸也是这么帮助他的，所以自然要对我好些。”

朱秘书笑了，“也对。”顾宏成对虞锦沫的关心，实在是面面俱到，令她忍不住唏嘘，比如在这个时候……

位于青诸大学不远处，有一家远近驰名的海底捞，附近的教师、公务人员、企业白领都喜欢在这个地方就餐。顾宏成提早让朱秘书订了一个雅阁，预定了一些平时吃不到的菜肴。当他一走进包厢里，就看到青诸大学的现任校长白子恩，正笑眯眯地望着他。

“老师，好久不见，近来怎么样？”顾宏成一坐下，就开始热情地发问。白子恩的头发上已经长出一些青丝，但精神矍铄，“挺不错的，你早先送了一堆补品过来，吃了果真效果非常好。”

白子恩曾经是顾宏成在高中时代的班主任，因他一直以来都是尖子生，对学业极为努力，白子恩相当看好这个学生，这几年来一直都有联系，两人关系相当不错。白子恩看了一眼顾宏成，“你小子，肯定是遇到事了，有什么就直接跟我说，还请吃饭，存心让我老头子不好过。”

“我想跟您打听几个人。”顾宏成从公文包里拿出两张照片，“一个叫作沈青，而另外一个则叫葛微，不知道您对她们的家底了解几分？”

白子恩拿过他手里的照片，推了推眼镜，“这个叫葛微的女孩我非常了解，她的爸爸是几家夜总会的老总，在我们学校赞助了一家图书馆，至于沈青，我得回去问问张老师，这是她的学生，她应该比较清楚。她们是做了什么事吗？”

“倒也没什么大事，如果老师不嫌麻烦的话，能否将她们的详细资料查一下发给我。”顾宏成嘴角一笑，白子恩笑了，“你小子就会打马虎眼，也行，反正你想说肯定会说，不想说的事，拿刀架在你脖子上，估计也逼问不出什么。”

“不过……”白子恩眼中闪过一丝精光，“我倒是听说，你资助了一个女学生叫虞锦沫，是我们这儿人文传播学院的学生。”

“不愧是老师，果然消息灵通。”顾宏成闪过一丝诧异，但很快就被掩盖住，“实话实说，他的父亲曾经帮过我很多，所以不忍心看到她这样。”

“我理解。”白子恩倒也没有多问，径自夹着碗里的菜。

回去的路上，顾宏成非要送白子恩回家，两个人在车上聊起大学时代的事，以及虞氏破产的一些事，白子恩忽然提起一个人，让他颇为意外，“说起虞克这个人，我倒也不是特别了解，不过她老婆万榕曾经是青诸大学的辅导员，我倒是知道一点。”

“她曾经是辅导员？”顾宏成手握方向盘，微微挑眉。

白子恩轻轻地“嗯”了一声，望着窗外闪耀的霓虹灯，思绪拉长，声音越发缓慢，“万榕在怀了女儿之后，就辞去工作，安心在家养胎了，哦……对了，听那一批同事说，他们俩感情并不是特别好，好像经常有点小摩擦……”

“这个……我也有感觉，的确是……那老师您……”顾宏成见旁边没有声音，转头一看，白子恩已经在副驾驶位上睡着了，他忍不住失笑地摇摇头。

没过几天，白子恩就把查到的资料拿给顾宏成，他在收到资料后，嘴角勾起一抹冷笑。按照白子恩对他的了解，估摸这小子应该是准备干点事，于是缓和地说：“小孩子打打闹闹，别弄得太过分。”

“行，我知道。”顾宏成嘴巴上是这么说。

可是没几天，白子恩就在新闻上看到上海几家夜总会已被顾氏收购，不少媒体猜测顾氏是否有转行的念头，也唯有他才知道真相。葛微也申请转学了，具体情况就不得而知，只是沈青却依旧风平浪静，总说暴风雨前夕是最宁静的。

天天有家庭教师给虞锦沫讲课，她倒也过得极为忙碌，这一点好像还超过了顾宏成，一天都在上课，下课之后还要写作业，为此顾宏成让用人们给她炖点补汤，只是仍旧没有改善她的黑眼圈，但是她仍旧不知道外面的世界变成什么样了。

直到接到张老师的电话，她正在书桌前仔仔细细地做题。

“喂，张老师？”

“锦沫啊，听你叔叔说你一直在家准备考试，偶尔也要来学校听听课，跟同学们交流一下，才能将知识学得全面。”此时，张老师正站在校长办公室里，白了恩正微笑地盯着她，却让她不禁冷汗涔涔，拿着电话的手都有点抖动。

虞锦沫倒是有些意外，没想到张老师会打电话过来让她去上课，她也很想回到学校的环境，想想人就是这样，在学校的时候感受不到好，等到真的没有再去，反倒是不断地在怀念那些时光，虽然并没有几个要好的朋友，只是那种氛围，仍旧是相当吸引人的。

她用手指摩挲手机壳，“嗯……只是……”

张老师明白了她的意思，立马说道：“班里的同学也不知怎么的，你看像葛微，居然一下子就转学了，唉……你还是过来吧。”

虞锦沫觉得有点不可思议，“葛微怎么就转学了？”

“是啊，我也觉得奇怪，还劝她不要转学，可是她非要这么做，她的父母也是强烈要求这么做，所以校方没有办法，只能批准了。”

张老师见白子恩满意地点点头，她舒了一口气。

虞锦沫思索了一下，便说：“好，那我明天来上课。”

“好的。”张老师挂下电话，叹了一口气。白子恩转过身看着墙壁上的油画，双手交背，稳稳地开口，“你是好奇我为什么让你这么做，对吗？”

张老师点点头，白子恩开始踱步，“顾宏成，也就是虞锦沫的叔叔，愿意给我们长期经济上的资助，那么我想完成他的一点点心愿，应该是没有任何问题的，你说对吗？”

“是，白校长说的对。”张老师连忙点点头。

白子恩倒也笑了，“其实，她们小孩子的世界，是太分得清对错了，而我们的世界，则是太混淆对错，只是还需要用我们的对错来决定她们的对错，所以张老师也别想太多，谁可怜谁不可怜，谁赢了谁输了，都只是一时的，懂吗？旁人无法决定，只需观看就好。”

张老师尴尬地点点头，最初她是同情虞锦沫，被一群学生这样攻击，她暗暗在帮助，可到后来，她发现葛微也挺惨，只是无能为力，所以，白子恩的话的确有一番道理。

虞锦沫一挂下电话，就立马“噌噌”地跑到书房，慢慢推开大门，里面传出顾宏成说话的声音，只见他正在对着电脑开视频会议，她悄悄地坐在一旁，听话地拿起一本书看。

顾宏成自然知道她进来了，看她乖巧地在一旁看书，嘴角似有似无地勾起一抹笑，加快谈话的速度。

过了十几分钟，顾宏成便关掉了视屏，看了一眼晃着小脑袋昏昏欲睡的虞锦沫，他扫了一眼书上面的名字看是财经报刊，忍不住摇摇头，这对一个大一的小孩来说，的确是有些困难。

虞锦沫慢悠悠地睁开眼睛，看到顾宏成正盯着她看，而电脑那头没有传出声音，立马走到顾宏成书桌前，高兴的心情溢于言表，“顾叔，我跟你说，张老师通知我去上课了。”

“哦？你不是不想去吗？”顾宏成故作不明白，慢慢地喝了一口茶说，“在家里不是挺好的吗，又不用那么麻烦，天天去上课。”

“可是……可是……我还是想去上课，张老师说葛微不知道怎么的就转学了，可能风言风语就过去了，所以，我还是想去上课的。”虞锦沫嘴里嘟嘟囔囔地解释，甚至不自觉地拿起手比画，顾宏成忍不住又笑了。

“好，想去就去。”顾宏成便好说话的应予了，这会儿虞锦沫有些不解地歪着脑袋说：“顾叔，你说葛微怎么会忽然就转学了，而且还在这个时候，好奇怪啊……”

“哪有这么多可以解释清楚的事，谁知道呢，不过我听说她爸爸的夜总会经营不善，刚好章经理想要收购，于是就合并到我们顾氏旗下了，没准是因为这样，他才想带着一家老小回老家吧，商场本来就是这样，可以一夜成富翁，也可以一夜成乞丐，你习惯就好。”顾宏成并不是特别想让她知道这些事，于是用一种很隐晦的方式告知。

虞锦沫眨巴眼睛，直直地看着顾宏成，没几秒，她点点头，“说的也是。”

顾宏成在被虞锦沫盯着的那几秒，有一种感觉好像被虞锦沫看透了什么似的，只是仔细想想倒也不大可能。

虞锦沫又回到了学校上学，与之前不同的是，再也没有任何人谈起她的事，甚至连异样的眼神都没有了，仿佛生日宴会上的事压根不存在一样，只是仔细感觉一下，会渐渐地发现，并不是消失了，而是装作不知道而已，只是她没有刻意去纠结和询问这件事，内心还是逃避，没有勇气知道而已。

王亦墨对她的渐渐疏远，让虞锦沫有些不适，想到曾经是那么要好的朋友，如今反倒是跟沈青较为熟稔，的确是有点难过。

“王亦墨，我们傍晚一起去图书馆看书吧。”虞锦沫笑眯眯地对他说，而王亦墨则是一副爱理不理的样子，淡淡地说："再说吧，我可能还有点事。"

虞锦沫撑起一个僵硬的笑容说："没事。"

然而，到了傍晚的时候，她却在校园的小道上看到沈青和王亦墨有说有笑地走过，而两人要去的方向则是图书馆。

这种感觉让她相当不舒服，只是想想又觉得情有可原。

诸如此类的事，不断地在发生，而虞锦沫也只能从最初的难过，到后来的慢慢适应。

倒是和顾宏成，随着种种的事情发生后，她渐渐地对顾宏成放下心防，胆子慢慢变得大起来，越来越露出她的本性。顾宏成倒是乐见其成，他并不希望两个人特别严谨拘束地过日子，那样显得极其不舒服。

晚上七点整，街道上的车流依旧不减，虽天还未全黑，不过一些商店早就将霓虹灯打开了，虞锦沫背着一个书包站在顾氏企业的楼下，心中纠结万分究竟要不要上去。

这事得要回到三天前的晚上开始说起，虞锦沫一个人躺在床上数水饺，却怎么都睡不着，原因在于隔壁间的顾宏成还在加班没有回来，二楼就住着他们两人，她想到空荡荡的就只有她一个人，心底不禁开始发慌。自打父母去世之后，她一个人待着的时候，就会不断地想起过去的种种，以及那天的事，于是将房间里所有的灯都开起来。

可她怎么都睡不着，抱着柔软的被褥不停地滚来滚去，这样折腾到一两点，她的精神仍旧非常好，直到听到楼下车子的声响，匆匆爬起，一见到顾宏成的人影正在楼下，止不住的开心，连拖鞋也没穿就赶紧往楼下跑。

顾宏成一进大门，“咚”的一声，一楼大厅的灯全亮了，虞锦沫穿着小熊睡衣就直奔他过来，脸上笑盈盈的，“顾叔，你回来啦！”

“你……怎么还不睡觉。”顾宏成在加班过后，有些疲惫，再加上看到她大晚上都不睡觉，语气就有些过重。

虞锦沫被他这么一说，一下子整个人定在原地，瘪了瘪嘴巴，语调有些委屈，“没……没……”

顾宏成见她一下子就变成这副模样，心里叹了一口气，习惯性地伸手摸了摸她的脑袋，不禁放柔语气，透着丝丝沙哑，“怎么到现在还没睡觉？是发生什么事了吗？”

虞锦沫小脑袋一扭，似乎有点在赌气，“没有，我上去睡觉了。”特有范儿地就自个儿走上楼去了。顾宏成不禁摇摇头，露出无奈的笑容。

果不其然，虞锦沫第二天开始就不怎么跟他说话，即使他问她，她也是不冷不热地回一句，为此，顾宏成特意让用人做了一桌子她喜欢吃的菜，好声好气地哄了她一遍又一遍，她才嘟嘟囔囔地说：“我不敢一个人在家，我怕想起一些不开心的事。”

顾宏成一下子就明白她说的意思了，可他公司里的确事很多，于是有两个建议：“如果可以带回家的工作，我尽量都带回来，如果不行的话，你可以去公司找我，顺便可以在公司看看复习资料。”

虞锦沫乖乖地点点头，在被告知今天他会加班的消息时，她果断地来到他公司的楼下，只是现在……话虽然是这么说，但是这样上去会不会很奇怪……

章以南将车子停在顾氏楼下，他远远地就看见一个小不点站在门口，这不就是老大家的那只小猫吗，他不禁笑了笑，“小妹妹，你来这里干吗？”

虞锦沫一转身就看到章以南一副调侃的模样，上下打量一番，眼里透着防备，随即转身，一声不吭。

章以南总算知道她资料上显示跟同学关系不佳的原因是什么了，大步一走，绕到她身前，“小朋友，你是不是找不到回家的路了？”

虞锦沫还是不说话，眼神中闪烁着“你快滚”的讯息，章以南脸上的笑容算是搁不住了。他就奇怪了，顾宏成这么冷漠的人，再加上这么一个冷若冰霜的女孩，这俩人是怎么生活在一个屋檐下的，不会因为太过冷淡而被冻死吗？不过看顾宏成那副挺关心她的样子，他搞不懂这小女孩哪里讨喜。

“我带你去楼上找老大……不……顾总。”章以南完全放弃了戏谑的兴趣，虞锦沫疑惑地看了他一眼，总算说出一句话来了，“你是谁？”

她的声音细细软软，可那话听起来怎么着都不舒服，章以南努力维持微笑，“我是顾氏大陆分区的总经理章以南，难道你顾叔没有跟你说过吗？”

“这样啊，那你带我上去吧，我不认识路。”虞锦沫不好意思地笑笑。虽然顾宏成并没有说过他这个人，但是经常听到他电话里提到“章以南”。

章以南带着她上电梯，不断地审视她的侧脸，这女孩不说话的时候像是冰，说话的时候像刀，可知道是熟人的时候，却笑得毫无城府，究竟是该说她笨呢，还是太过于聪明……

章以南带着她敲开顾宏成办公室的大门，虞锦沫就看见他一副认真的模样在纸上“沙沙”书写，夕阳衬得他的背影格外深沉，远远地望去像是一幅油画，她蹦蹦跶跶地就走到顾宏成的桌前。

顾宏成缓缓地抬起头，没有感到一丝意外，嘴角噙着笑，“你坐那儿写作业或者看会儿书，我先完成这里的工作，过半个小时吃晚饭，我已经让用人送过来了。”然后目光锁定在章以南的身上，神色严肃地说：“资料都准备好了？”

章以南挠了挠脑袋，“差……不多。”

“我要的是精确数据，你跟我说差不多？”顾宏成眼睛一眯，章以南额头冒汗，“我马上去做。”

虞锦沫打开一盒酸奶，用吸管不停地喝着，圆溜溜的眼睛四处打量，她从来没有见过顾宏成这样说话，感觉……一点儿都不像是平时的他，好凶，而且很严肃。

顾宏成的办公室都是以冷色调为主，黑色的沙发、办公桌、电脑，红木材质的柜子里面放了许多她看不懂的书，整体空间比较大，却感觉盘旋着压抑的气氛，虞锦沫乖乖地从书包里拿出作业本。

过了几分钟，顾宏成用余光瞄了她一眼，满意地笑了。她的小脑袋不时地摇晃，偶尔用牙齿咬咬笔盖，散下几缕发丝。

不知不觉地过了很久，只听见“扣扣扣”的声音，虞锦沫摸了摸肚子，“送饭的来啦，我饿死了。”她速度站起来去开门，一打开门，就见到一个身材火辣的女人，一头妩媚的大波浪，正用她的眼眸直直看着虞锦沫。

“你是谁？”

“你是谁？”

两个不约而同地发出声音，虞锦沫抓着大门边缘的手，因为愣住而松开，门以缓缓的姿势打开，那女人一看到坐在里面的顾宏成，便一把推开堵在门口的虞锦沫，扭着臀部走进去，“宏成，你肯定饿了吧？你看我给你带了什么好吃的！”

“潘月，谁让你过来的？”顾宏成的声音里带着愤怒，潘月一双眼眸转啊转，可怜兮兮地说：“我这不是怕你饿吗，你最近天天加班，这么辛苦。”

“滚出去。”顾宏成的声音不怒而威，很显然是在反感潘月的到来，潘月想不到顾宏成居然会这么对她，觉得面子全无，有点难堪地说：“哼，走就走。”

虞锦沫再怎么不懂事，也开始明白，这个潘月很有可能是顾宏成的女朋友，心底划过一丝异样的不舒服，“顾叔，她是？”

“别管她，跟你不相干的人。”顾宏成揉了揉眉心。

虞锦沫点点头，小心翼翼地说：“她是顾叔的女朋友吗？”

顾宏成叹了一口气，“不是，只是一个客户的妹妹，见过几次而已。”

虞锦沫一想到刚刚顾宏成对她的态度，倒也就没有深问下去，她虽然并不是很懂，却也明白一个道理，那就是喜欢或者不喜欢，光态度就可以表现得清清楚楚。

没过多久，真正送“外卖”的人就来了，虞锦沫一打开饭盒，看到里面的红烧肉和酸菜鱼，早已把刚刚的事忘到九霄云外去。顾宏成见她吃得这么欢，胃口也大开，两人将满满一盒都吃得精光。

章以南满脸疲惫地端着饭盒进来，一看顾宏成的饭盒里干干净净，瞬间就被惊得眼睛睁大，诧异地说：“老大，我还以为你和平时一样，只吃饭不吃菜，今天……今天……”他原本是想过来蹭菜的，没想到顾宏成的饭盒里空空如也……看来今天是没有机会了。

虞锦沫转身看了一眼顾宏成，她忽然想到，顾宏成的确是个不喜欢吃菜而只吃饭的人，在家差不多也是这样，而她则相反，只爱吃菜，不喜欢吃饭，而今天倒是破天荒，可能今天俩人都饿得饥肠辘辘，所以吃得特别干净。

吃完快餐后，虞锦沫摸着微鼓的小肚子，嘴角露出满足的笑容，整个人慵懒地倒在沙发上，仿佛是一只正在休息的北极熊，顾宏成倒没像平时一样投入工作，有一搭没一搭地陪她闲聊。

“顾叔，我很好奇，你是怎么从一无所有到现在拥有企业王国的。”虞锦沫三三两两地从公司的别人那里听到关于他的传闻，只不过仍旧相当模糊，可见顾宏成这个人，行事极为隐蔽，一点都没有让别人察觉。

顾宏成翻着她写好的作业，拿起一支铅笔在上面涂涂抹抹，久久没有发出声音，虞锦沫都快以为他不想说了，没想到他抬起头问：“你好奇？”

虞锦沫点点头，顾宏成扬了扬下巴，“那如果我不告诉你呢？”

虞锦沫一下子坐了起来，苦着一张脸，“那我应该会很生气很生气很生气的。”

顾宏成眉角含笑，“不过是一个又臭又长的老故事罢了。一个年轻的姑娘误以为找到了真命天子，发现他已经有了妻子，无法面对现实，很不幸地又发现自己怀了孕，然后又得了癌症，郁郁寡欢度过此生。那个男人在几年后，找到了孩子，紧接而来就是一场豪门战争，后面的故事我想你猜得出来。”

虞锦沫歪着脑袋，“我很笨，猜不出来，这么说，那个小孩就是你？那顾叔，那些人呢？现在在哪儿？”

顾宏成将作业本拿到她面前，指着上面用灰色铅笔画圈的地方，“错这么多，还问东问西，还是好好想想你的作业吧。”

看着作业本上好几个圈圈，虞锦沫扶着额头，“顾叔……”

“小孩子家家，学业为主，哪来的这么多八卦。”顾宏成一本正经地坐到办公椅上，重新打开电脑电源，瞄了一眼手表上的时间，“再工作一小时，我们就回家，你最好在下班前完成作业。”

“可这个不急着交！”虞锦沫顿时感觉头大，而顾宏成一副没商量的样子，她也就作罢不语，开始认真写作业。

第三章　勇气

从未想过对抗命运，它不可逆。

却不知道，原来怕它，是可以绕弯走，再折回来，依旧是战胜了。

电梯“噔”的一下，停在了顾氏集团所在的楼层，王亦墨怀着忐忑不安的心情，从里面慢步走出，手心渗出汗水，走向前台咨询处。

“请问一下，你们顾总是在哪个办公室？”

前台的小姑娘一看见是帅哥，声音放柔少许，“是这样的，没有预约是不可以见我们顾总裁的，不过我可以帮你问问章经理在不在。”

正在王亦墨踌躇之际，小姑娘已经打通了电话，并以迅雷不及掩耳之势挂下，笑眯眯地对他说：“章经理让你上去，二十楼左转第一间办公室。”

章以南接到前台电话的时候，为之一愣，心中暗忖平时跟王家并无生意上的往来，王家的小孩怎么会来找，他随即在电脑上打了几个字，就听见敲门声。

王亦墨慢吞吞地走进来，影子覆盖办公桌大半，这时，秘书推门而入，送上一壶泡好的西湖龙井，章以南倒了一杯给他，嘴角勾起一抹笑，“你找我有什么事？”

问完这句话，章以南的脑子里忽然闪现出一条讯息，那是征信社的人传来关于虞锦沫的资料，上面有附带王亦墨的一些蛛丝马迹。

“我……就想问问你们顾总在吗？我想见他。”王亦墨抬头说。

这句话倒是印证了资料上的消息，章以南觉得这事挺有意思的，嘴角的笑意扩大。

王亦墨看得有些糊涂，不自觉地问：“怎么了？”

章以南很有深意地摇摇头，“过来吧，我带你去隔壁。”

王亦墨亦步亦趋地跟着章以南走到隔壁，一打开办公室大门，就看见虞锦沫正在茶几上写作业，而顾宏成则是伏案低头看文件，明明是这么一个普通的画面，却看上去特别的不舒服。

王亦墨觉得异常刺眼，他实在是没有想到虞锦沫居然会在这，这是不是在证实那些言论呢？

虞锦沫抬起头看见他，整个人呆愣了一下，脱口而出，“你怎么会在这里？”

王亦墨心里什么味道都有了，反问：“凭什么我不能在这里？你又怎么会在这里？”

“……”虞锦沫扭头看了一眼顾宏成，没有想通这究竟是怎么回事。

顾宏成稳若泰山，一副毫不担忧的模样，右手旋转着圆珠笔，虞锦沫看得气恼，问站在王亦墨身边的章以南，“这是什么情况？”

章以南摆摆手，“我也搞不清，是他非要见顾总，你们是不是有什么误会，要不互相沟通一下？”

“能有什么误会！？”王亦墨气愤地瞪了一眼虞锦沫，冷哼：“亏我还这么相信你，没想到你就是这种人。”

虞锦沫从来都没有见过他这么生气的模样，他一直都是温温和和，从来不会为了任何事情而发怒，“我是哪种人？”

“我还觉得奇怪，葛微也不是会无缘无故诋毁别人的，原来你就是这样的人，所以她才会这么说你，我看说得一点没错！”

这会儿，虞锦沫可算明白了，什么叫心冷，冻得毛骨悚然，她实在没想到，他居然能说出这种话，怒不可遏，“对啊，我就是这种人，要你管！”

王亦墨的瞳孔倏地放大，怒火滔滔，手握拳头，瞪了顾宏成一眼，猛地打开办公室大门，头也不回地就离开了。

虞锦沫气得站在原地跺脚，想把他喊回来解释，却憋不下那一口气。

章以南见情况不受控制了，偷偷地看了一眼顾宏成的脸色，见他并没有表现出太多的情绪，稍稍安心了，清了清喉咙，“隔壁有事还要忙，那我也先走了。”

门被轻轻地带上了，虞锦沫走到顾宏成的身边，推了推他的肩膀，“你刚刚怎么不说话？”

顾宏成顿了一下，不作声。

虞锦沫不满了，“你怎么就不解释一下！”

顾宏成摊手，看不出任何的情绪，“你现在跟他解释，他也不会听的。不是被抓个正着吗，还有什么好解释的？”

“……什么叫抓个正着？我们又不是什么关系！”虞锦沫觉得怎么就跟这群人产生这么大的代沟了，明明就是一件很简单的事，却被搞得这么复杂。

顾宏成不作声，继续干着手头上的事。

虞锦沫想想说不通，也就作罢，赌气地拿起书包离开，顺手狠狠地带上门。

顾宏成见虞锦沫走了之后，这才打了内线电话给章以南，“怎么把他给弄过来了？”

章以南端着水杯差点喷了出来，“老大，这是他过来找的，怎么能叫我把他弄过来？”

“说重点！”顾宏成回了句。

章以南叹了一口气，“他不是一直喜欢锦沫吗？这么一弄，刚好让他死了心，这事不就结了吗？”

“亏你想得出来。”顾宏成冷哼了一句。

章以南说：“老大，难道你觉得那小子还可以？不应该吧？如果是这样的话，你就应该出声了，我看你也没理他。”

顾宏成沉吟了一会儿，“她还小，过早考虑这些事，实在是没有什么必要。”

“……小？大学还叫小？”

“让她多念几年书，再考虑这事也不迟。”

“……”章以南挂下电话之后，小声嘀咕：“你舍得才怪。”

虞锦沫觉得实在是憋闷，一个人走在校园里，四周来来往往的人群，一个个仿佛自动隐形了，她的世界似乎只剩下自个儿，孤独得任何人都无法靠近。

她正恍恍然地往前走，忽然，被一个人拍了下背后，她惊了下，下意识转过头，就看见沈青在她背后，笑盈盈地递了一个冰淇淋。

两个人一起到附近的长椅上坐下，虞锦沫不断地发出叹气声，顺便咬了一口冰淇淋，沈青纳闷地看了她一眼问："你是怎么了？"

虞锦沫若有所思地看了她一眼，不知是该说还是不该说。

"没事的，你要不想说就算了。"沈青善解人意地说。

虞锦沫摇摇头，"不是的，主要是这个事情解释起来，实在是很麻烦，我也不知道该怎么说。"

"你可以慢慢说，我慢慢听……说出来可能会舒服一些。"

虞锦沫见她这么说了，心里一下子就舒服了许多，"哗啦哗啦"跟倒苦水一样，倾数都说了出来。沈青听完之后，沉默了好久好久，让虞锦沫有些担忧，是不是说了一些不该说的话，于是冒了句，"你觉得我要不要解释呢？"

沈青抬起头，嘴角勾起一抹淡淡的笑，"这事得慢慢来，一下子说，他可能也不大相信，还是慢慢告诉他，可能会比较好些。"

"说得倒也是。"虞锦沫点点头。

而事实证明，王亦墨也就是不理她罢了，倒也没做出什么伤害她的举动，实际想想也是对的，王亦墨不该是那样的人，他本来就是在保护她。

顾宏成前一阵忙得不可开交，虞锦沫连见他都是在办公室，等忙完了那一段后，他倒是经常在家里了，也不是无所事事，整天关在书房里不知在倒腾什么，虞锦沫也懒得过问，反正两个人最大的交流就是在饭桌上。

“这周日我们去山上，记得穿深色运动鞋。”顾宏成一走进虞锦沫的房间，就没头没脑地来了这句话。

恰巧虞锦沫正在涂面油，傻乎乎地用手指在脸上打了个圈，鼓起嘴巴说：“去哪儿？”

“到时候你就知道了。”顾宏成瞧见她脸上有些地方没抹均匀，无意识地伸手一弄，虞锦沫一下子傻了，被他碰到的地方火辣辣的，心如鹿撞，迅速低下头。

顾宏成没察觉到她的不妥，想了想又加上了一句，“到时候记得带个帽子，天气这么热，万一把你晒黑了，你又嫌东嫌西。”

“才不会呢……”虞锦沫小声嘀咕着。

顾宏成瞄了她一眼，“你脸怎么这么红？”

“呃……可能有点热。”虞锦沫的头更低了。

顾宏成疑惑地瞅了她半晌，虞锦沫被看得更加窘迫，索性转身去关窗户，轻飘飘地来了句，“你赶紧走吧，我要早点睡了。”

“……”顾宏成觉得有些古怪，倒也说不出究竟怪在哪里，这小丫头脸蛋红通通的倒也蛮可爱的，离开之前，又若有所思地看了她一眼。

虞锦沫听到了关门声，这才缓缓地把头转过来，一只手捂着脸蛋，一时间心乱如麻，怎么会有一种莫名的心动？是错觉吧！肯定是。

周日，虞锦沫起了个大早，在卫生间里折腾了很久，换上了一套干净的白色运动服，在镜子面前照了足足有十来分钟，这才满意地走出来，一抬头，就看见顾宏成蹙眉瞅着她，“怎么这么久？我还以为你晕在里面了。”

虞锦沫尴尬一笑，这男女思维差的可真多，她也就进去半个来小时罢了，而且还是提早起来的，怎么就被他说成那样了呢？

两个人迅速吃完早饭，期间虞锦沫以昨晚吃撑到为理由，拒绝多吃，饭量比平时少了一大半，顾宏成怎么也不会相信这番说辞，愣是逼着她吃了两颗水煮蛋，这才罢休。

虽然如此，顾宏成觉得有些奇怪，“以前都没见你这么矫情，怎么现在越来越……”

这句话说到一半就停了，看见她气鼓鼓的模样，他就意识到不能说下去了，她的脾气真的是越发没大没小的，但是他的内心却升起一股莫名的骄傲。

车子平稳地开在了高速公路上，虞锦沫瞄了一眼顾宏成，“顾叔，我们这到底是要去哪里呢？”

顾宏成嘴角勾起一抹淡笑，正欲脱口而出，恰巧在这个时候，虞锦沫的手机铃声响起，她低头一看，显示的居然是王亦墨三个字，不知怎么的，她紧张地瞄了一眼顾宏成。

“顾叔……我接个电话。”虞锦沫小心翼翼地说。

顾宏成点点头，看不出喜怒。

就当虞锦沫准备接起电话的时候，铃声静止了，她愣了一下，倒是缓了一口气。

顾宏成开口：“怎么不接电话？”

“他挂掉了，算了，随他吧。”虞锦沫说是这么说，不过心里却在纳闷，王亦墨怎么会突然又找她了？

顾宏成倒也没有深问，点了点头，摁下左方向灯，直接开入快车道。

车子开入了明阳山范围内，虞锦沫心里“咯噔”一下，似乎明白了顾宏成的用意，一路上，两个人都没有说一句话。

顾宏成按下车窗，冷风灌进来，林子里的空气很好，刚好早上下过雨，一股子雨后清新的味道，树叶随风“沙沙”作响，偶有雨滴随风进来，滴在虞锦沫的脸上，凉飕飕的。

“顾叔，你是带我来看爸妈的吗？”虞锦沫望着窗外，心中冒出一阵阵酸涩。

自打她父母去世之后，她除了出殡那天过来过，从那之后，再也不敢来，就怕走进这儿一步，就会想起那日的惨状，那种痛彻心扉，就像是一把把利刃，深深戳到心脏里。

虞克和万榕的公墓地理位置相对比较好，恰好是阳光普照的地方，出殡那天，曾经有一个老一辈的婆婆，就是这么安慰她的，她说其实阴间和阳间都是一样的，但凡是阳光充足的地方，肯定是个好地方。虽然觉得这个言论是有些无厘头，但是确实也是安慰人心的。

顾宏成从车子的后备厢里拿出一束花，顺手递给了虞锦沫，她诧异地看了他一眼，“你什么时候去买的？”

“昨天看见就买了。”顾宏成说得云淡风轻。

虞锦沫点点头，将花放到了墓前，看着上面的两个名字发怵，过往慢慢地涌入脑海之中，眼眶不禁湿润了，想着想着就觉得委屈，心酸地跪倒到墓碑前。顾宏成递了一包纸巾给她。

他叹了一口气，“怎么还是这么爱哭呢？”

虞锦沫扭过头，不加理会，顺带抽走了那包纸。

“挺倔的。”顾宏成被她这模样给逗笑了。

过了半晌，虞锦沫才慢慢恢复情绪，眼眶红通通的，带着鼻音问：“你为什么要带我来看爸妈？”

顾宏成深深地看了她一眼，伸手拍了拍她的小脑袋说：“我以为你会想过来看看。”

“我……”虞锦沫不吭声了，久久才轻声说了句，“不敢来……”

顾宏成淡淡地笑了，“我知道，所以才会带你过来的。”

“啊……”虞锦沫傻傻地盯着他看。

“因为我也是这样的人。”

“……”

虞锦沫忽然想到顾宏成的曾经，虽然是断断续续的，但是必然是一段并不是很愉快的过往，能从一堆亲戚的纷争中，迅速成长为一个企业王国，这背后肯定受过不少委屈，想到这里，她顿时觉得很揪心。

天色渐渐变暗，乌云挡住了阳光，原本甚是晴朗的天空，像是蒙上了一层纱，冷风吹得落叶纷飞。顾宏成看了一眼墓碑，随即对她说：“看这天是要下雨了，我们回去吧。”

虞锦沫应了一声，“这天气真的是说变就变，没一点预兆，明明是夏天，却经常会变成秋天啊、春天啊。”

果不其然，当虞锦沫快走到车子旁边的时候，瓢泼大雨倾然而下，就差那么几秒钟，两个人都迅速被淋湿了。

“真的是说来就来！”虞锦沫在车里抱怨着。

顾宏成无奈一笑，发动车子，迅速离开这里。

虞锦沫撇了撇嘴巴，正欲从旁边拿出一张湿巾，发现掉出一张 CD，顺手就塞到音响里去，里面流泻出一段安静的乐曲，然后突然增大音量，旋律经过漫长的过度后，转为一阵阵的叹息。

虞锦沫盯着车窗，“这是什么曲子啊？”

顾宏成转了个弯，慢悠悠地说："这是莫扎特的 C 大调第 21 钢琴协奏曲。"

"难怪……"虞锦沫笑了笑。

顾宏成看了她一眼，"难怪什么？"

"难怪我都听不懂。"虞锦沫语气略带调皮，眨巴了下眼睛。

顾宏成不以为然地笑笑，"懂也不代表什么，只不过是一首曲子罢了，你多听听也就好了。不过莫扎特这个人倒是蛮有意思的，对爱毫无顾忌，他喜欢上了自己的学生，并且为之不顾一切，一个有妇之夫，一个有夫之妇，在这么多世俗面前，他们相爱了，不过他的死因一直是个谜，据说在临终之前，给她写了很多经典的曲子。"

"也就是说，对他来说，什么责任感、家庭都不重要，一辈子只想找个所爱的人。"虞锦沫沉默了一会儿，这才说出这句话。

顾宏成点点头，"我们不是他身边的人，他究竟是什么人，无从窥探，只能从已经发生的事情里分析出这件事的原因，虽然不是很准确，但是起码比无知要好很多。"

虞锦沫觉得他说得挺有道理，转念一想，"顾叔，那你认可这样的关系吗？也不算认可这种关系，就是你是责任感比较重要的人呢，还是会为了喜欢的人奋不顾身呢？"

"我认为喜欢就是你今天可以喜欢这个人，明天喜欢那个人，只要能够碰到令你心仪的，你都会喜欢，这是一种不定元素，所以喜欢并不能代表什么。责任感就不一样了，责任感会伴随你很久，并且在你这一生中，它都会呈现一种举足轻重的地位，其实有责任感的人，必定不是一个坏人。"顾宏成说得滔滔不绝。

“我就知道！”虞锦沫小声地说，在她眼里的顾宏成，不就是一个这样的人么，将情绪化留在心里，所有的事都是冷冰冰的，却遵循着某种定律，比如说责任感、正确观、是非观，简而言之就是一个会工作且不带任何情绪的机器。

顾宏成好奇地看了她一下，但是没说话。

虞锦沫依旧沉浸在他的话语中，心中暗忖，不知道像他一样的男人，究竟会喜欢什么类型的女人，似乎对于他来说，感情是一种比较浪费的东西，也没见过他对谁特别感兴趣，上次那个女人不知道算不算……

应该不算。

哪有人对喜欢的人大呼小叫，太没道理了。

虞锦沫想到这里不禁笑了笑。

顾宏成见她没头没脑地傻笑，来了句，“有空可以带你去维也纳听听这个，我想你会喜欢的。”

“维也纳？”虞锦沫念了一句。

“嗯，会有机会的。”顾宏成的眼中带着笃定。

虞锦沫知道顾宏成无论做什么事，都已经一步步算好了，压根不需要她费脑，也就没接下去说了，反正他会把一切事情搞定，而她就乖乖地当个听从者就好了。

车子开回去的时候，已经很晚了，顾宏成直接带着她到附近的面店，两个人一人点了一碗牛肉面。虞锦沫早就饿得饥肠辘辘，“呼啦呼啦”就吃下大半碗了，把一碗汤都喝下肚了，满足地捂着肚子，看到对面的顾宏成慢条斯理地吃着，这个画面可真的一点都不和谐。

她左手托腮，傻傻地瞅着他，“顾叔啊，你是不是很少来这些地方吃东西？”

顾宏成拿起筷子夹了一些菜到她的碗里，“你想太多了，我之前是被维也纳的一对华人夫妇收养的，他们开了一家中餐馆，忙的时候，根本顾不上我，很多时候，就是吃这些的，到了大一点后，还要在店里帮忙端菜，那边雇佣工人费用很高。”

“我发现你的经历真的让我很吃惊。”虞锦沫一直知道顾宏成是个传奇，但是只限于他是个上层社会里的人，没想到他也经历过这些。

顾宏成喝了一口汤，“小孩家家好奇心不要那么重，只要过得开心就好，其实活着也就是开心就好，其他的不重要。”

“在你身边，我就会觉得很开心。”虞锦沫下意识地冒出这句话。

顾宏成低头吃面，没有回应。

虞锦沫有点不大高兴，噘着嘴说：“难道你觉得不对吗？”

“没有问题。”顾宏成抬头一笑。

吃完饭之后，两个人回到家，虞锦沫在房间里打了个电话给王亦墨，刚才在顾宏成的面前，她真的不敢动。有些人就是有这样的气场，明明他压根什么都没说，也什么都没有表达，却隐隐之中散发出一股子压迫感。

虞锦沫背对桌子，顺手打开窗户，“喂，你今天打电话给我了？”

王亦墨躺在床上翻来覆去睡不着，明明他就亲眼看见了事实，为什么心里还是想要去相信她呢？相信她不是这样的人，不会去做这样的事，无论怎么样都说服不了自己，于是决定打个电话给她，没想到她还是不接，这令他更加闹心了。就在他心灰意冷之际，手机响起，就是虞锦沫打来的。

“嗯……你白天怎么不接？”王亦墨抑制住了情绪的波动。

虞锦沫支支吾吾，“有点事。”

王亦墨听到这话，心里更加不好受了，“究竟是什么事？”

“跟你说不明白，你说吧，你找我有什么事？”虞锦沫的口气变得生硬，两个人本来是很好的朋友，如今却搞得什么事都没办法说，这种失落感也是巨大的。

王亦墨想了一会儿，不知怎么开口，试探性地问：“锦沫，上次的事是不是我有什么误会？你和他之间究竟有什么事？”

虞锦沫嘴角的弧度扩大，一只手扯着窗帘，紧紧地握住、放开，“你终于肯听我解释了？”

“我……”王亦墨心里冒出一股子酸涩。

虞锦沫将她和顾宏成之间的种种，全部在电话里告诉了他，王亦墨听完之后，忍不住问了一句，“你确定他对你没有别的企图？”

“……”虞锦沫不喜欢听到这句话，这是对顾宏成人格的质疑，“你爱信不信。”

王亦墨见她生气了，连忙讨好，“我信我信，可是，锦沫，你就这样跟在他的身边，也是不妥当的吧？他肯定还要娶妻生子的，就算他可以容忍你的存在，但是他的妻子和孩子呢？他肯定不会一辈子带着你的，而你大学毕业之后，也会建立自己的家庭，不是吗？”

虞锦沫愣了一下，脑海中浮现出和顾宏成的对话，她说在他身边就很开心，可是他却没明显的表示，这是不是表示他也在避讳这些东西呢？他们不会永远都在一起的，他会有他喜欢的人，不是吗？

想到这里，心里凉凉的，冻到骨子里了。

“锦沫，你听见我在说话吗？”王亦墨没听到虞锦沫发出声音，心里有些急。

虞锦沫张了张嘴，不知道该说什么，只是轻轻地“嗯”了一声。

“其实，我一直……都挺喜欢你的，你知道吗？”王亦墨的声音低了好几度，略带羞涩。

虽然如此，虞锦沫还是听得很清楚，这句话穿透了她的耳膜，她怎么会不知道呢，只是没有想到他会说出来罢了，忍不住叹了一口气，“我们是朋友不是吗？”

“其实我一直都喜欢你，我一直在等你。”王亦墨加重了声音。

虞锦沫满脑子都是顾宏成说过的话。喜欢是什么？喜欢就是今天你喜欢这个，明天你喜欢那个，这并不代表什么。怎么这句话会让她印象如此深刻。

“我一直当你是朋友，所以你说这种话，会让我觉得很乱。”

“我……”王亦墨还想说什么，虞锦沫连忙阻止了，“你让我静静吧，我得好好想想。”

王亦墨非常沮丧，“那你可以告诉我你喜欢什么类型的男生吗？”

虞锦沫想都没想就直接把电话给挂了，她怕她再想下去，只怕整个精神世界都是顾宏成的影子了……这是一种多么可怕的魔咒，难道是因为经常相处而产生了某种特殊的化学成分？那他呢？会不会对她也有这种好感？

夜，注定是不能好好睡了。

隔天一大早，虞锦沫对着镜子照了大半天，就看见自个儿的眼袋很重，脸蛋还有浮肿，很明显昨晚是没睡好的，精神不济，她整个早上都跟幽灵似的漂浮着。

沈青还特意跑来问她："锦沫，你这是什么情况？"

虞锦沫在小卖部买了一瓶红牛，"咕噜咕噜"就喝下半瓶，本来想着要不要买点咖啡，仔细一琢磨还是算了，顾宏成肯定会嫌弃的，他认为咖啡这种东西，女人喝了对身体不好，还是少喝为好。

"没什么，也就是昨天晚上没睡好罢了。"虞锦沫笑了笑。

"这样，你就是想太多了。"沈青笑了笑，"别想太多就好了。亦墨，你怎么来了？"

虞锦沫听到了沈青的话，吃惊地抬起头，就看见王亦墨穿着一件干净的白衬衫走过来，眼神定定地瞅着她，她除了尴尬一笑，也真的没有别的表情。

沈青热情地说："今天上课，看你也无精打采的，怎么了？"

王亦墨看了一眼沈青，"我能单独和锦沫说几句话吗？"

顿时，沈青脸色有些不好看，瞄了一眼虞锦沫，脸上撑起一抹笑，连忙说："你们聊，你们聊。"

待沈青走了之后，虞锦沫和王亦墨一起沿着教学楼绕圈圈，两个人都没有开口，走了大概十几分钟，虞锦沫才说了句，"你想跟我说什么？"

"锦沫，你是不是不喜欢我？"王亦墨紧张地看着她。

虞锦沫一愣，"倒也不是不喜欢，只是我们是朋友啊，我一直当你是朋友，就没有关于那方面的想法，所以……"

"所以……"王亦墨接了下去，"你只是没有心理准备，而不是不喜欢我，是这个意思吗？"

"也可以这么说……"虞锦沫点点头。

王亦墨松了一口气，“那我就放心了，只要你对我还有好感，我肯定能让你喜欢上我的。”

“呃……”虞锦沫不知道该怎么回答，就觉得两个人的逻辑已经不是一个轨道了，具体在什么轨道上，她也不懂。不过接下来的几天，王亦墨就开始不断地展示他的想法。

王亦墨出现的频率实在是太高了，除了下午一起吃饭，晚上还要送她回家，早上就更加离谱了，站在她家门口等，算是做到了无微不至的地步。这要是放在以前，也许她会感动吧，只是现在……她更怕顾宏成知道这件事。

虞锦沫一出家门，就可以看见王亦墨站在不远处，她四处张望了一下，小心翼翼地跑过去，“你怎么又来了？”

王亦墨递给她一瓶酸奶，笑眯眯地说：“我知道你早上肯定吃过饭，所以给你带来酸奶，有助于消化，还是你比较喜欢喝养乐多？”

“我……算了，你以后还是别早上来找我了！”虞锦沫慌张地把酸奶放进包里，不停地看着房子里有没有什么动静，想想也是做贼心虚，迅速带着他离开这儿。

王亦墨自然是感觉到她的紧张，“锦沫，你是在怕什么吗？”

“……我只是觉得这样不好！”虞锦沫有些生气了。

第四章　只是爱

喜欢是一种很神奇的养料，它不断灌溉心中的那颗种子，慢慢成长为爱。

王亦墨不能理解，仔细将事情连接起来，隐隐觉得有些怪异，“锦沫，你不会是喜欢上顾宏成了吧？”

“你胡说八道什么，我怎么可能会喜欢那种人！”

虞锦沫更加慌乱了，忍不住加快了步伐，仿佛背后有人在追赶。

王亦墨急急忙忙地追上，一把拉住她的手，“锦沫，你不太正常，为什么我提到他，你会是这种态度？”

“我是什么态度？天天被你这么紧跟着，我能有多正常？你觉得你是对我好，可是你有没有想过我能不能接受你这样的做法？”虞锦沫急得口不择言，凌厉的话语脱口而出。

王亦墨站在原地沉默了。

一下子，四周仿佛停滞了，虞锦沫这才发现说错话了，连忙说：“对不起，我不是故意的。”

她一时想不到很好的说辞，没有想到自己会是那种态度，“我只是……只是……”

“你只是怕他误会，对吗？”王亦墨一下子抬起头，目光炯炯，让虞锦沫无法直视。她慢慢地低下头，毫无反驳的能力，其实他说得没有错，这大概就是喜欢吧。

因为她喜欢他，所以她害怕他会误会，只是她喜欢他，他能够理解吗？

想必是很艰难的，他看起来不像是那种感情至上的人，那么理智，是她可以拥有的吗？

王亦墨的心都快结成冰了，双手猛地摇着她的肩膀说，“你醒醒吧！顾宏成是不会喜欢你的，你和他差距那么大，像他这种事业做得这么大的人，一定会找个对他事业有帮助的女人，而不是你。”

虞锦沫被摇得晕眩，像是触电了一样，一下子挣脱开来，笑了起来，“你在说什么玩笑话，我听不懂。好了，我们再这么待下去，上课就要迟到了。”

说完，她急急地跑走了。

王亦墨一个人留在原地，脸色阴晴不定。

与此同时，还有一个人的脸色也不大好看。

章以南一大早来公司时，就瞧见顾宏成黑着一张脸，他仔细回忆了一下最近公司的情况，没出多大差错，而且还有上升的趋势，应该不会这样的，但怎么看上去心情这么糟糕，莫非是跟家里那个小不点吵起来了？

会议结束之后，大家都走了，只剩下顾宏成和章以南。

顾宏成在位置上看着最新的报表，神情相当严肃，不知道的人还以为这上面出了什么大差错。其实根本没有，根据章以南知道的信息，这上面好像还是盈利的消息。

“你心情不大好？”章以南故作轻松地说。

顾宏成面无表情地看了他一下，“你什么时候看见我心情有很大的起伏？”

章以南特别想回一句“有啊，就是最近，起起伏伏的，就跟心电图似的，偶尔还有突发性高峰”。不过这话也就在心里想想，他倒是也没说出来，“那我肯定是看错了，对了，锦沫最近学习不大好吗？”

顾宏成将报表放到桌子上，叹了一口气，“她学习不是一直都那样，怎么可能会无缘无故不好？你这话问得就有些牵强了。”

“……也有可能是她这个年纪的小姑娘想谈恋爱了，然后成绩就会下降啊。”章以南打趣地笑笑。

这本就是一句玩笑话，可听在顾宏成的耳朵里，可就不是那么一回事了，他口气不大好地说：“这个年纪有什么好谈的，什么都还不懂！”

章以南听着就觉得酸，“她都大一了，不是高一，怎么着也算成年了吧，这个年纪的女孩不都热衷这些事吗？”

“那是别人，又不是她，太早想这些事，对将来都不大好。”顾宏成说得一板一眼，“现在她还不是很懂事，看人眼光肯定不是很准。”

章以南无力反驳，讶然地说了句，“以前都看不出你居然这么传统。”

“对人不对事。”顾宏成喝了一口水。

“但是……你毕竟不是她的亲人，对于这些问题完全没有必要这么上心，而且这也是她的私事，你这个外人也不好管太多吧！”章以南说得语重心长。

顾宏成表情微微一变，像是被人掐住了呼吸管道，难以喘息。

章以南又接着说道：“就普遍来说，现在这个年龄段的孩子，不经管，稍不对劲就逆反，更何况锦沫的性子看上去很倔，倘若你一意孤行，恐怕到时适得其反，让她对你更加疏远。”

顾宏成蹙眉，思考了许久说，“她现在这个情况，如果我不管她，就没有人去管她了，我只是在替虞叔尽一份责任而已，你别想太多。”

顾宏成放下手中的杯子，埋头去看他的报表，完全没有再讨论这个话题的意思。

章以南见顾宏成这个样子，反倒是无奈地笑着摇了摇头，退出办公室，走到门口却又停下脚步回头说：“希望这份责任将来不会成为你的负担。”

章以南是走了，顾宏成却愣在了那里，双手捧着报表，愣是半晌没有看进去一个字。

一直以来他所考虑到的只是浅显的表象，要还当年的一个人情而照顾好虞锦沫，却未曾想过自己的身份对虞锦沫来说是不是太过突兀。

章以南今天提到的这个问题，让他突然有一些犹豫，自己究竟是不是真该以自己的方式去管教虞锦沫。

顾宏成想到这些，不由得烦躁地合上手中的报表，站起身来回踱步。

可是，只要想到早上看到的一幕，他的心中又不由得一乱，虞锦沫已经没有父母在身边了，唯一的亲人又与她不合，如果他不去管，那么虞锦沫会变成什么样？

想了许久，顾宏成在自己心中设定了一个公式，为虞锦沫的发展做了许多条的假设，最后还是得出一个结论，如果他不这样做，那么就是对不起虞叔，所以他现在所做的一切都是为了虞锦沫好。

因此，顾宏成的心情也跟着明朗起来，这才全身心地投入工作中。

午饭时间，虞锦沫与沈青两人面对面地坐着吃饭。

沈青吃得斯斯文文，虞锦沫因为心里还有着早上的事而没有什么食欲，所以导致剩的饭菜都是满满的。

沈青见虞锦沫半天不动筷子，不由得疑惑地看着她，“你怎么了，饭菜不合你的胃口吗？”

“没有……”虞锦沫淡淡地回应着，可依旧保持那个姿势，用筷子断断续续地戳着盘子。

其实虞锦沫只是觉得有些担心，早上她说了那么重的话，会不会无意地伤害到了王亦墨，如果因为这件事让他们连朋友都做不了，那可真的是太遗憾了。

毕竟从朋友的角度来说，王亦墨还是虞锦沫所认识的朋友里，唯一能说的上是真正存在过友情的，如果不是因为王亦墨的告白而变质了的话，他们可能是一辈子的好朋友。

但这都是虞锦沫的想法，仅仅是她的想法……

沈青见虞锦沫不回答，也觉得无趣，便低下头接着吃自己的饭，反正对她来说，这些都不太重要。

可只是吃了两口，沈青又抬起头四下张望，而王亦墨却不巧在这个时候同几个男生走了过来，沈青立马站起来打招呼，“亦墨，这里……”

虞锦沫沉浸在自己的思绪中，听到沈青的喊声后，像是触了电一样，视线缓缓上移，随着沈青的方向看去，恰逢眼神对上转头的王亦墨。

王亦墨转头过来，带着笑意的眼眸瞬间结冰，却一动不动地注视着她的举动。

“亦墨，到这里来，这里有位子。”沈青热情地将自己身边的位子清理出来，邀请王亦墨坐到那里。

王亦黑过来之后双眼一直紧紧盯着虞锦沫，一刻也没有离开，只是紧紧地盯着她，脸上没有任何表情。

虞锦沫却被他的眼神盯得很不自在，最后不得不低头去摆弄盘子里的饭菜，但依旧没有吃任何东西。

“哎，亦墨，今天的红烧肉不错，你尝尝。”沈青没有看出两人间的奇怪气氛，只是一个劲地给王亦墨夹着菜。

王亦黑丝毫不理会沈青的殷勤，依旧紧紧地盯着虞锦沫，似乎想要在她身上盯出个洞一般，而虞锦沫也不自觉地加重了手上的力道。

如果这样沈青还没有发觉，那么她可就真是傻瓜了，看见两人这个模样，沈青的眉头不由得皱了起来，表情也没有刚才那么自然了。

“呵，你们吃，我吃完了。”“啪”的一声，沈青放下筷子，起身端起盘子便要走。

“沈……”

“砰——”

虞锦沫刚要叫住沈青，却被王亦墨一把拉住，并用力按到桌子上，声音很大，甚至惊动了旁边吃饭的同学。

沈青也是一样听到了，回头看了一眼王亦墨，眼眶一红，转身飞快地离开。

“疼……”虞锦沫吃惊地捂着自己被撞疼的手，连筷子都掉了，不由得恼火地吼：“王亦墨，你疯啦？”

“我疯了？对，我是疯了，我被你逼疯了！虞锦沫，难道现在你连看见我，都觉得碍眼了吗？”王亦墨不由分说地便吼了起来，附近几个学生都被他的声音吓得起身走了。

虞锦沫尴尬的四下看了看，低声劝，“你小声点！”

王亦墨没有反驳，突然站了起来，拉着虞锦沫便往外走，连盘子都不要了。

两人匆匆离开食堂，里面的同学这才围在一起议论起来。

虞锦沫被王亦黑一直拖到小树林里，这儿已经离食堂和教学区很远了，一路上无论虞锦沫怎么挣扎叫骂，王亦墨都没有松开手，这一路上还引来不少异样的目光。

这样的王亦墨是她从未见过的，在她印象里，他一直是温文尔雅的人，怎么忽然就变成这样了。

王亦墨现在是正在气头上，虞锦沫却不一样，她最在意别人的闲言碎语，也最受不了成为被议论的对象，所以她也真的生气了。

所以王亦墨一停下来，虞锦沫便很用力地甩开了他的手，生气的转身想要离开。

“站住！虞锦沫，你给我站住！今天你我非得说清楚不可，你究竟是有多讨厌我，才会对我这么反感？我究竟哪里不好了？你告诉我，告诉我……”王亦墨用力地掐着虞锦沫的双手，不管虞锦沫怎么挣扎都不松开。

“放开我，亦墨，你这是要流氓你知道吗？”虞锦沫气恼地一边挥舞着双手，一边吼，“你这样做只会让我更加害怕你，麻烦你理智一点好不好！”

听了虞锦沫的话，王亦墨的表情只是变得更痛苦，却没有办法，只得松开了手，转身一拳击打在身边的大树上，拳头顿时鲜血直流。

虞锦沫第一次见王亦墨这样，心不由得一惊，却还是倒退了一步，“亦墨，我想我们需要点时间各自冷静一下。”

说完，虞锦沫便转身逃一般的离开小树林，慌乱中连手机掉了都没有发现。

王亦墨无力地顺着大树跪了下去，用拳头不停地捶打着树身，用身体的痛来发泄心中的痛。

而此时，沈青却从虞锦沫离开的方向的一棵树后走了出来，走到王亦黑身边，轻轻地拥住了他，没有出声，只是借自己的肩膀来安慰他。

而沈青的心中却不由得生出一抹恨意。

虞锦沫，这么好的人放在你身边你不珍惜，却还这样狠心的伤害他，让他这么痛不欲生，你还当作什么事也没有发生的转身就走。

虞锦沫，你的心好狠。

虞锦沫在被王亦墨的行为吓到之后，第一个想到的人就是顾宏成，所以她直接出了学校，想要去找他。

她一个人游走在熟悉的街道上，全是陌生感。

不知不觉的，她竟然对顾宏成产生了这么强大的依赖，在受到惊吓后第一个想到的人却是他，第一个想要见到的人，也是他。

她朝着川流不息的马路上，拦了一辆出租车；正欲上去，就瞅见里面坐着一个陌生的男子，带着黑色的墨镜，像极了电视剧里的黑道大哥，下意识地退后几步。

没想到他迅速抓住她的手腕，毕竟男女在体力上是有差异的，虞锦沫被轻而易举地带到了车里，她不停地挣扎着，一口咬开捂住嘴巴的手，那人吃痛地喊了一声，“妈的！这丫头嘴巴这么利！”

虞锦沫得以喘息，准备大声喊出，没想到一块抹布捂住了她，然后脑子就昏昏沉沉的了。

顾宏成正在公司里如火如荼地检查员工后勤，完全没有料到会有这么一遭。

沈青陪着王亦墨走出草丛，余光瞄见地上有一个反射光，仔细一眯，那不是虞锦沫的手机吗？哆啦A梦的手机壳，真让她讨厌，绝对不会忘。

她不动声色地绕了过去，然后将手机踢到了灌木丛里，嘴角扬起了阴冷的笑容。

晚上，顾宏成依旧加班到很晚才回家，一进家门就问用人，“锦沫休息了吗？”

“虞小姐到现在还没有回来！”用人恭敬地回答。

顾宏成眉头紧蹙，心中若有所思，这小丫头是出什么事了吗？早上看她和王亦墨拉扯，晚上到现在还没有回家，不会有什么不测吧？

只是什么事就由在意的人去想象了，而顾宏成的想象就是虞锦沫与王亦墨在一起的情形，这让他的思绪变得更乱，心情也跟着变得糟糕起来。

他忍住想要给虞锦沫打电话的冲动，去倒了杯酒狠狠地灌了下去，并狠狠地拉开自己的领带。

可是这酒精的力量并没能让他平静下来，反而让他更加担心，心情变得更糟糕。

最终，他还是没能克制住，拿出手机拨打了虞锦沫的电话。

一遍，两遍，三遍……

直到手机显示电量不足，可是电话一直都是无人接听。

这下顾宏成坐不住了，立马给章以南打了电话，让他找了学校的电话，还有王亦墨的电话，并打了过去。

电话过了很久很久才接通，就在顾宏成以为王亦墨不会接的时候，电话却接通了，但是接电话的却不是王亦墨，而是个女声。

“王亦墨，虞锦沫在你身边吗？我警告你，马上把她送回……”

“锦沫不在这里！”那声音很低，很小心翼翼，像是怕惊扰到谁。

“那她去哪儿了？你是谁？”顾宏成更加着急了，他唯一能想到的就是虞锦沫与王亦墨在一起，可是现在这个想法被否定了，那么虞锦沫会在哪里？

万磊那里是不可能的，因为虞锦沫与他不合，不可能再回去。

对方没有给顾宏成回复，反倒是将电话挂掉了，这下顾宏成越发失去方寸了。

“没有，学校里没有，同学和老师都说下午就没有见过虞锦沫，不知道她的去向。”章以南赶来，将自己查到的信息报告给顾宏成。

“学校附近的监控录像看了没？”顾宏成将手机重重地放到桌子上，抬手揉着因紧张而发痛的头。

“我马上找人去调！”章以南这才想起来，马上打电话叫人去查。

就在章以南去查监控的时候，顾宏成又拿起手机，给万磊打了过去。

电话响了三声对方才接听，这种速度让顾宏成不由得咬牙。

“喂！”电话对面传来万磊略带迷糊的嗓音，似是在睡觉而被电话吵醒。

“锦沫在不在你那儿？”顾宏成很不想得到对方的肯定回答，但这个时候他又抱着一丝希望，如果虞锦沫在万磊那边，只要是安全的，就好。

“锦沫？锦沫不在我这儿啊，你是……顾总？”万磊突然惊醒过来，声音也清楚了许多。“顾总，我们公司的合作，您看……”

“有消息了……”万磊的话被匆匆进来的章以南打断，顾宏成立马挂掉电话，走向章以南。

“学校门口的监控看到虞锦沫出了学校后，在学校不远处被带进了一辆银色的面包车里，那些人不像是虞锦沫的朋友。”

章以南说话的时候，小心翼翼地看着顾宏成，生怕一不小心就碰到了什么不得了的开关，让自己陷入绝境。

“也就是说……锦沫……被绑架了？”顾宏成的脸上生出一抹阴霾，在章以南多年的经验看来，这是爆发的边缘。

于是章以南立马开口安慰，“也不一定，如果是绑架，那早就接到勒索电话了不是，你看现在都快过十二点了，还没有任何消息……”

章以南很想说没有消息就是好消息，可是看着顾宏成的脸，他实在是说不出口。

“报警！”顾宏成冷冷地说。

章以南一听，脸色立马变了，“不行，我们现在还不知道对方要的是什么，如果贸然报警，会让虞锦沫更危险！”

章以南认真地看着顾宏成，希望他能听进自己的话。

顾宏成的眉头越拧越紧，几乎要打成一个结，可是最后，他还是无力地坐进沙发里，痛苦地抱着头，什么都没有做。

见他如此，章以南这才安心的继续去打电话，找人查车牌号，尽可能地找到更多线索。

虞锦沫在这个时候，却是被绑在一个黑暗的小屋子里，四周没有一丁点光亮，嘴巴上的胶布让她无力呼喊，无尽的恐惧与绝望齐齐袭来，而她却只能睁着无助的大眼睛肆意地流泪。

虞锦沫此时想到的只有一个人，那就是顾宏成！

她被绑架了他知道吗？

他现在有没有到处在找她？

有没有想办法来救她？

不知不觉间，虞锦沫唯一能依靠的就只有他了，失去父母的她已经好多年都没有过家人的温暖了，好不容易她对顾宏成有了一点点家人般的感觉，如今就要失去了吗？

虞锦沫等啊等，哭啊哭，直到自己累了，便靠在墙上傻傻地笑了……

如果就这样死掉，那她就可以去跟父母团聚了，那样也是挺好的……

顾宏成坐在沙发上，整整一夜。章以南则是撑着头在一旁打盹，也是熬了那么久，直到早上他才撑不住闭了会儿眼，而顾宏成则是一宿未眠。

手机的铃声在这个寂静的空间里响起，显得格外刺耳与振奋人心，将章以南惊醒，同一时间顾宏成已经拿起手机接了起来。

“喂，老……老大……锦沫她被绑架了……”

电话是万磊打来的，他颤抖着声音说着事情的经过，“今天早上我家门口出现了一个包裹，里面有一张锦沫被绑着的照片，还有绑匪写的信，您快过来看看啊！”

虽然早已有了心理准备，但是接到万磊的电话却是在顾宏成的意料之外，绑匪竟然是给万磊消息而不是他，或是万磊却将电话打到他这里来了，这事真的是太过奇怪了。

可是顾宏成并没有想太多，只是得到消息后与章以南立马赶到了万磊家，在他家看到了那张虞锦沫被绑着扔在角落里的照片。

看着那张照片，顾宏成额头上的青筋都暴了起来。虞锦沫竟然就这样靠在冰冷的墙角，她身上的衣服那么单薄，就算天气不是很冷，但也说不上很热，就这样过一夜，是个正常人都会受不了，更何况虞锦沫还是个孩子。

“报警！”顾宏成忍着暴跳的怒火，冷冷地对章以南说。

“可是……”

“我说报警……”顾宏成再也忍不住，怒吼出声。

“不要啊……顾总，虞家就只剩下她一根独苗了，她可不能出事啊，绑匪要什么我就给什么，哪怕倾家荡产我都会给，如果锦沫出了什么事，我哪还有脸去见我死去的姐姐和姐夫啊……”万磊“扑通”一声跪在了顾宏成脚边，拉着他的衣角哭得撕心裂肺。“不能报警，不能报警啊……”

章以南见万磊如此，不知道是该哭还是该笑，这个万磊的演技已经可以去演电视剧了，不当演员可真是可惜了。

但是他此时却不能说出来，因为有些事还没有得到证实，何况现在虞锦沫的安危才是最重要的，更何况他也不赞成报警。

“老大，我也觉得还是不能贸然报警！”章以南将视线移到顾宏成的脸上，一脸认真且有深意。

顾宏成看了他许久，终究还是妥协，伸手拿过信仔细看了起来，又看了看包裹里的其他东西。

其实里面就一张打印出来的信，一张照片，一部普通的手机，再也没有其他的东西，想看也看不出什么。如果绑匪会留下什么线索，那就不用出来绑架了。

万磊见顾宏成改变了主意，这才从地上爬了起来，一脸为难地看着他。

“这钱我来出，你不要再插手了。”

顾宏成鄙夷地看了万磊一眼，顺手将信放进了西装口袋里，起身就要离开。

“顾总……您可千万要保护好我们家锦沫啊……”

万磊在顾宏成离开的时候又追在后面叮嘱着，但是顾宏成还是没有理会他，直接开车离开了。

车子里两人一直没有说话，只是章以南打电话去凑钱，随后就一直开着车，而顾宏成则是拿着手机不知道在想些什么。

直到他准备好了钱，坐在家里等电话，章以南这才开口：“老大，我觉得这个万磊有很大的问题。”

见顾宏成没有说话，他又接着说，“一般人会在这种时候去找一个外人吗？”

顾宏成依旧没有说话，只是再次拿起那照片，静静地看着上面的人，眼神中的温度再次降低。

手机响的时候，已经到了傍晚时分，绑匪要求顾宏成一个人拿着赎金去指定的地点，不允许任何人跟着，不许报警，否则就撕票。这是绑匪惯用的伎俩，顾宏成没有说什么，章以南也不敢多说，只得将准备好的钱箱子交给顾宏成，然后由顾宏成自己开车去。

根据绑匪所说的地点，顾宏成走了很多冤枉路，最后才将车开到郊区一座废弃的工厂。

那工厂似乎是以前出过事故发生过火灾，大部分墙壁都被烧成了黑色，其他有的地方已经坍塌，唯一能看出来的是已经被深草掩盖了的厂名。

顾宏成提着箱子走了进去，站在空荡荡的厂房里，静静地等待绑匪出现。

不过绑匪却是非常谨慎，直到天色暗的只剩下一点点昏暗的光才出来，却没有看到他们带着虞锦沫出现。

对方一共五个人，每个人都戴着面具，不露出真面目，见顾宏成真的是一个人来，他们也不再那么谨慎了，直接走了出来，并拿出强光灯照向顾宏成。

“人呢？”面对他们五人，顾宏成没有一丝胆怯，反倒气势强硬地问他们。如果不是担心虞锦沫，恐怕他早已经动手将面前这些绑匪狠狠地揍一顿了。

“我们要的东西呢？”其中一个绑匪说道，声音很粗犷。

顾宏成将手中的箱子扔到地上，不说话，却是紧紧地盯着他们。

说话的绑匪做了个手势，他身后的人立马上前捡了箱子，拿过去打开查看。

看了里面的东西，确定数目是对的之后，他们只是将箱子合上，却没有要再说点什么的意思。

“顾老板是吧？听说您很有钱，我相信这区区几百万对您来说只是九牛一毛。可是有一点我就不明白了，一个陌生人，值得您花这些钱吗？”

其中一个绑匪冷笑地问着，却将箱子扔到了一边，从地上捡起了几根烧黑变形的钢管，边敲着手边向顾宏成走来。

见他如此，顾宏成自然明白他的意思，但依旧站在原地没有动，只是将外套脱掉，领带解下绕到手上打成结。

“钱我已经送来了，可是你们却没有按约定将人还给我，我是个生意人，不喜欢不守信用的人。”

顾宏成冷冷地扬起唇，桀骜地看向那个绑匪。“我不知道你们是出于什么原因而绑架她的，但我相信你认识我，并且也知道我做事的手腕，既然事情已经到了无法用钱解决的地步，那我就将就点，用你们的方式来解决，你觉得怎么样？”

说着，顾宏成向前走了一步，与绑匪拉近了距离。

“哼！就你？”绑匪冷笑，“你确定你今天能走出这里？”

顾宏成依旧保持着那个笑容，虽然在笑，但露出的气息却叫人冷得忍不住地发颤。

绑匪见顾宏成这样，也是忍不住了，扬起手中的钢管就挥了过来，而身后的四个绑匪也捡起家伙冲了过来。

顾宏成一只手挡住绑匪挥舞过来的钢管，一脚踢向了他的腹部，将他踢出去了好几米远，随后又用拳头打向第二个人的脸，将那人打得满嘴是血，随后被其他几人纠缠起来。

“啐——”绑匪站起来啐了口唾沫，双眼变得阴冷狠戾。“身手不错吗，难怪敢一个人来这里，可惜你不该这么猖狂……”

说着，那绑匪就从身后抽出一把刀，其他几人见状也跟着从身后拿出刀，可见他们是有备而来。

顾宏成见他们打不过就拿刀，脸上不但没有一丝恐惧，反倒笑得更深。

五人再次围了过来，每个人都往顾宏成的致命处刺去，却每次都被他轻松闪躲过去，不由得气得双眼发红，下手更毒辣了。

而就在这个时候，顾宏成的眉头突然皱了起来，眼睛在一个方向定了几秒，就被一个人在手臂上狠狠地划了一刀，雪白的衬衣立马被鲜血染红。

绑匪见得了次手，立马变得得意起来，并且故意去攻击他受伤的手臂。

而此时的顾宏成却显得有些吃力起来，显然没有刚才那么专注，又被绑匪划伤了其他的几个地方，只是伤口比较浅，暂时没有什么事。

但如果被他们这样继续纠缠下去，他的体力再好也斗不过五个人，恐怕吃亏的是他自己。

于是他收回思绪，专心地去找五人的弱点，一脚将一个身材较瘦小的人给踢飞出去，直接踢晕了。

剩下的四人一见少了一人，也开始变得谨慎起来，不敢贸然靠近。

就在他们与顾宏成僵持的时候，旁边两个身影正缓慢地向门口移动着。顾宏成看到了那个方向，却害怕被面前的人发觉，突然主动去攻击他们，吸引他们的注意力。可是他这样换来的却是自己又重重的被刺了一刀，正刺到刚才受伤最严重的伤口上。

“啊，顾叔……”角落里的人再也忍不住了，惊叫出声，这一声叫，惊的四个绑匪都转过头去，这才发现虞锦沫不知道什么时候被一个小子带了出来，并且已经快要到门口了。

“抓住她！”为首的绑匪吼着，立马有两个人向虞锦沫冲了过去。

“谁让你出声的，快跑。”顾宏成忍着痛怒吼着，同样向虞锦沫冲去。

“快走，锦沫。”王亦墨拉着虞锦沫的手就向门口跑去，可是虞锦沫却因为看到受伤的顾宏成而不忍心一个人逃走，就在此时被冲过去的两个绑匪抓住，就连王亦墨也被一同抓了起来，这下好了，又多了一个人质。

“你们有种冲我来，放了锦沫。”王亦墨大声地冲着绑匪吼着，虽然被抓到了，但仍旧拼命地挣扎。

他昨天与虞锦沫分开之后就一直没有见到她，第二天虞锦沫也没有去学校，这让他不由得担心自己太过偏激的行为吓到了虞锦沫，想要找她道歉。

可是当他到了虞锦沫家的时候，正巧遇到顾宏成一脸严肃的与章以南说着什么，手中还提着一个箱子，这时他才知道原来虞锦沫被绑架了。

于是他一路跟着顾宏成，最后跟到了这个废弃工厂。乘着顾宏成与绑匪纠缠的机会，他溜进去寻找虞锦沫并带着她悄悄地想要逃走，可是虞锦沫却在看到顾宏成受伤后一直担心，甚至最后看到顾宏成再次受伤而担心的惊叫出声，暴露了两人的行踪，拖累了顾宏成。

“顾宏成，你再动一下试试，我这刀子可是不长眼的，如果在这小姑娘漂亮的小脸上不小心划了道疤，那你可不要怪我啊！”绑匪将刀子贴近虞锦沫的脸，冷笑着威胁顾宏成。

“你究竟想怎么样？”顾宏成停了下来，立马被人一左一右地抓住。

“我想怎么样？我只想让你也尝尝被人踩在脚底下的感觉……”那绑匪说着，一脚踹向顾宏成，在顾宏成疼得弯下腰的时候，又将他按到地上，一脚踩向他的头。

“你看这种感觉好吗？被人踩着，想翻身都翻不了，是不是感觉很不是滋味呢？身为那么大的集团的总裁，你有没有想过自己会有这么一天呢？嗯？”

“我可不记得我曾经这样对待过别人！更不明白你为什么对我有这么大的恨意，如果是我以前做了什么事让你心里不舒服，那你完全可以冲我来，放了那两个孩子，有什么事冲我来。”顾宏成艰难地说着，脸被地上的碎石硌破，变得血肉模糊。

“你当然不会记得，你的世界里只有你自己的利益，当然不会顾及别人的感受。反正你高高在上，整天担心的就是自己可以谈多少笔生意，哪里会懂我们这些仅仅靠着一份工作来过活的低等人的死活。”

“我从不觉得人分贵贱，只是每个人对自己人生所做出的努力而已。你在说这些话的时候，已经自己放弃自己了，别人再高看你也没有任何意义。”顾宏成依旧按照他自己的风格说着话，却没想到这样反倒会更刺激他。

“到现在还嘴硬，给我打！”那绑匪被顾宏成说得恼羞成怒，一脚踢到顾宏成的头上，按着顾宏成的两个人开始下死命地踢打着顾宏成。

“顾叔……”虞锦沫再也忍不住，痛苦地哭喊出来。

“你们放开他，有什么事冲我来，你们要绑架的是我，要报复就冲我来，请不要伤害他，不要……”虞锦沫哭着跪了下去。

她已经看着自己最亲最爱的父母在自己面前死掉了，不能再让这个唯一对她好的人也在她面前死去，如果是这样，她宁可死的是自己。

“锦沫……”王亦墨看着这样的虞锦沫，终是呆住了。

他眼中的虞锦沫不应该是这样的，是那个就算父母离开了，也没有哭到这么歇斯底里的坚强的女孩子，是受到别人欺负会站起来与别人对打的泼辣女孩，而不是像现在这样跪在这里乞求别人放过的懦弱女孩。

这不是他认识的虞锦沫。

“放过他？呵，等我把他废了再说。”那绑匪冷冷笑着，捡起地上的钢管就要向顾宏成挥去。

“不要……”虞锦沫惊恐地扑向顾宏成，想要替他抵挡一下。

可是预期而来的疼痛却并没有，自己反而落进了一个宽厚的怀抱。

直到一滴温热的液体滴落到她的脸上，她方才惊恐地抬起头，却看到了正温柔地冲她微笑的顾宏成。

“你这孩子，怎么老这样不听话！”说着，顾宏成便直直地向她倒去。

所有人都被眼前的一幕吓到了，就连那挥着钢管的绑匪都吓得扔掉了钢管。

就在此时外面响起了警车的声音，几人立马连滚带爬的向另一个方向跑去。

“啊……啊……”可是虞锦沫却傻在了原地，她颤抖着抬手捂住顾宏成不停往外流着血的后脑，连哭喊都忘记了，只是张着嘴，不停地吐着单音，拼命地想要止住那些血。

王亦墨站在那里，傻傻地看着虞锦沫，就那样傻傻地看着，整个人像是被抽去了灵魂一样，呆怔在了那里，一动不动。

警察来了，章以南来了，万磊也来了，来了很多人，说了很多话，也问了很多事，可是虞锦沫却一个字都没有听进去，只是用力地抱着昏倒的顾宏成，直到医生将他们俩分开，一个推进了急救室，一个死活守在外面不走，最后只得在急救室外面处理身上的伤痕和血。

其实虞锦沫并没有受伤，只是身上的血看上去很可怕，其实那都是顾宏成的。而王亦墨也是一样，身上并没有伤，只是静静地守在虞锦沫身边，一直陪着她，一句话也没有说。

“锦沫啊，跟我回去吧！”万磊站到虞锦沫面前，轻声地劝说着，但换来的却是虞锦沫无声的拒绝。

章以南看在眼里，便走了上来挡在万磊面前，替虞锦沫挡开万磊的纠缠。“万总，您还是先回去吧，虞小姐交给我来照顾。”

“这……”万磊看了看章以南，又看了看虞锦沫，最后还是妥协了。

万磊走了，章以南便来到王亦墨身边，本打算劝他也回去，可是还没等他开口，王亦墨已经抢先开了口：“你不用说了，我要在这里陪锦沫，她不走我也不走。”

章以南被王亦墨这么一噎，什么话也说不出来，无奈地耸了耸肩，转身走到了对面坐下，同样不再说话。

第五章　你是我生命中最灿烂的烟火

为了爱你，我可以奋不顾身，只求你不要稍纵即逝。

时间一分一秒地过去，手术室的灯终于熄灭了，医生出来的一瞬间，虞锦沫几乎是弹起来扑向医生。“医生，他怎么样了？”

医生看了一眼虞锦沫，又看了一眼跟过来的章以南，问道：“你们谁是病人的家属？”

“我是他的助理，他的家人都不在国内，有什么问题可以跟我说。”

章以南说着又看了看虞锦沫。“她是病人的侄女，也算是半个家属。”

“那好！病人目前的情况还算稳定，不过因为伤的是脑部，还需要观察几天，你们去办理一下住院手续吧！”说完，医生便离开了。

直到此时，虞锦沫的心才放了下来，终于脸上露出了一点点带有希望的笑意。

看着虞锦沫的笑，王亦墨心里却是什么味道都有了。

他猛地转身向医院外跑去，甚至都没有在离开之前跟虞锦沫打声招呼，就这样匆匆地跑掉了。

他终于明白了，他这辈子都不可能得到虞锦沫的，因为他根本就没有那个能力去得到。

论家世，王亦墨家还算是殷实，可是虞锦沫家曾经可不是一样，她不在乎这些。

论长相，王亦墨在学校那可也算是拔尖的，称不上最帅的，但也离不开那个字，在学校也算是个风云人物。

论关系，王亦墨与虞锦沫从小到大这么多年的朋友，不算青梅竹马，也算是两小无猜了。

可是唯独输在一点，他王亦墨不能在虞锦沫最危险的时候保护她，不能在她最难过的时候安慰她，更不能让虞锦沫像在乎顾宏成一样在乎他。

这么多年下来，他的懦弱，让他没能在顾宏成出现的时候向她表白，失去了这最后的机会。

最后，他出现了，王亦墨在虞锦沫身边的光芒褪色了，虞锦沫的眼中只有他顾宏成，而王亦墨却只能成为一个陪衬。

虞锦沫发现王亦墨不在时，已经是在顾宏成转移到病房之后，她本想守在顾宏成身边，但章以南却不同意，原因是顾宏成就算是醒着也不会同意，所以他必须遵循顾宏成的原则，先送虞锦沫回去休息，明天再来。

虞锦沫没有办法拒绝，也不想在这种时候让顾宏成醒过来还要为她操心，所以就回去了。

回家之后，虞锦沫给王亦墨打了电话，可是王亦墨却没有接。

其实虞锦沫是想感谢王亦墨，毕竟他不顾危险去救了她，虽然没有成功，但是虞锦沫还是很感谢他。

可是王亦墨不接电话，虞锦沫这个感谢的念头也只好暂时搁置。

毕竟几天没有好好休息了，洗漱完之后倒在床上就沉沉睡去。

因为虞锦沫被绑架的事情，顾宏成受了重伤，甚至这件事都上了报纸头条，所以很多的媒体都在楼下等着消息。

章以南顶着一双熊猫眼出现在虞锦沫面前时，将虞锦沫吓了一跳，此时她正准备去医院，手里还提着她亲自煮的清粥。

“你被人打了吗？”虞锦沫一脸难以置信，甚至忍不住地抬手去摸章以南的眼睛。

章以南一脸无语地挡住虞锦沫的手，将她手中的保温盒拿下来放回桌子上。“现在暂时不要出门，门外都是记者，不想被唾沫淹死就好好待在家里。”

“啊？”虞锦沫显示不愿意，立马鼓起了腮帮子，不情愿的抗议。“不要，我要去医院看顾叔。”

“他已经醒了，你不需要去看他了，是他让我来看着你的，否则你以为我这个两天没有睡觉的人愿意来守着你啊？”章以南痛苦地坐进沙发里，一脸疲惫地说着。

“顾叔醒啦？”虞锦沫的脑子自动过滤了一些不相干的事情，只接收了重点的消息。

“是！他现在好得很，还有心思骂我呢！唉，你说我这个助理容易吗我？别人上班我上班，别人下班我还在上班，别人受伤我还要兼职当监护人，我容易吗？”章以南一脸埋怨。

看着这样的章以南，虞锦沫心里很清楚他只是想找个人吐吐苦水。但是如果今天真的被他盯一天，她就真的见不到顾宏成了，所以她还是得想办法溜出去。

虞锦沫转了转滴溜溜的大眼睛，却看到了桌子上准备给顾宏成带去的粥，突然笑了。

“好啦好啦，我知道章叔叔最好了，这个就当犒赏你了，吃了它，安心地睡一觉，我保证不告诉顾叔。”虞锦沫一脸谄媚地笑着，将保温盒递到章以南面前。

“这么好？”章以南有些不敢相信。

“章叔叔这么辛苦，还不都是为了我，所以这就当是我的一点小小的报答了。”虞锦沫一脸天真地说着，甚至还帮章以南揭开了盖子，将勺子毕恭毕敬地递了过去，一脸诚恳地看着他。

章以南见虞锦沫这个表情，又看了一眼那碗白粥，不由得咽了口口水，伸手接过白粥便吃了起来。

“好吃吗？”虞锦沫在一旁问着。

“嗯！还行。”

“那吃完你在这休息吧！”

“嗯！我也是这么想的。”

“好，那我给你准备房间。”虞锦沫说着便跳着离开，像只欢乐的小兔子。

章以南看在眼里，只觉得自己是在看一个天真可爱的孩子，却没想到自己已经着了虞锦沫的道。

当章以南被反锁在客房里，叫天不应，叫地不灵的时候，他才知道现在的孩子有多可怕、多狡猾，不由得开始后悔自己怎么就管不住这张贪吃的嘴。

虞锦沫为了不引人瞩目，特意拿出一副黑边眼镜，让自己看上去与平时很不一样，然后才偷偷跑出家门。

越是平凡的打扮，就越不会有人注意，这是虞锦沫看了很多狗血的电视剧桥段后总结出的，她才没有傻到在这种时候还弄一堆东西来让自己更显眼呢，所以说那些电视里一有事就戴帽穿黑衣的人，都是脑子有问题的。

顾宏成的家门口有很多记者，虞锦沫轻松地躲过了，可是没想到，医院门口的记者却更多，但是虞锦沫还是悄悄溜了进去，成功地来到了病房。

“站住，这里不能进。”病房门口有两个保镖站着，虞锦沫走过去直接就被拦住了。

“我是虞锦沫！”虞锦沫拿下眼镜，对着两个保镖眨了眨眼。

“对不起，我们只认章经理和顾先生，其他人没有两位先生的允许都不能进。”

“你们……”虞锦沫无语地指着他们两个，突然指向一个方向叫，“章经理……”

两个保镖竟然狗血地转了头，虞锦沫这才乘机钻进了病房，等保镖回过神来已经晚了，只得跟着冲进了病房。

“顾叔……救命……”虞锦沫尖叫着跑了进去，将正在看文件的顾宏成吓了一跳。

“锦沫，你怎么来了？”见到虞锦沫，顾宏成不喜反怒。“不是说了让你在家不要出门吗，怎么还是跑出来了？太胡闹了！”话一出口，虞锦沫便一脸委屈地低下了头。

“对不起顾先生，我们失职了。”两个保镖直直地站在那里，低着头向顾宏成道歉。

“没事了，你们出去吧！”顾宏成打发了保镖后才无奈地叹了口气，向虞锦沫伸出手，“过来。”

虞锦沫怯怯地走到顾宏成的身边，一脸可怜地看着他，双眼几乎泛出泪来。“我是担心你，想亲自看到你才能安心，所以就将章叔叔锁在家里跑出来了。”

顾宏成见虞锦沫可怜兮兮的模样，也不忍心再责备，只是语重心长地说道：“你刚刚经历了这么大的事，我也是担心你的安危，所以才让章以南去看着你的，结果你还是这么不乖，不但跑出来，还将他锁在家里，你这样让我怎么放心？”

“顾叔，我知道错了，对不起！”虞锦沫伸手抓着顾宏成的袖子，轻轻地摇着，对他撒着娇。

“好了好了，来了就算了，只是你得保证，以后不可以这样了，知道了吗？”顾宏成无奈地叹了口气，伸手拂上虞锦沫的头，轻轻地摸着她柔软的头发，嘴角扬起宠溺的笑。

面对虞锦沫这样孩子气的撒娇方式，他还是妥协了。

打了电话找人去拯救被关起来的章以南，顾宏成便又开始投入到工作中。

虞锦沫看着顾宏成头上包着纱布就觉得自责，如果不是因为自己，顾宏成就不会受伤。越想越难过，不由得就走了过去，抽走了他的文件。“顾叔，你伤得这么重就不要再工作了，好好休息休息，这样伤才能快点好起来。”

顾宏成本想说些什么，可是看着虞锦沫因自责而泛起泪花的眼，不由得心一软，最后只好叹了口气，听话地靠在病床上，冲着她温柔地笑着。“我没事，只是一点小伤而已。”

“流了那么多血，怎么可能是小伤，你就不要逞强了，好好休息，这些事可以留着伤好了之后再做。”说着虞锦沫还特意将病床的高度调了下去，扶着顾宏成躺了下去，并帮他盖好被子。

“你放心吧，你现在休息而耽误的工作，我以后都会还给你的，等我大学毕业了，我就去帮你工作，替你挣很多很多钱，来弥补你这些日子休息带来的损失。”

“哈哈……”顾宏成听到这个，不由得开怀大笑，看着虞锦沫的眼神更加温柔了。

“傻瓜，顾叔只希望你能好好学习，其他的都不需要。你以后只要开开心心的生活，就是对我最大的弥补了。我不希望这种事再在你的身上发生，否则……”顾宏成的双眼瞬间变得冰凉。

那些让虞锦沫吃苦的人，他绝对不会让他们有好日子过，不管他们是出于什么原因而做出这些事来，但凡是伤害了虞锦沫的，他一个都不会放过。

“那几个绑匪怎么说？”出院后，顾宏成问章以南的第一件事，就是关于绑匪案子的事情，也是他最关心的事情。

“他们像是串过口供，都说只是因为被公司辞退而愤愤不平，所以才想着绑架勒索的。只不过他们只是想着虞锦沫是万磊的侄女，并没有想过与顾氏有什么关系。”章以南认真地报告着。

“你相信吗？”顾宏成冷笑。

“不相信！这其中的疑点太多，可是无奈他们串过了口供，我们完全套不出话来。”

“那好，就让他们为此付出代价，我不希望看到他们再出现，你看着办。”顾宏成说着，转身走出了书房，而外面已经准备好去上学的虞锦沫正在门口等着他。

章以南跟着走了出来，忍不住地揉了揉自己发痛的头。他的老板可真的是个狠角色啊，这下可有得他忙了。

“顾叔，走吧！”虞锦沫在门口冲顾宏成甜甜的一笑，伸手便勾住了顾宏成的胳膊，亲密地靠在他身边。

“嗯！”顾宏成也没有反对，反倒是抬手揉了揉虞锦沫的头发，像是宠孩子一样的宠着虞锦沫。

两人相视而笑，温馨却又透着丝丝甜蜜，随后走出家门。

站在一旁看着的章以南不由得愣住，歪着头想了许久，疑惑与担忧都涌上心头。

顾宏成将虞锦沫送到学校，然后等她放学后又接到公司，这是在顾宏成出院后才决定的事情，就是为了更好地保护虞锦沫。

对于这个，虞锦沫不但没有反对，反而欣然接受，她正好也想多待在顾宏成身边，这样一来两人相处的时间更多了，甚至有时候晚上顾宏成下班太晚她还可以督促一下，对双方都有利。

只不过她却没有发现，其实她这么做，其实还有更深一层的原因，因为她开始对顾宏成产生了一种她从来没有对别人产生的感情，只是她现在还没有发现而已。

“虞锦沫！”一进学校，王亦墨就走了过来，显然是在学校门口等了好一会，手中还是拿着牛奶，这是他自上次的事情之后唯一做的事情。

“早上好！”而这一次虞锦沫也没有拒绝，反倒是主动去拿过牛奶喝了起来。“今天怎么没有看到沈青？”

“不知道呢，早上到现在都没有看见她。”王亦墨笑着说着，与虞锦沫并肩向校园内走去。

“好吧！我还想让她给我一下她的号码呢，手机上次丢了之后我就没有办法联系你们了，不过还好顾叔给我买了新手机，你也把你的电话给我一下吧，我存下来。”

虞锦沫开心地拿出自己的新手机，那桌面还是顾宏成与虞锦沫的合照，照片上两人都笑得很开心，这让虞锦沫一看就心情很好，所以特别得意。“看，顾叔是不是很帅，有没有感觉像明星？不对，比明星还帅，他还是纯天然的帅哥呢！”

“嗯，是啊！”王亦墨看着手机上的桌面笑了笑，虽然笑容很僵，但是却比以前好了许多，可能是看开了。“那我们也合照吧！”王亦墨弯起眼笑，笑得很开心。

“好！”虞锦沫爽快地答应，并拿起手机主动与王亦墨合拍。

“该我了！”王亦墨笑着说，“虞锦沫，你把眼睛闭起来比较好看，我们拍一张你闭眼我睁眼的照片吧！”

“呃……你不会是想做坏事吧！”虞锦沫一脸戒备地看着王亦墨。

“怎么可能！”王亦墨一脸无辜。

“哈哈，跟你开玩笑的。”虞锦沫笑着说着，随后闭上眼扬起头做了一个很臭美的姿势。

王亦墨苦涩地笑了笑，将脸靠近虞锦沫，也慢慢闭上了眼。

“好了！”王亦墨笑着开口，虞锦沫这才睁开眼。

“来，给我看看你拍的，有没有把我拍得很丑。”虞锦沫将手凑了过去，可是王亦墨已经关掉了屏幕，将手机收进了口袋里。

“快上课了，我们快走吧！”说着，王亦墨拉着虞锦沫便向教学楼跑去。

而站在他们身后不远处的沈青，却将一切都看在了眼里，手中拿着的两杯豆浆都被她紧握的双手捏得撒了出来，脸也因为嫉妒而变得扭曲。

“虞锦沫，为什么你都这样了，他还对你这样死心塌地……”沈青将手中的东西全部扔到地上，随后一脚狠狠地踩了上去。

面对王亦墨的转变，虞锦沫本以为日子可以就这么回到过去，她还是可以跟王亦墨做好朋友，可是让她意外的是，王亦墨连招呼都没有打，就这么离开了。

老师说是他的父母将王亦墨送去留学，可是虞锦沫却没有从王亦墨那里得到一丁点儿的消息，他就这样不告而别了。

他竟然瞒着所有人，就这样走了，让虞锦沫防不胜防。

直到此时虞锦沫才明白，原来王亦墨并不是放下了，而是不愿意面对，选择离开。

在王亦墨离开的第二天，沈青约了虞锦沫在学校外的咖啡厅里见面，将虞锦沫丢失的手机递给她。

可是当虞锦沫伸手去接的时候，沈青却故意让手机掉落在了地上，摔得支离破碎，看着地上的手机，虞锦沫愣住了。

幸好咖啡厅这个时候还没有人，否则大家都会注意这边。

“哎呀，我怎么这么不小心，对不起啊锦沫。”沈青吃惊地喊道，声音比手机落地的声音还要大，让虞锦沫不由得皱眉，疑惑地看向她。

“可是坏了能怎么办呢？反正你已经有了新手机，这部旧手机对你也没有意义了，我说的对吗？”沈青笑道，笑容很是讽刺，“就像王亦墨一样！”

“沈青，你怎么了？”虞锦沫不解地看着沈青。

“我怎么了？我还能怎么了？我只是腻了！虞锦沫，你真以为我喜欢跟你做朋友吗？如果不是因为王亦墨，像你这种不可一世的千金大小姐，我连看一眼都觉得恶心。”

“沈青……”虞锦沫吃惊地微张着嘴，不能接受沈青现在所说的话，眼眶开始泛出泪花。

“别叫我的名字！真恶心！”沈青厌恶地吼到，并且拿起桌上的清水向虞锦沫泼去。

冰冷的水从虞锦沫的脸上一滴滴地滴落下来，滑进了衣服里，让虞锦沫感觉自己的身体正一点点的被冰冷侵蚀。

明明是这么暖的天，可是她却一点都感觉不到温暖，只觉得从头到脚的凉意。

“虞锦沫，你厉害，我斗不过你，甚至连葛微都斗不过你。没办法，谁让你有个那么强大的后台呢！他可以收购葛微家的公司，强迫葛微的父母让葛微转学，可是这样就有人喜欢你了吗？不，你还是原来的你，没有人喜欢，没有人愿意跟你在一起，没有人愿意跟你做朋友，别人只会更加瞧不起你。”沈青说的这些话，犹如一把刀，直直地扎向虞锦沫的心脏，那些虞锦沫不知道的事实，让虞锦沫更为心痛。

原来，是顾叔在她背后帮她，葛微的离开，也是因为顾叔。

“沈青……我……是真的把你当朋友的，你为什么要这样对我？”虞锦沫哽咽着说道，甚至还想伸手去拉沈青的手，但却被她很用力地甩开。

“朋友？你还有脸说！如果你把我当朋友，那你为什么没有看出来我喜欢亦墨，为什么还要一次又一次地伤害他？你知道每次看着他因为你哭，我是什么感觉吗？”沈青猛地站起来，很大声地咆哮。

“你……喜欢……他……”虞锦沫再次被惊呆，这短短几分钟里，她接连听到这么多让她震惊的消息，她一时真的无法全部消化，就如同几个大球一样堵在胸口，吞不下去，吐不出来，无法喘息般的难受。

“是的，我喜欢他，一直都很喜欢……我在你身边也是为了接近他，我甚至为了让他多看我一眼，不惜挑唆葛微她们去对付你，就是为了多与他多说几句话。可是呢，有什么用，他最后还是选择离开，他没有选择任何人，而是离开……虞锦沫，我恨你……我这辈子都不会原谅你……”沈青抬手甩了虞锦沫一巴掌，咬牙切齿地说完，起身走出咖啡厅。

空荡的咖啡厅里依旧放着轻飘飘的音乐，却没有一个人上来安慰虞锦沫，更不知道她为何哭得那么伤心。

虞锦沫只是紧紧捂着心口，撕心裂肺地哭着，无助得像个走失的孩子。

能不哭吗？

两天之内，仅有的两个朋友都离开了她，而且她还是永远地失去了这两个朋友，无法挽回的失去，这让她怎么能不伤心。

从此之后，她又是一个人了！

虞锦沫从咖啡厅出来后站在街头，看着街道上的人流发呆，随后麻木地走进人潮中，漫无目的地走着。

虞锦沫回忆着自己与沈青相处的点点滴滴，原本没有发觉的一些事情都在这个时候被细化，直到此时虞锦沫才发现了点点的蛛丝马迹。

原来沈青跟她在一起的时候，每次看到王亦墨都很奇怪，有时候她和王亦墨谈得那么开心，可是沈青却是一声不吭。

现在想来，虞锦沫才发现自己是多么粗心，竟然连这么明显的事情都没有发现，真的是太笨了。

如果她早一些发现，如果她好好处理三个人的关系，那么结局是不是就不一样了？

这一天，虞锦沫没有去学校，没有去顾宏成的公司，只是回到家之后将自己关了一天，不吃也不喝，只是坐在床上发呆。

顾宏成回来之后，看到的就是一个丢了魂儿的人，而不是他所认识的那个充满朝气的虞锦沫。

“不开心？”顾宏成走到床边，伸手去摸虞锦沫的头，却在看到她眼中的血丝后皱起眉。“你哭了！”他肯定地说着，并坐在床边扳过虞锦沫的身体，让她面对自己。“出什么事了？学校里的同学又欺负你了吗？”

“没有！”虞锦沫开口，声音沙哑。

“那为什么？”顾宏成的眉头皱得更紧了。

“王亦墨走了，连招呼都没有打，就出国了。”虞锦沫说到这里，忍不住又掉下了眼泪。“还有沈青，她也不理我了，她说她恨我，都是因为我王亦墨才离开的，都是我的错……我现在一个朋友都没有了……”

虞锦沫像个无助的孩子一样紧紧揪着顾宏成的衣角，在他面前毫无保留地哭诉着。他是她唯一相信，并且依靠的人，也是唯一可以倾诉的对象，所以虞锦沫相信只有他才能帮助自己。

“不是你的错，你没有错！锦沫，每个人一生都要经历很多的得失，包括朋友在内。如果是真的朋友，一辈子都会是你的朋友，不管他走到哪里，只要有一天能遇上，还是可以一笑泯恩仇的。”

顾宏成将虞锦沫拥进怀里，手轻轻抚摩着她的头发安慰着她，“你们现在都太年轻，有些事还不能理智地处理，等到有一天你们成熟了，自然会知道自己所做事情的对错。”

“我不知道，我好难过，我现在一个朋友都没有了，我好孤单……”虞锦沫伸手抱着顾宏成，将脸紧紧地埋进他怀中，将自己的鼻涕眼泪都蹭到他身上。

“没关系，你还有我呢，还有你章叔，我们都是你的朋友。”顾宏成轻声说道，低下头对着虞锦沫温柔的笑。

虞锦沫微微抬起头，对上顾宏成温柔的笑脸，深邃的双眸，一时间愣在了那里。“顾叔！”

“朋友可以再交，不要因为一些错误的人而忽略了身边的新朋友，只要你肯用心，你身边的每一个同学都可以成为你的朋友。有可能一些人一时间不能接受，但是只要你对他们付出真心，时间一长，别人自然也会对你付出真心。不要因为暂时失去了朋友而对生活失去希望，你往后的路还长，你得好好走，才能走出自己的一片天。”

“嗯！”虞锦沫听了顾宏成的话，终于破涕为笑，“顾叔，你以前也有像我这样吗？”

“嗯，有过，很久之前……那时我满脑子都是学习，身边也有许多好朋友、好同学，有很多人现在都失去联系了，唯一的一个至今还在身边的朋友就是章以南。”

顾宏成说到章以南的时候嘴角还带着淡淡的笑，像是在怀念当初的时光。

“是吗？那章叔叔跟你以前上学的时候谁学习最好，谁又最受女孩子喜欢呢？”顾宏成的话让虞锦沫一时忘记了那些不开心的事，开始八卦起来。

“这个啊……我们以前……”顾宏成开始给虞锦沫讲起了自己读大学时的事情，只不过他却只说了好的一部分，关于坏的部分他却没有说，那些不堪回首的事情，还是让它永远尘封在他的记忆里吧，现在的虞锦沫，拥有的只有快乐就好。

继王亦墨离开之后，沈青也走了，学校没有说沈青去哪里，只是听一些同学议论说沈青也出国了。

虞锦沫在顾宏成的鼓励下看开了许多，所以在听到这个消息时只是短暂的伤感了一段时间，而后就将所有精力都投入进了学习中，为自己的明天而努力着。而之后她也交了不少朋友，虽然像王亦墨那么要好的没几个，但是虞锦沫已经不再像以前那样孤僻骄傲了。

而这些改变，都是为了顾宏成。

第六章　小情歌

可不可以不这样，可不可以不这样喜欢你，可不可以不这样把你放在心底，而此时，就这一刻，我只想和你一起白头，别无所求。

不知不觉三年过去……

虞锦沫已经大四了，本就资质不差的她，现在不但可以拿到奖学金，甚至还能在工作上帮助顾宏成了。

所以顾宏成现在出去工作也都愿意带着她，一来可以帮些小忙，二来可以挡住那些狂蜂浪蝶。

虽然每次虞锦沫都被气得像只小青蛙，可是每次只要顾宏成一有应酬她都要跟着，只要看到哪个女人靠近，她就使尽浑身解数将那个女的整得花容失色落荒而逃。

顾宏成虽然每次都装作生气的样子，但心底里却总是暗自偷笑。而章以南却是那个最担心的，每次都要在顾宏成面前说一遍：我真怕你以后娶不到老婆。

可是虞锦沫乐此不疲，顾宏成也乐在其中，章以南也就见怪不怪了。

“锦沫，国内的事情已经基本稳定了，我马上就要回欧洲总部了，你要一起过去吗？”饭桌上，顾宏成对正在用心剥着虾壳的虞锦沫说。

“欧洲哪里？好玩吗？”虞锦沫将一只没剥干净的虾放进嘴里，边“咔嚓”地咬着。

顾宏成无奈地看了她一眼，伸手将她的盘子拿过来，将虾一只只的剥好了放进盘子里，然后递给她。“维也纳，以前说过要带你去，可是一直都没有时间。”

“好啊！”虞锦沫吃着顾宏成亲手剥的虾，满脸都是幸福的笑，想也不想就答应了，他曾说过，有他在的地方就是家，现在一语成谶，深深烙在她的心里。

“嗯，那我让人安排你的转学手续。”

就这样，一周后虞锦沫与顾宏成一起搬到了维也纳，世界闻名的音乐之都。

来这里之后顾宏成与章以南就安排虞锦沫进了一所大学，随后便像以前一样整日地工作，陪虞锦沫的时间很少。

可是顾宏成还是记得虞锦沫的，只要他一有空，就会带着虞锦沫四处去玩，几乎将整个城市都走了一遍，甚至带虞锦沫去听了音乐会，在金色大厅里。

虽然最后的结果是虞锦沫累到靠在顾宏成身边沉睡过去，可是虞锦沫还是很满足……

然而，好景不长，就在虞锦沫以为以后的日子都这样圆满的时候，一件事情让她完全变了个人。

那天虞锦沫放学之后去到顾宏成的公司，正在进入公司的她，却看到顾宏成与一个很漂亮的女人在门口很亲热地依偎在一起，甚至那女人整个身体已经贴到了顾宏成身上。

而顾宏成不但没有拒绝，反而满脸笑意地搂着她的腰，低头吻上了她的唇。

只是这一个动作，便让虞锦沫像只奓了毛的猫一般冲了出去，直直扑向那个女人，将她狠狠推了出去，那女人穿着十多厘米的高跟鞋，被虞锦沫一推，很不幸的摔了下去，手上腿上的皮都磕破了不说，就连额角都撞破了。

看着刚才还在自己怀里的女人就这样摔了出去，顾宏成有一瞬间的失神，待他回过神来之后怒意立马就提了起来，一把将虞锦沫的胳膊提住，将她扯开了好几步，怒吼道："你做什么？怎么可以随便伤人？是谁教你这么没礼貌的？"

顾宏成说完也不等虞锦沫解释，就一脸担心地跑过去抱起那女人，匆匆忙忙的开车去了医院，只留下虞锦沫一个人孤孤单单地站在原地。

难过、委屈一瞬间涌了上来，让她彻底崩溃。

"你从来没有对我这么凶过，今天就为了那个女人，你居然骂我……我做错什么了？做错什么了……"虞锦沫大声地哭着，可是没有一个人听到她的哭喊声，顾宏成更加听不见。

这天晚上，虞锦沫没有回家，而是跟着一群刚认识的同学去了酒吧，喝了人生中的第一顿酒。

可是就算是喝醉了，虞锦沫的意识却依然清醒，仍旧习惯性的打的回了家，而迎接她的，却是章以南那张百年不变的热情脸，而不是顾宏成。

虞锦沫一进门就抓着章以南的衣领，将胃里所有的东西都吐进他的衣服里，然后就失去意识睡倒过去。

章以南黑着一张脸，叫来用人将虞锦沫带进房间，随后给顾宏成打了报告电话。

因此，当虞锦沫第二天清醒后看到的，就是顾宏成那张难看到极致的脸。

“谁让你出去喝酒的？你现在才多大，就开始学坏了，以后该怎么办？是不是你父母不在了，你就不听人管教了，开始变得越来越没规矩了？你知道你昨天把别人伤成什么样吗？”顾宏成的声音很严厉，似乎与平时那个温柔的他完全变了一个人。

“是，我没有父母管，所以没有规矩。没办法，谁让我父母死得早呢？你不是我父母，所以没有必要来尽这个义务，如果你不喜欢看见，那我不让你看到就是。”虞锦沫也不甘示弱，爬起来换了衣服就冲出了家门。

昨天的事情她没有忘记，那刺眼的一幕更是如同刀刻一般地刻在了她的脑海里，让她感觉自己的脑子几乎要爆炸。

本以为他想清楚了会来向她道歉，可是没有想到她等来的，却是一声声更残忍的指责，她不想让自己面对这样的他，所以她选择了离开。

跑出家门的虞锦沫没有地方可以去，只得去了学校，最后在一个女同学家落了脚。

一天，两天，三天，顾宏成都没有来找她，甚至连电话都没有打一个，就连章以南都没有打来。

因此，虞锦沫甚至以为顾宏成出了什么事，还偷偷去了趟公司。

可是她没有看到那个因为她离家出走而变得焦急不堪的顾宏成，反倒看到了顾宏成身边又换了一个女人，甚至比之前那个更过分，两人直接在车子里吻了起来。

虞锦沫也不知道哪来的勇气，冲到垃圾桶旁边翻出一堆散着恶臭的垃圾，就从窗口扔了进去，扔了那个女人一身，在顾宏成发现她之后冷冷一笑，转身又逃的没影。

可就算是这样，虞锦沫仍旧没有得到顾宏成的重视，于是她又像个孩子一样，越是大人不注意她，她就想尽办法让大人来注意她。

她开始跟着班里的坏男生惹事，上课不听课，考试考零分，最后甚至在路上跟人打架，最后被带到了警察局。

直到此时，一直对虞锦沫不闻不问的顾宏成才出现在了虞锦沫面前。

他阴冷着一张脸，将虞锦沫从警察局里领回家，将她狠狠地推到沙发里。“虞锦沫，你疯了是吗？你想毁了自己是不是？”

“跟你有关系吗，顾先生？”虞锦沫对着顾宏成生分地笑着，就连称呼都变了。

“你……”顾宏成指着虞锦沫，可是却一句话都说不出来。“告诉我，究竟怎么了，你为什么突然变成这样？告诉我！”顾宏成妥协了，轻轻地坐到虞锦沫身边，声音语气都改变了。他忍了这么久，最终还是妥协了，当他在警察局里看到那个憔悴的只剩下一副叛逆皮囊的虞锦沫时，他就已经妥协了。

本以为他放着她不管，她自己就会知道哪里错了，然后像以前一样主动来认错，可是她没有，他一等再等，等来的却只有她一个又一个的坏消息，这些消息让他几乎焦急得发疯。

“我能怎么样？顾先生那么忙，还是去做自己的事吧，不要在我这个外人身上浪费你珍贵的时间。不值得！”虞锦沫冷冷说着，站起来就往房间走，顾宏成刚要跟上去，虞锦沫就将门狠狠地关上，连顾宏成说话的机会都不给。

因为这件事，虞锦沫上学的方式又改变了。

由原来的专车司机改成了章以南的亲自接送，每天早上八点出门，晚上六点必须准时回家，没有一天可以例外。

虞锦沫感觉自己就像是个犯人一样被章以南押送着，所以对他也没有好脸色。

“章以南，顾宏成给了你什么好处，能让你对他这么死心塌地？”在回家的车上，虞锦沫忍不住发问。

“哈，他是我老板啊！”章以南嗤笑着，用一种不能理解的眼光去看虞锦沫，像是看一个不懂事的三岁宝宝一样，满眼都是可爱，没有其他。

“我告诉你，我要是你，早就跳槽了，像你这样有能力的有为青年，绝对不会甘心一辈子只给一个人当牛做马。”

虞锦沫开始拍马屁，“你看看你，要身材有身材，要长相有长相，做什么不比这个有前途，何必委屈自己呢？”

章以南听着这些话觉得好笑，只是轻轻地摇头，却没有说话，给了虞锦沫继续奋斗的时间。

“这样吧，你来给我干，我把所有的奖学金都给你，好不好？”虞锦沫开始利诱。

“呵呵，你能给我多少？”章以南笑着问道。

“嗯……所有的奖学金。”虞锦沫一脸大义凛然地说道。

“那你知道顾宏成每个月给我多少吗？”章以南憋着笑，努力让自己不当场笑出来。

“多少？”虞锦沫问。

“你一年奖学金的一百倍。”

虞锦沫无语，自动退到一旁去咬指甲。

土豪的世界，她真的不懂。

收买章以南，很显然是失败！

于是，虞锦沫晚上又开始了她的另一个计划。

“这个不好吃！”

“这个盐放多了！”

“这个……呕，什么玩意儿，好恶心……”

“这都怎么这样啊，还能不能做点能吃的东西啊，不吃不吃……”

饭桌之上，虞锦沫将自己的孩子气发挥到了极限。

章以南坐在一旁吃得闷不吭声，倒是顾宏成听得额角跳起一个加一个的突突。

可是面对这样的虞锦沫，顾宏成也没有责怪，反倒细心地问她：“你想吃什么，我让人给你做。”

“我想吃……冰糖葫芦、烧饼、烤红薯，还有麻辣烫！”虞锦沫掰着手指一样一样的数着，数一个章以南咳一下，直到他一点东西都不敢放进嘴里。

顾宏成紧皱着眉头看着虞锦沫，满脸严肃。“这些东西吃了对身体不好，你现在正是长身体的时候，怎么可以吃这些东西？”

“我已经快二十二岁了，不是长身体了，好吗？”虞锦沫坐直身子，挺直了腰板，将自己那仍旧平坦的前胸挺向前方。

“咳……”这一次，章以南彻底被击败，捂着嘴跑出了饭厅。

“虞锦沫！”顾宏成这一次实在是忍受不住，低声的咆哮。

可是虞锦沫却似个没事儿人一样，拍拍屁股起身走出了饭厅，哼着小曲儿躲回了自己房间。

“老大，我觉得你该跟虞锦沫谈谈！”章以南走了进来，嘴角仍旧带着笑。

“谈什么？”顾宏成放下手中的刀叉，擦了擦嘴角，起身向书房走去。

“人生，理想……呃，或者，感情？”章以南在顾宏成身后摆着手。

“她还小，不需要想这些，只需要好好学习就好！”顾宏成的声音被书房的门阻隔。

章以南无奈地叹了口气，抬头看向楼上，虞锦沫站在拐角处，满脸尽是失望。

早上，章以南将虞锦沫送到学校后，刚转身要走，就听见身后的虞锦沫愉快地说：“待会见！”并向他挥了挥手。

当时章以南还不以为然，但当他被老师叫到学校后，他终于明白是什么意思了。

虞锦沫拆了学校的讲台，打破了同学的头，甚至连老师的话也听不进去，所以学校给虞锦沫的监管人顾宏成打了电话，可是顾宏成没有时间过来，只有让章以南来处理这件事。

章以南坐在虞锦沫身边，而虞锦沫则用指甲刀精心地修理着自己的指甲，丝毫不把刚才发生的一切当回事。

“我说……锦沫啊……”章以南抹了一把脸，堆了一脸的笑调转头来面对虞锦沫。“咱们好好……聊一聊，怎么样？”

“聊？聊什么？章叔你想怀念一下青春？还是说想让我给你介绍几个女朋友？洋妞你喜欢吗？还是非洲妞？”虞锦沫双眼盯着手指，心不在焉地反问。

“不……不是！我的意思是，你是不是有什么话想说出来，但又犹豫着不敢说？”章以南不敢直说，只能这样拐弯抹角。

“没有！”虞锦沫果断地回答，收起指甲刀，起身准备走。

“唉，等一下！”

“如果你继续跟我废话，那么我们没有聊的必要了，你回去向他报告吧，我回家去了！”虞锦沫主动上了车，上车之后就闭上眼靠在车窗上睡觉，不再理会章以南。

章以南将虞锦沫送回家后就回了公司，并且向顾宏成报告了这件事。

顾宏成这一下午都没有做事，只是静静地站在窗前，站了一个下午。

晚上顾宏成没有回家，虞锦沫一个人坐在饭桌前看着一桌子菜，一筷子都没有动。

虞锦沫一直等，等到了半夜一点多，顾宏成才带着一身酒气回来，还夹杂着香水的味道，这让正要迎上去的虞锦沫愣在了原地。

“怎么还不睡？”顾宏成正在换鞋子，见到虞锦沫，就笑着说道。

“你没有什么要对我说的吗？”虞锦沫淡淡地问道。

“什么？”顾宏成疑惑地问着，走了进来，步子有些不稳，走近虞锦沫时明明差点摔倒，可是伸去要扶着她的手又缩了回去。

虞锦沫注意到了这个动作，漆黑的瞳孔缩了缩，咬着唇转身就走，眼泪也随之“噼里啪啦”地掉了下来。

她做了这么多，他还是这个样子，到现在还不懂她想要的是什么。

走到楼梯处，虞锦沫模糊的视线里突然出现一个很大的家伙，她向前走了一步，随后转身走进另一个房间，出来时手中多了一样东西。

就像今天所发生的一切一样，她举起手中的棒球棍狠狠地打到了那个大家伙的身上。

“砰——”

巨大的声音响彻了整个房子，此时仍旧站在原地的顾宏成这才反应过来，三两步跑了过来。

当他看到房子中央那个拿着棒球棍的少女背影时还有一瞬间没能反应过来，可是当他看到少女旁边那个被少女砸碎了一地黑白键的钢琴时，他的脸色开始发青。

顾宏成颤抖着身体走到钢琴旁边，伸手捡起那碎了一地的琴键，转头怒不可遏地冲到虞锦沫身边拖着她就往楼上走去。

棒球棍留在了原地，与破碎的黑白琴键一起静静地躺在地上，如同上去的两个人一样，安静的可怕。

顾宏成拖着虞锦沫，将她推进了浴室，打开水将冰冷的水淋到虞锦沫身上，却仍旧一句说都不说，只是转身摔上浴室门，下楼冲出家门。

站在水中的虞锦沫从头淋到脚，委屈地抱着身体，慢慢地蹲了下去，任由冰冷的水冲刷着自己的身体。

也不知道过了多久，虞锦沫只知道自己的身体已经感觉不到水的温度，双腿已经跪在了地上想站也站不起来时，一只手伸了过来扶住了她。

“顾……”虞锦沫开心地抬起头，却在看清对方的脸后又失望地垂下头，扶着他的人并不是顾宏成，而是章以南。“章叔……顾叔呢？”

“锦沫，这次你真的是太过分了！”章以南将虞锦沫扶了起来，但这一次却并没有像以前那样的来安慰她，反倒是责怪起来。

“如果我不这么做，他恐怕永远都不会注意到我，哪怕我在学校做了那么多事，可他还是让你过来看我。他……根本就不在乎我！”

“他怎么不在乎你了？这些年来他对你怎么样你自己不知道吗？还有，你知道那钢琴对他来说有多重要吗？那是他妈妈留给他唯一的东西，你竟然把它砸了，如果换作别人，他会像现在这样什么也没有说就冲出家门吗？虞锦沫，你真的是太任性了！”

章以南生气地冲着虞锦沫吼到。

而虞锦沫听到章以南说的这些话时愣了愣，有些僵硬地抬起头看向章以南。“那钢琴，是他妈妈的遗物？”

“是的！曾经因为一些原因转手卖给了别人，他好不容易才找回来的，可是如今……”章以南想到那地上的狼藉，忍不住地叹了口气。“这一次，他恐怕是真的生气了。”

虞锦沫听完，突然转身冲下了楼，楼下已经有人在整理，那满地的狼藉被收得差不多，几个人正将钢琴搬起来要抬出去，虞锦沫赶紧过去拦住。

“你们干什么？不许动这个，你们走开……”

“是他让他们来的，说是要搬到别的地方去，你以为他还会给你第二次机会砸这架钢琴吗？”章以南跟着下来，将虞锦沫拉开，阻止她去干扰别人搬钢琴。

“他呢？他人在哪儿？”虞锦沫转身拉着章以南的衣袖哭着问道，直到此时她才明白自己真的是惹顾宏成生气了。

“他让我好好照顾你，并没有说明他去哪儿，可能以后他都不会来这里了。”

“他不要我了吗？不再管我了吗？”虞锦沫无力地坐到地上，哭着呢喃。

“本来他对你就只是责任，而且现在你已经快要毕业了，他再待在你身边也不合适。反正迟早你们是要分开的，也不差这几天了！虞锦沫，你该长大了，你早已经不是个孩子了，有些事该成熟地面对……”

“不……我不要听……你是骗我的……顾叔他不可能不理我，不可能丢下我不管，我不相信你说的，你一定是骗我的，你走，你走开，我不要再见到你，我要见顾叔……”

虞锦沫尖叫着打断章以南的话，并且冲回房间疯狂地找着手机，拨打顾宏成的电话，一遍又一遍。

可是虞锦沫所做的一切，在章以南眼里都是徒劳，他转身下楼，打了个电话之后，几个训练有素的黑衣保镖来了，章以南对他们说了些话之后就离开了。

虞锦沫打不通顾宏成的电话，回过神来想要出门去找他的时候，却在门口被那几个保镖给拦住了。“虞小姐，章先生交代了，您晚上不可以出门，请回房间休息。”

“你们是什么人，凭什么拦着我？我要找顾叔，你们让我出去……”虞锦沫疯了一样地哭喊着，可是那些人根本不理会虞锦沫的哭喊，只是冰冷地执行着他们的任务。

虞锦沫在家里疯了一样的摔东西，没有人来阻止她，也没有人冲她发脾气，这一次，她自己发觉了自己的不对，又疯狂地收拾起来，边哭边收拾，甚至还不停地念叨着。“顾叔回来看到我摔东西了肯定会生气，我不能让他再生气了，我要乖，乖……”

可是虞锦沫收拾好一切，又将自己收拾好躺在床上之后，还是忍不住地哭泣着，不吃不喝，一直哭，直到她体力透支，加上重感冒引起的高烧而倒下，可是在睡梦中她仍旧不停地哭喊着顾宏成。

顾宏成消失了三天，虞锦沫病了三天，也哭了三天，就算是烧得嘴唇都裂开了，她也不愿意去医院，白天挣扎着要出去找顾宏成被章以南拦住，晚上不睡觉在家里等着顾宏成，哪怕有一点动静都要爬起来去看看。

可是顾宏成依旧没有回来。

终于，在虞锦沫因为绝食加上发烧严重而昏倒被送进医院，顾宏成才出现，如同变了个人一样，满脸疲惫地出现在医院虞锦沫的病床前。

顾宏成这些天过的也不好，每天在外面喝酒，每天听章以南报告虞锦沫的情况，每一分每一秒都煎熬着想要冲回来，可是只要想到虞锦沫的任性，他就又狠下心来对虞锦沫置之不理，几天下来把自己折腾的人不像人。

可是当他见到病床上因为生病而变得憔悴不堪的虞锦沫后，他立马就后悔了，后悔自己不该跟虞锦沫赌气，不应该把她害成现在这个样子。

“医生说她是发烧引起的并发症，加上三天没有吃东西而导致的体力透支，还伤心过度，所以才昏倒的。”章以南一脸惭愧地站在顾宏成身后。“都怪我，如果我早点将她送到医院来，就不会有今天的事了。”

“不关你的事，都是我的错，是我太不理智了，我不该跟一个孩子计较这些的，是我不好！”顾宏成拉着虞锦沫的手，心疼地抚摩着她的脸，眼泪无法抑制地流了下来。“锦沫，你快点醒过来，我什么事都答应你，求你赶紧醒过来，锦沫，你听到没有……”

虞锦沫似乎是听到了顾宏成的话，慢慢地睁开了眼，但仍旧恍惚地看着眼前的一切，虚弱地拉着顾宏成的手，误以为自己是在做梦，用嘶哑的声音哭着说道：“顾叔……我……错了……求你不要离开我……不要扔下我……不要……”说着说着，虞锦沫又陷入了昏迷。

这一次，顾宏成真的崩溃了，紧紧地将虞锦沫搂进怀中，直到医生护士赶来，这才将他拉开。

“顾叔，你回来好不好，我知道错了，我不应该耍小孩子脾气故意惹你生气，不应该因为你身边有女人而故意给你捣乱，更不应该砸坏你最心爱的钢琴。你骂我、打我都可以，求你不要丢下我不管，不要离开我。顾叔，你回来好吗？我错了，我真的知道错了，我以后都不敢了……”

顾宏成坐在病房里，一遍又一遍地听着虞锦沫在家里撑着病重的身体给他打的电话留言，再一次自责的用拳头捶打着自己的头。

“虞锦沫，你要快点好起来，不然这一次我真的要生气了，生你的气……也生我自己的气……”

一周后，虞锦沫满脸幸福，又带着丝丝胆怯地坐在病床上，看着身边正在给自己喂粥的顾宏成，双手紧紧地攥着被子，像个做错事的孩子一样，等待着家长的责骂。

“张嘴！”顾宏成充满威严的嗓音响起，虞锦沫立马听话地张开嘴巴，让顾宏成将一勺子粥喂给她。

“烫吗？”顾宏成又温柔地问道。

虞锦沫满是幸福地咽下那口粥，又拼命地摇着头，就算她此时喉咙依旧沙哑的一句话都说不出来，就算她喝粥时喉咙很痛，可是看到顾宏成在自己面前好好地坐着，温柔地哄着她，她就比什么都幸福了。

“那多吃点，这样才可以好得快些。”顾宏成笑着说道，伸手抽出纸来擦去虞锦沫嘴边的粥，宠溺地摸了摸她的头，继续给她喂粥。

虞锦沫伸手拉住了顾宏成的袖子，小心翼翼地看着他的脸色，轻声地说道：“对不起……”

这声音沙哑的，几乎是个苍老的老人发出来的一样。

顾宏成听在耳里，眼眶瞬间红了，放下碗，一把将虞锦沫拥进怀中，紧紧地抱着她，同样说道：“对不起，是我没照顾好你，对不起！”

虞锦沫此时终于忍不住，紧紧地靠在顾宏成的怀中，再次哭了出来，只是这一次，她是幸福的哭，而不是难过。

终于，她知道自己为什么看到别的女人在顾宏成身边她会那么生气了，那是因为她不希望他身边有别的女人啊，因为她想做他身边的女人，因为只有他的怀抱，才能让她安心。

想着那三天，虞锦沫感觉自己像是快要死掉了一般，感觉身体都快被掏空了，直到他消失不见，她才知道自己是多么离不开他，那种要失去一个人的痛，比自己曾经经历过的失去亲人的痛，还要痛上千百倍。而唯一能够让她解脱的，只有他温暖的怀抱，还有体贴的声音。

“我以后再也不会故意惹你生气了，所以你以后也不要再提离开我的事，好吗？”虞锦沫仍旧害怕着那件事再次发生，所以忍不住地向他乞求。

“我答应你！”顾宏成想也没想，直接答应。恐怕以后让他离开，他也不敢了，这种比生离死别还要痛苦的事，让他再也不敢去尝试第二次。不知不觉间，这个小丫头在他心中的分量，已经远远超过了责任与报答，而是另一个层次，另一个他不敢承认的层次，就连曾经的那个人，都没有像今天这样让他为之紧张与不舍。

“那我也答应你，让自己可以成为一个能够与你站在一起的女人……”虞锦沫幸福的将头埋在顾宏成的胸口，低声地说道。

“嗯！”顾宏成愣了愣，随后不以为然地笑了。

他所听到的，他所想的，也只是虞锦沫孩子气的一句话而已，可是虞锦沫，却真的做到了。

半年后，虞锦沫以最好的成绩毕业，并且半读研半工作的正式加入了顾氏，成为顾宏成身边除章以南之外，另一位得力助手。

公司酒会那天，虞锦沫一袭黑色抹胸长裙出现在顾宏成面前，顾宏成第一次感觉到了不妙。

看着她自人群中向他走来，一路上吸引的无数惊艳以及各色的目光，还有他自己那股要冲出嗓子眼的莫名感，他选择了转身离开。

“顾叔……”虞锦沫在他身后喊着。

“我有事先走了，你负责照顾她，晚上早些带她回来！”顾宏成却将事情又推给了章以南，仓皇逃离了那个让他无法控制的区域，让他无法控制自己那股冲动的人。

“希望她不会成为你的负担！”这是章以南曾经说过的话，如今真的应验了。

晚上，章以南将虞锦沫送回来时，顾宏成在窗口看着，直到虞锦沫敲响他房间的门，他依旧站在那里。

“顾叔，你怎么了，不舒服吗？”虞锦沫走到顾宏成身边，关心地问到。

“没有，你先回房换衣服，我有话要对你说。”顾宏成微微一笑，伸手揉了揉虞锦沫的头。

“好！”虞锦沫听话的转身回房，但眼中还是有些担忧。

很快虞锦沫再次出现，已经换上了居家的衣服，宽松的白色衬衣和短裤，黑色的长发随意披散着，衬着雪白的肌肤，女人味十足。

顾宏成看着虞锦沫下楼，看着她坐到自己对面的沙发上，看着她的一举一动，一颦一笑，眉头也随之一点点的皱了起来。

虞锦沫已经不再是几年前那个青涩的小女孩了，她现在真的长大了，已经到了让他无法忽视的程度，他再也没有办法说服自己去把她当成一个小孩子来看。

“锦沫，你今年多大了？”顾宏成半开玩笑地开口。

“二十二，快要二十三了！”虞锦沫拿着一块水果，边吃着边回答。“怎么了顾叔，突然问我这个问题。”

“真年轻啊！我都已经三十四了，整整大了你一轮。”顾宏成笑着叹息道。

“嗯，确实年纪挺大的。”虞锦沫笑着调侃他。

“这么多年，我一直在为事业而拼搏，从来都没有想过要安定下来，现在突然想起来，原来我已经这么大年纪了，可是还没有一个家，所以现在是时候安定下来，找个女人成个家了。”顾宏成笑着说着，像是在开玩笑，可眼神又那么认真。

虞锦沫听了这些话，吃水果的动作却僵住了，开始低头不语。

“以前我总想着你还小，又在上学，所以我带女人回来不太合适……”

“你是要与我划清界限吗？”虞锦沫打断顾宏成的话，阻止他再说下去。

“没有，你想多了！”顾宏成愣住，随后解释道。

“那为什么突然提想结婚的事？我不同意！”虞锦沫激动地站起来，手中的水果也跟着掉到了地上。

顾宏成也跟着站了起来，没想到虞锦沫会这么激动。“锦沫！”

“我知道……我知道这些年你因为我很多事都有所顾虑，我也知道你为我做了很多事，那都是因为我爸爸曾经帮过你，如果不是因为我爸爸，我们可能永远都不会遇到。”

虞锦沫开始紧张，开始慌乱，开始害怕，“如果你结婚了，那我就不能再待在你身边了！”

“怎么会，你依然可以住在这里，其他什么都不会变，只是我们家又多了一个人而已。”顾宏成看出了虞锦沫的慌乱，于是上前去安慰，扶着她的肩坐了下去，并且伸手去揉着她的头发，这是他一直以来的习惯。

“不要……”虞锦沫突然挥开了顾宏成的手，正着身看向他，认真地说道，“我已经不是个孩子了，求你不要再把我当个小孩，我已经长大了。”

说着，虞锦沫的眼眶开始泛出泪光，但仍旧强忍着不让它掉下来。

“好，我不把你当孩子，锦沫，别哭！”顾宏成看到虞锦沫的眼泪，心突然被揪紧，想要伸手去帮她擦眼泪，却又怕她生气。

“顾叔！不要找别的女人，求你了，我不喜欢看到别的女人在你身边，只要一看到你与她们那么亲密，我就觉得好难受。曾经我以为自己只是不喜欢那些女人，可是后来……”虞锦沫顿了顿，紧咬着唇看向顾宏成。“可是后来我才发现，原来我不喜欢的不是那些女人，而是不喜欢你去接触那些女人，因为……我喜欢你！”

顾宏成愣在那里，吃惊地看着虞锦沫，难以置信地站起身来，一步步的往后退。

第七章　我喜欢你，是我独家的记忆

你步步后退，我步步紧逼。

他不知道，他这个动作是多么伤人，虞锦沫的眼泪瞬间决堤。

“锦沫，喜欢可以分很多种，你现在还小，可能不懂，不过没事，你以后就会懂了。”顾宏成仍旧离得很远，但是看到虞锦沫哭还是不忍，但自己却已经找不到语言来面对虞锦沫，只能劝她去休息。“很晚了，去休息吧！”

面对这样的顾宏成，虞锦沫也不知道能再说些什么，也不敢再说些什么，只能听话地起身回房睡觉。

可是已经说出去的话，却是收不回的了，她可以鼓起勇气说出自己的心，却没有胆量去承担后果，因为她害怕失去顾宏成。

第二天起来上班，顾宏成开车，虞锦沫坐在副驾座上，两人一路无话。

进了公司之后，章以南就迎了上来，开始给顾宏成报告今天的日程及安排，其中很明显的一个就是，顾宏成今天要去迎接一人很重要的客人，但具体是谁，却不知道。

顾宏成在公司工作了一上午，下午就不见了人影，只有章以南还在公司忙碌着。

虞锦沫好想去问问顾宏成去哪里了，可是又不敢开口，于是她只能强忍着，一直到下班回家。

章以南将虞锦沫送到家门口就走了，并告诉虞锦沫，顾宏成可能会晚一些回家。虞锦沫坐在门口没有进门，就那样一直坐着，等着顾宏成回来，她突然开始害怕起来，害怕自己进了这个家门之后就是一个人，顾宏成以后都不会回这个家了。

虞锦沫就这样等啊等，一直等到天黑，将近十一点的时候，顾宏成才回来。看着车进来了，虞锦沫想要迎上去，但因为脚麻了，而顿了一下，就这一下，却看到顾宏成下车拉开车门，让一个女人从车里走了出来。

虞锦沫愣住了，她傻傻地站在原地，看着顾宏成和那个女人一起向自己走来，而他的手，还拥在那个女人的腰上，虞锦沫看着他的手，忘记了反应。

“锦沫？你怎么不进家门，站在这里干什么？”顾宏成看着虞锦沫一副没有进过家门的模样，不由得皱眉。

“我在等你回来！这位是？”虞锦沫呆呆地看着顾宏成身边的女人，而那女人也看着她。

“她叫白若岚，是我的朋友！”顾宏成轻松的介绍，甚至在白若岚身上的手都没有放下，便用温柔的语气对白若岚介绍，“若岚，这个就是我跟你提到的我朋友的女儿，虞锦沫。”

“你好！”白若岚微笑着伸出手，从头到脚，从气质到说话的语气，都让虞锦沫感到自卑。

这就是顾宏成不顾一切想要结婚的理由?

这就是顾宏成想要结婚的那个人?

难怪他突然提到要结婚,原来他喜欢这样的女人。

确实,眼前的这个女人跟其他的女人不同,她身上有吸引着男人的气质,光从外表看来,就看得出她与那些故意接近顾宏成的女人不一样。

可是,虞锦沫却不想接受这个事实。

“锦沫,你吃饭了吗?”顾宏成带着白若岚进了家门,正在送她上楼,却突然转身问虞锦沫。

“我吃过了!现在有些累了,我先回房休息了。”虞锦沫跟在两人身后,低着头轻声说着,便不看他们,越过两人跑回了房间,并且反锁了门。

这天晚上顾宏成没有来找虞锦沫,并没有像往常一样让人给她送夜宵,只是虞锦沫晚上捂着咕咕叫的肚子下楼找了点冷水果来吃。

第二天早上起来,虞锦沫毫无意外地看到顾宏成与白若岚坐在一起吃着早餐,看着有说有笑的两个人,虞锦沫毫无食欲,只是打了声招呼就出了门。

顾宏成并没有追出来,虞锦沫一个人慢慢地走到公司,也不知道自己有没有迟到,只是一进公司就坐在桌子前面发呆。

章以南送文件过来,看到虞锦沫的样子,不由得叹了口气,转身去了不久,带来了一杯牛奶和一包三明治,放下之后就走了,什么也没有说。

可是当他中午再过来的时候,放在那儿的东西还在那儿,只是虞锦沫低头做着自己的事。

“吃饭了！”章以南敲着桌子说道。

“你去吧，我先做完手头的事再去！”虞锦沫眼睛没有离开文件，手却已经被章以南抓了起来，连着人一起被拉离了办公桌。

“事可以吃完饭再做，顾总可没有让你不要命的为他工作。”说着，就拉着虞锦沫出了公司，到附近的一家中国餐厅吃饭。

可是很不巧的，他们遇到了同样来吃饭的顾宏成与白若岚，然而这样的偶遇，却没有给虞锦沫任何惊喜。

“一起吧！”顾宏成说着。

“不了……我不饿，你们吃吧！”虞锦沫的第一反应就是离开，不顾章以南的阻拦，转身就走。

可是，虞锦沫没走几步就被人拉住了，她开心地转身，但又失望地垂下头。

“你怎么了？”章以南疑惑地看着虞锦沫，其实他心里有些底，但还是想找虞锦沫确认一下。

“没什么！你自己去吃饭吧，我一会儿饿了再吃，现在先回去把剩下的事做完。”虞锦沫不愿意回答，转身就想走。

“是因为老大和白小姐？”章以南还是自己开了口，他现在不用猜也看得出来，从前的虞锦沫几乎是顾宏成走到哪儿她跟到哪儿的，除了男洗手间，章以南几乎都能在有顾宏成的地方看到虞锦沫，而如今虞锦沫却一见到顾宏成就跑，这不难让人想象。

虞锦沫咬着唇，站在那里，不再动了。章以南是什么人，顾宏成的事章以南几乎没有不知道的，如今章以南都看出来了，她也没什么可以逃避的。

“他说他想结婚！我不希望他跟别的女人结婚，我告诉他我喜欢他，可是他说我不懂什么是喜欢……然后白若岚就出现了！我不知道他是什么时候开始跟白若岚在一起的，也不知道白若岚有哪些地方吸引他，只是他喜欢，我也没有办法……他喜欢啊……”

虞锦沫说着说着，就忍不住地哭了起来，“看着他们在一起，我好难受，我不想看到他们，你让我走吧……”

说着，虞锦沫又挣扎着要离开，但是章以南却怎么都不松手，甚至最后两只手抓住了虞锦沫。

“那你就一直逃避着？因为他喜欢，你就这样折磨自己？虞锦沫，你以前不是很倔强吗？不是想要的东西就一定要争取吗？为什么这一次就这么软弱，这么容易就退缩了呢？你还是我认识的那个虞锦沫吗？”章以南拉着虞锦沫的双手，强迫她面对自己。

可是虞锦沫只是哭着摇头，拼命地摇头。

她不是软弱，而是不自信，她不自信自己能够让顾宏成喜欢自己，不自信能够将白若岚从顾宏成心中赶走，更加不愿意的就是伤害顾宏成。

如果顾宏成真的喜欢白若岚，那么她再去破坏他们两个，不就等于是在伤害顾宏成吗？

她还记得半年前顾宏成因为她砸了他最心爱的钢琴时所做出的事情，如果这一次她又去伤害他，伤害他喜欢的人，那么顾宏成会不会这辈子都不理她了？

“虞锦沫！”章以南生气地吼，“哭哭哭，你就知道哭，你在这里哭他永远都看不到，更不会因为你的伤心而放弃白若岚，如果你真的那么不希望他和白若岚在一起，那就去说出来，你心里的想法不说出来，没有任何人能够知道，你只能永远地埋在心底。去告诉白若岚，你才是最适合顾宏成的人，让她不要跟你争。那样才是我认识的虞锦沫，而不是现在在这里躲着哭鼻子的小孩子。你不是说你长大了吗？你看看你现在像个长大了的样子吗？”

“我……”虞锦沫被章以南骂的傻在那里。

“本来你们的事我是不管的，只不过天天看着你这张人不像人鬼不像鬼的脸我心烦，所以我才跟你说这些的。”

章以南见自己的话有点用了，就又变回了那个事不关己高高挂起的模样，抱着手臂看着天空说道：“听说顾宏成不久后就要跟白若岚订婚了，如果你不趁早，那么以后就没有机会了。”

说完，章以南就转身向刚才的餐厅走去，也不管愣在原地的虞锦沫了。

虞锦沫在那儿站了很久，直到一个路过的人撞了她一下她才反应过来，可是她反应过来之后不是去找顾宏成，而是转身回了公司。

将手头的事情做完，虞锦沫打了一张请假条扔到了章以南的桌子上，随后就匆匆走了。

当章以南与顾宏成回来的时候，看到的就是虞锦沫那张请假条，打电话也没有人接，回去找也找不到人，不知道她去了哪里。

找不到虞锦沫，顾宏成内心很着急，但是他又不敢表现出来，以为虞锦沫是用这个方法来激他，所以才故意消失的，于是，他暗地里让章以南打听虞锦沫的下落，明面上还是与白若岚出双入对。

直到有一天，白若岚与顾宏成逛街时，白若岚发现了顾宏成的心不在焉。

“你这几天怎么回事？”白若岚边挑着衣服，边问一直在旁边拿着手机看着屏幕发呆的顾宏成。

“……”顾宏成没有回答，也似是没有听到白若岚的话。

可就在这个时候，白若岚发觉自己总被人盯着，于是转头向身后看去，却只看到了个黑色身影一闪而过。

白若岚想了想，怎么想都感觉这个身影似是在哪儿见过，于是就装作没有发现，继续逛街，只是顾宏成却被她扔在了那家店里继续发着呆。

就这样逛了一路，白若岚觉得累了，顾宏成也找了过来，她才提议回家。

可是就算是她上车回家了，那个身影依然跟着她，直到她走进顾家。

“你家的那个虞锦沫小朋友去哪儿了？怎么几天都没有见到她啊？”白若岚一进家门，就有意无意地问着顾宏成。

“小孩子出去玩很平常，我也不能总管着她。你累了吧，回房休息吧，一会儿吃饭了我让人去叫你。”顾宏成就是这样，一到没有外人的地方，他就对白若岚爱理不理，说完就直接回了书房。

白若岚倒是无所谓，反正她也不在意这些，倒是最近花的都是顾宏成的钱，她也花的开心。

只不过，那个身影，让她越来越感兴趣了。

因为感兴趣，所以白若岚就越想多接触，于是第二天她又让顾宏成陪她去逛街，其实一路上也没买什么东西，但是她有意无意地折腾了那个小身影几次。

直到她觉得没有意思了，让身边的人给那小身影送去了矿泉水。

没有想到，她却直接跑过来质问。

直到此时，白若岚才知道，原来顾宏成找她来，并不只是为了让她来花他的钱，而是拿她来做挡箭牌。

看着顾宏成那见到虞锦沫被人欺负时的紧张表情，白若岚笑了。

原来顾宏成还有这样的一面，可真的是千年难得一见啊！

虞锦沫跟在顾宏成身后，一脸委屈，而顾宏成则是在前面唠唠叨叨个没完。

“这几天你都跑哪儿去了？电话也不打一个，你这样知道我有多担心吗？你一个女孩子在外面多不安全，如果出了什么事怎么办？还说你自己长大了，我看你还是个孩子，还是不懂事，整天只知道惹事让我操心。”

“反正你只知道你的白若岚，什么时候关心过我了？我没有吃饭你知道吗？我心里难受你知道吗？你现在根本就不关心我了，何必为我操心！反正我已经没有爸妈了，以后你跟白若岚结婚了，我也不会跟你们待在一起，还不如让我一个人过。”虞锦沫嘟着嘴说到，可是脚步还是跟着顾宏成，不紧不慢地走着。

“你……”顾宏成咬着牙回过头来想要骂虞锦沫，可是看着她这张几天不见就变黑了的小脸，不由得又叹了口气，转身接着往前走。“饿了没有？想吃什么？”

虞锦沫听得一愣，随后脸上立马绽放出异样的光彩，三两步跑到顾宏成身边抱住了他的胳膊，“寿司。”

“好，寿司！”顾宏成爽快地答应，嘴角不由得勾起一抹笑意，就连他自己都没有发觉。

美美地吃完一顿饭，虞锦沫就带着顾宏成去她现在住的小旅馆收拾东西，她离开家的这几天，就是在这里住的。

这里是一对老夫妻开的一家小旅馆，虽然没有星级酒店那么奢华，但还算是干净整洁，住的还算舒服。

可是这一切看在顾宏成眼里却不够，因为他觉得虞锦沫住在这里太委屈了，所以觉得很内疚，感觉是自己不好，没有好好照顾她，才让她在这里委屈了这么多天。

虞锦沫住的房间在这层旅馆的阁楼上，空间很小，以顾宏成的身高，走上去都要低着头才能走动，而虞锦沫则是来去自如地收拾东西，甚至当着顾宏成的面换下了身上的那身黑色运动装。

顾宏成转过头去时正好看见，愣了愣，随之立马转过头去想要避开，却一头撞到了屋顶上，痛得他龇牙咧嘴。

虞锦沫见他这种窘迫样子，不由得觉得好笑，便想着去捉弄他一下，就伸手过去，乘他不备，一把将他拉得向后倒去，结果因为她没料到自己的承受力，同他一起倒到床上，压得她几乎背过气去。

然而，顾宏成被虞锦沫这么一闹，在转过身来看着身下衣衫不整的虞锦沫时，脸色立马变得铁青。一把扯过被子将她裹了起来，起身就走下了阁楼。

虞锦沫愣了愣，随后突然坏坏的笑了起来，爬起来赶紧换好衣服，拿着小小的行李包跟了出去。

回到家里，白若岚早已经在家等着他们了，见顾宏成与虞锦沫一起进来，她一点也不吃惊，倒是虞锦沫像只小老虎一样，看到白若岚就龇牙咧嘴，最后被顾宏成赶上了楼。

“我想，你需要好好地跟我解释一下，你跟你的小情人，到底怎么回事！”白若岚笑吟吟地坐在沙发上，等着顾宏成的解释。可是顾宏成却依然臭着一张脸，抬头看了一眼楼上，转身向书房走去。

白若岚同样看了看楼上，跟着顾宏成走进了书房。

虞锦沫从拐角冒了出来，蹑手蹑脚地跟到了书房门口，将耳朵贴在门上偷听。

“若岚，我希望你什么都不要问，就这样在家里住下就行，这是我跟她的事，你不要管。”一进书房，顾宏成就开口请求白若岚。

“就是让我当你的挡箭牌？表哥，你这样真的好吗？人家小姑娘可是对你痴心一片啊，你怎么可以这么狠心呢？”

白若岚不想当好人，也不想当坏人，只想当个明白人，“你跟我说实话吧，你究竟对人家是个什么心态，不要以为拿我做了挡箭牌，你自己就可以置身事外了，其实你自己的心意你自己最清楚，不是吗？”

“我能有什么心态？在我眼里她永远都是个孩子，我有义务照顾她、保护她，不让她受委屈。”顾宏成解释道。

“仅此而已？”白若岚质问。

“仅此而已！”顾宏成回答。

“好啊，那我帮你找个人照顾她吧，我觉得那个章以南不错，不如就让章以南做她的男朋友，来替你照顾她，你觉得怎么样？”白若岚故意说道。

“白若岚，你什么时候开始喜欢管起闲事来了？谁告诉你虞锦沫要找男朋友了？她现在还小，根本就不适合谈恋爱……”

“啧啧啧……”

白若岚的“啧啧”声将顾宏成惊醒过来，此时他才反应过来，自己刚才的情绪有些过分激动，不由得懊恼地转过头去狠狠瞪了白若岚一眼，“你闹够了没有？”

“好了好了，你就在这里自欺欺人吧，我懒得管你们的闲事。明天我就回去了，你们的事你们自己解决，不要把我拉进来，要知道，我爸可是很想让你真的成为他的女婿的，但是我却不乐意，跟你待在一起，麻烦的可是我。”白若岚说着转身向书房门口走去，一拉门，门口的虞锦沫就失去支撑扑倒在了书房门口。

顾宏成回头看着地上的虞锦沫，一脸铁青。

“小姑娘，偷听也做得这么光明正大，这也是他教你的？”白若岚没好气地调侃着虞锦沫。

“要你管！”虞锦沫气呼呼地从地上爬起来，三两步地跑到顾宏成身边，紧紧抱着他的手臂，冲白若岚做着鬼脸，孩子气十足。

“锦沫！”顾宏成低声地训斥着，让虞锦沫不得不放低了眉眼，躲到顾宏成身后。

“我都听到了，你们是假的，这一切都是在骗我，白若岚是你的表妹，我都听到了。”虞锦沫委屈的声音又在顾宏成的背后响了起来，这却逗笑了白若岚。

“哟，这还真偷听出了点东西，唉……表哥，你家书房的隔音效果太差了，赶紧重新装修一下吧！”白若岚直接说出了真相，将难题扔回给了顾宏成，让他的面色变得更加难看。

虞锦沫倒是开心地探出头来，得意地看着顾宏成露馅后的郁闷表情，等着他向她解释。

“在外面跑了一天，你不累吗？”顾宏成倒是摆着一张臭脸，死活不认账。

“你不要扯开话题，你找白若岚假装你的女朋友是为了什么？告诉我，是不是因为你不敢承认，你也一样喜欢着我，你说？”虞锦沫跳到顾宏成面前，拉着他的衣领质问。

“我说了，在我眼里你永远都是个孩子，我对你是不会有……唔……”顾宏成的话，被虞锦沫的吻给堵住了。

他吃惊地瞪大双眼看着眼前这个孩子，看着她羞涩的脸颊，看着她清澈的大眼，慌乱地推开了她，转过身去懊恼地捶着桌子。

“你现在还敢说，你不喜欢我吗？”虞锦沫的声音在顾宏成的背后响起，她没有走，她就是要逼着他承认。

“我不喜欢你，你别再胡闹了！”顾宏成的声音沙哑了，像在压抑着什么。

“那你转过身来吻我，像我刚才吻你一样，如果你吻了我还能说出这句话，我就真的相信你！”虞锦沫抓住顾宏成的手臂，将他转过来面对她，并一步步地靠近，将他逼到桌子上，无路可退，“吻我！”

“虞锦沫……”顾宏成低吼道，可是却拿她没有办法。

“顾宏成！”虞锦沫也不甘示弱，喊出了他的名字。“如果连这个都不敢做，只能证明你自己在骗自己，你根本就不敢承认你喜欢我，不敢承认你自己所说的一切都是在骗我，对不对？”

“我没有！”顾宏成依然在狡辩。

“……”虞锦沫不再说话，只是定定地看着他，看着他的眼睛，看进他的心里，看得他发慌，看得他感觉自己什么秘密都藏不住了，最后他无奈地闭上眼，低头吻上了虞锦沫的唇。

可是，这一吻，他就后悔了，他真的没有办法再欺骗自己了。

虞锦沫满意地勾起嘴角，伸手环住顾宏成的脖子，主动迎上了他，加深了这个吻，两人就这样紧紧地贴在一起，吻在一起，几乎世界上只剩下他们两个人。

直到顾宏成的手机响了，这才将他惊醒过来，他慌乱地推开虞锦沫，拿着手机跑出书房。

虞锦沫站在原地，没有失落与伤感，只有得到回应后满满的幸福与满足，现在她更加笃定顾宏成心里是有她的，所以她更加不能放弃。

而这一次，她不但要感谢章以南，还要感谢白若岚，如果不是他们，估计她与顾宏成会永远停留在原来的位子上，也就永远不会有今天这样的事，所以她要好好感谢他们。

章以南临时打来电话，在中国那块投资在一些细节上出了些问题，可能会发生致命的错误。

顾宏成迅速赶到了公司，召集人员连夜开会，经过一宿的研究，最终都没有下结论，主管们被折腾得哈欠连连，直到他决定回国探个究竟，这才让他们松了一口气。

与此同时，虞锦沫起了个大早，在厨房里低头拿手机，烤箱玻璃罩前发出淡淡红光，映得她脸颊红彤彤的，嘴里不断地喃喃自语："我是不是奶酪放多了，手机上写的是二百克……我刚刚好像放了四百克不止……"

她的手指不断轻轻地滑动屏幕，最终将手机搁到一边，心中暗忖，还是随意吧，反正能吃就好了，做个比萨也这么艰难。

大门"咔哧"一声缓缓打开，虞锦沫迅速走到客厅，顾宏成一脸疲惫地回来，放下公文包，然后靠在沙发上。

虞锦沫从厨房里端出一杯果汁，小心翼翼地端给他。

顾宏成揉了揉睛明穴，声音略带沙哑，“锦沫，我可能要回上海一趟。”

“噢……”虞锦沫低头，默不作声。

顾宏成疑惑地瞅了一下她不断摇晃的小脑袋，摸了摸她的额头，“你不舒服啊？”

“我是在想啊，我们要带多少行李回去呢？”虞锦沫开始嘀嘀咕咕道：“上海的天气可不比这里，这里这么冷，上海那边还是比较四季分明的。”

“我们？”顾宏成似笑非笑地看着她，“我可没准备带你回去。”

呃……虞锦沫傻呆呆地看了一眼顾宏成。

两个人四目相对。

虞锦沫哼了一声，“谁说我要跟你回去了？我是自己要回去的！你走你的，我走我的！”

“小家伙，我又惹恼你了？”顾宏成笑眯眯地摸了摸她的脑袋。

虞锦沫一把推开了他，像是一只抓狂的小猫咪，“你说话归说话，别动手动脚的，我们又不是很熟！”

这时候，虞锦沫闻到了一股焦味，而且越发的刺鼻浓烈，一下子站了起来，往厨房冲去，顾宏成无奈一笑，站起身来尾随。

虞锦沫迅速把烤箱关掉，看见里面黑黑一片，失望地叹了一口气，“本来还想给你做比萨吃，这下泡汤了。”

顾宏成一把从背后拥住了她，下颚抵着她的发丝。

虞锦沫一惊，差点拿不稳手中的盘子，心里“扑通扑通”跳个不停。也许人就是这样的，可以毫无顾忌地示爱，可一旦爱人对你百般呵护，又觉得幸福是不是来得太快了。

顾宏成收紧怀抱，轻轻地在她耳边说："有你在身边，真好……"

虞锦沫听到这话，耳根瞬间就红了，噘着嘴说："你不是不带我去上海吗？干吗？看我生气了，就开始讨好我？我才不吃这套呢！"

"傻瓜……我怎么会丢下你一个人。"顾宏成说得仔细，嘴角洋溢着笑容。

这会儿，虞锦沫的脑子倒是不好使了，也不知该说什么，煞风景地来了句，"……要不，我先洗个碗？你看这厨房乱的。"

顾宏成一手摁住墙壁，将虞锦沫包围在其中，气息越发地靠近，"我发现还有更重要的事……"

"……"虞锦沫顿时心如鹿撞，猛地闭上眼睛。

过了好几秒，顾宏成依旧没动静，她缓缓地睁开眼睛，瞄见他开始整理烤炉，蹭一下子火就冒上来了，抓着顾宏成的手臂就咬了上去。

哪有这么骗人的……

顾宏成花了两天的时间，就交代好了维也纳总部这边的事。当虞锦沫拖着粉红色的行李箱到门口，回头望了一眼这个住了许久的房子，心里是喜欢的，院子里种满了各式各样的植物，那是她一棵棵栽下的。

她曾经对顾宏成的喜欢是酸涩的，像是有一道无形的墙壁，挡在其中，没人可以诉说，只能折腾着这些种子，然后默默把这些心事埋在心底。现在感情发芽开花了，往日的种种，像是温暖的片段，虽然心情不是美好的，可是却异常的让人怀念。

也许，想念的是那种暗恋的心情。

不可言，不可语，唯她懂。

顾宏成和虞锦沫回到了上海，当飞机从几千米的上空慢慢下降，虞锦沫将头靠在窗边，脑子里浮现出第一次见到顾宏成的画面，那是一个暴雨天，他像是一道光，然后她失去了意识，昏在了他怀里，这一昏就是好几年。

回到了他们缘分开始的地方，这一次，她不会再如当初那样软弱，这些年的沉淀足以让她成长。

章以南亦步亦趋地跟着两个人，虞锦沫觉得他有点像电灯泡，每次想跟顾宏成靠近一点，他就以一种闪亮的方式出现，一点都不想让别人忽视他的存在。

飞机稳稳地停靠在了浦东机场，虞锦沫下飞机的时候，顾宏成体贴地拿过她的包包，仔细叮嘱："小心点走，刚下飞机你肯定有点晕。"

"哟……老大，你怎么都不这么关心我？"章以南揶揄的声音迅速窜出。

虞锦沫没好气地白了他一眼。

章以南笑得像一只奸诈的狐狸，就是微信里经常冒出的那种。

在出机场的时候，顾宏成趁虞锦沫不注意，偷偷地对着章以南使了个眼色，"别以为我不知道你背着我都干了些什么，既然这样，就别羞她了。"

"呵呵，老大，我是冤枉的啊！呵呵……"

章以南哭笑不得，可是又能怎么样，他确实出卖了顾宏成，确实向虞锦沫倒了戈，可是现在事情已经发生了，他也只能装作自己是无辜的了，他总不能又去出卖虞锦沫一次吧。

浦东机场里人来人往，每个人都步履匆匆，急急忙忙地赶往目的地，光洁照人的地板上，回荡着各式各样的脚步声，虞锦沫跟着顾宏成往外走。

就在这个时候，她听到了一个熟悉的声音……

“顾总，您真的回来了！”

三个人齐齐回头，就看见万磊满脸笑意地走了过来，四周的人群仿佛打上了一层马赛克，他的身影不断地放大。

虞锦沫局促不安地捏着手心，心里有一股子酸酸的味道。顾宏成轻轻地捏了一下她的手背，嘴角勾起一个温暖的笑容，虞锦沫看了一眼，点了点头。

她以为自己回上海会碰到很多人，却没有想到遇见了最不想见到的人，这或许也是命运的巧合之处，永远都在画圈儿，每个人都在上面绕着走，一圈一圈地循环着。

万磊的出现，确实在顾宏成的意料之外，他竟然这么快就得到消息了，想来他在顾氏内部是下了不少心思，不然也不会以这种方式出现。

万磊亲切地转头看向虞锦沫，“锦沫啊，好些日子没见了，真是越发漂亮了。”

虞锦沫只是疏远地点了点头，万磊的眼眸黯了一下，换上了尴尬的笑容，略带愧疚地说：“你看这些年舅舅也没怎么关心你，大家都是一家人，怎么搞得都生分了，唉……”

虞锦沫被他这么一说，倒也觉得不好意思，连忙说：“没有没有，我就是刚下飞机，比较累……”

万磊还想说什么，顾宏成适时插入一句，“她刚刚下飞机的时候，就差点没站稳，想必是太辛苦了。”

顾宏成与章以南对视一眼，章以南立马明白他的意思，“对啊，万总，我们要先休息一下。”

这次投资出问题，估计是有人从中作梗，而这么快又这么积极地出现在这里的万磊，一定有什么干系。

“是的是的，你看我给高兴忘了，你们坐了这么久的飞机一定很累了，我已经在附近订好了酒店，你们可以好好地休息一下，然后晚上再给你们接风洗尘。”

虞锦沫支支吾吾，顾宏成倒是极为自然地开口了，“没事，家里用人已经准备好了，让万总破费了，晚上可能还有个临时会议，可能没有办法过去了，不如后天，我请万总赔罪。”

顾宏成说得无懈可击，万磊“呵呵”一笑，连忙接话：“顾总说得是有道理的。”

虞锦沫拉了拉顾宏成的衣袖，小心翼翼地问：“要不，我们先回家吧？”

“好，我们回家！”顾宏成对虞锦沫笑了笑，给章以南使了个眼色。

章以南笑着跟万磊打迷糊仗，而顾宏成则是带着虞锦沫自行离开。

上海的房子，一直都有用人打扫，家具还是依旧，就连摆放的位置都没变，唯一不一样的，大概是空荡荡的，缺少了人气，仿佛隐在某个深山里的古堡，打开门的那一霎，迎面而来的是冷漠感，空气里充满了陌生的气息。

里面已经找人打扫干净，阳光照在木制地板上，反射出闪亮的光芒，虞锦沫摸着窗台，不由得感慨，才离开一年多，却像是离开很久一样，很多东西都变得陌生起来，明明曾经那么的熟悉。

“你累了，先回房休息吧，我还要去公司看看，晚上回来再带你出去吃饭。”顾宏成放下行李后就准备再次出门，不忘叮嘱虞锦沫好好休息。

虞锦沫一转身：“你不是有临时会议吗？”

顾宏成穿上鞋子，笑着摸了摸她的小脑袋，“既然这样，那我就去开会了。”

半晌，虞锦沫才消化完他的话，瞪大眼睛，“你是骗人的！”

顾宏成淡笑不语。

也是，看当时的情况，只是因为她不愿意罢了，所以他才那么说的，想到这里，虞锦沫心情变得特别好，语气里带着浓浓的关心，“你不累吗？现在时间也不早了，不然就留下来陪我吧！”

顾宏成看着虞锦沫，看着她疲惫的脸与可怜兮兮的表情，最终无奈地转过身来，点头答应，“好吧！”

“那你陪我睡觉，我一个人不敢！”虞锦沫见顾宏成妥协，便又提出了要求。

“好好好！你先回房间收拾一下，我给章以南打个电话交代一下事情。”

顾宏成知道虞锦沫的关切之心，但是无论她是出于什么原因，他都不会拒绝的，因为答应她已成为某种惯性了。

虞锦沫高兴地在他脸上亲了一口，“你真好。”

语毕，蹦蹦跳跳像是一只小兔子，往房间走去。

而顾宏成则是定定地站在原地，抬手轻抚着那被虞锦沫亲吻过的地方，低头静静地沉思。

他心里是理智的，可是每每遇到虞锦沫对他撒娇，他总是没有办法拒绝，而且在她一次次主动之下，根本就无法控制整个局面。

尤其是感觉到她真的没有办法一个人面对的时候，他总是不能就这样放下她。

理智总是大声地喊着不能再这样纵容她，不能让她再这样肆无忌惮的靠近自己，可是越是想要远离这份不可逾越的感情……

她还小……

根本不知道自己在做什么，他是不想她将来痛恨，以这样一种方式把她给禁锢住。

万一……

万一她要遇见更爱的人，她又该如何去面对呢？

顾宏成的内心越发的不舍，就像虞锦沫对他施了魔咒一般，让他对她无力反抗。

如果再这样下去，不是虞锦沫痛苦，就是他自己痛苦。

所以，他不能一直让这种情况持续下去，不能让一个心智未成熟的女孩，误以为这就是爱，至少在两人之间，他要做一个考虑最周全的人，为了虞锦沫的未来，也是为了他自己，让这份超越世俗的感情在他这里画下句号。

那种爱，糟糕透了，却让人上瘾。

窗外一片明媚，树叶茂盛，长得极好，郁郁葱葱，赏心悦目，而他的心里像是突如其来的暴雨，那一阵风刮地凌乱。

顾宏成推开虞锦沫的房间，看见她一个人躺在床上，手指不断轻轻地滑动着手机，好像是看见了什么好玩的事，咧嘴一笑。

虞锦沫看见顾宏成走进来，很自然地伸出了手。

顾宏成不动声色地走过去，在床头坐了下来，好让虞锦沫可以将头靠在他的腿上，双手紧紧地拉着他的手睡觉。

以前，虞锦沫每次睡不着觉，他都会这样陪着她，一直等到她睡着了才会离开。

不知不觉，虞锦沫已经养成了习惯，开始依赖这种陪伴，他也没有太在意，毕竟他只是把虞锦沫当孩子看。

所以，习惯才是最可怕的东西，它会不知不觉渗入骨髓。

现在看来，他视乎不该任由她再乱来了。

否则，一切都在周而复始，可是看着她的脸颊，似乎什么都说不出口。

不然……就最后一次吧？

再宠她一次，然后下不为例。

可是，当他这么决定的时候，虞锦沫却也做了另一个决定。

她拉着顾宏成的手安心地入睡，却想着以后永远这样，一辈子都这样，绝对不放开他。就算他再抗拒，她也不能放弃，一定要让他也像她一样，慢慢地喜欢上她。

虞锦沫睡了一下午，醒来的时候，茫茫然地撑起身子，顾宏成已经不在身边，她的第一反应就是抓起放在床头柜上的电话，正当她焦急地想要打电话找他的那一瞬，却听到客厅传来“窸窸窣窣”的声音，她迅速跳下床，然后光着脚丫子“吧嗒吧嗒”地跑过去。

令虞锦沫始料未及，偌大的客厅里，居然站着万磊的身影，要不是没穿鞋，感受到地板的冰冷，她真以为置身于梦中。瞅见了他的影子，这不是刚才见过吗？怎么又出现了？他这也太频繁了吧？

“锦沫，你醒啦！”万磊见虞锦沫出来，忙不迭地站了起来，朝她走来，“我是来看看你刚回来，这里还缺什么吗？要不待会儿舅舅带你去吃饭吧？”

虞锦沫尴尬一笑，可是面对这样的万磊，她只有淡淡地疏远，并没有半点亲人之间的感动之情。

虞锦沫躲过万磊，小心翼翼地走向顾宏成，有些紧张地抓住他的衣袖，站到他身后，不安地看着万磊。

“没事，他只是来看看你，然后跟我谈谈工作上的事。”

顾宏成拍着虞锦沫的肩膀，随后，转头对万磊客气的笑，“万总，工作上的事我们改天到公司去谈，谢谢你专程跑一趟看锦沫，现在我还有些事要出去一趟，那就不送了。”

顾宏成这么明显地下了逐客令，万磊的脸色不由得变得僵硬起来，但他还是微笑着看向虞锦沫，“要不我带锦沫去吃饭，她这么久没有回国，我很是想念，想跟她单独相处，然后带她去看看她父母。”

顾宏成低头看了看虞锦沫，看见她白了下眼睛，很不情愿的往后退着，于是，转头来应付万磊，“还是不麻烦万总了，我一会儿会带锦沫去的。万总放心，锦沫在我身边，我不会让她吃苦，而且她现在已经长大了，已经很独立了，你就不用替她操心了。”

“是这样吗，锦沫？”万磊面对顾宏成不好说些什么，毕竟顾宏成还是他巴结的对象。

“是的，舅舅，你就放心吧！”虞锦沫淡淡一笑，说得有些紧张，不知为什么，她看见万磊总感觉一种局促感。

这件事疑点挺多，比如说万磊怎么会贴过来，好像很想探知他们这边的事，可具体是什么事呢？顾宏成看着万磊远去的背影，陷入了沉思之中。

除了这件事之外，似乎还有一件更重要的，那就是她对万磊的态度。

虞锦沫瞅着万磊走了，也就舒了一口气，换上了淡淡的笑容。

顾宏成让用人倒来两杯茶，让虞锦沫坐在沙发上，顺道递了个垫子给她，好让她枕着，然后开始问："锦沫，你对万磊似乎很疏远，可以告诉我是为什么吗？是不是因为当初在万家被欺负了？"

用人将茶端了上来，顾宏成接过，放在茶几上。

"没有，他倒是没有欺负我，只是……他却经常跟妻子吵架，经常因为一些小事就在我面前吵，然后摔东西，我不喜欢他。我当时不明白他们为什么会这样，但是自从我搬出去后我才明白，他们那么做都是做给我看的。我爸妈以前在的时候没少给他们好处，可是自从我爸的公司出事之后，他就开始疏远我们家，甚至最后我爸妈……我除了他们再没有什么亲人，所以，他们理所当然地成为我法律上的监护人。当时，我家还有一些遗产，就是现在万磊的公司，我爸当年为了逃脱债务，特意把公司改头换面给了万磊管理，可是，后来我搬出来，他们每个月除了定期给我的卡里打一些生活费外，就很少管我，直到后来你出现了……"

虞锦沫捧着茶杯，眉头一直紧紧地皱着，对那段往事，她没有任何好印象，所以回忆起来也不是很愉快。

不得不说，人和人之间是有磁场存在的，也许有些人做得并不是很过分，但总是让人无法亲近，也许有些人做得很不好，却依旧挨着这种罪。

顾宏成沉吟了一会儿，“所以，万磊的公司现在还是属于你的？”

“我不知道！我所有的证明文件都在他那里，我从来都没有找他要过，对我来说，那些东西我没有兴趣，也无所谓是不是我的了。”虞锦沫淡淡地说着，将一杯茶慢慢地喝光。

以前她不在乎，因为没有受过钱的苦，现在依旧不在乎，是因为顾宏成将她保护得很好，她没有这个概念。

“行，这事就交给我处理，至于万磊那边……如果他再来找你，你就探探他的口风，他现在对你这么殷勤，很有可能是因为公司，毕竟他管理了这么多年，不可能什么都不想要。还有……你以后出门小心点，如果你出了什么事，那么……”

不知怎么的，顾宏成开始联想到当年虞锦沫被绑架的事来，倘若不是今天虞锦沫说起公司的事，他可能永远都不会想到，这其中是不是有所关联。

想到这里，他不禁心底一寒，迅速给章以南打了个电话，“你抽空查一下当年锦沫被绑架的案子，尽量往万磊方面查一下！”

章以南正在焦头烂额地赶这期的报表，一听到这事，顿时心中叫苦连天，什么叫抽空？他当牛做马这些年，可也真没抽空的概念了。

“老大……”章以南说得有气无力。

顾宏成似乎没领会他其中的意思，又补了一句，“尽快。”

章以南耳畔回荡着“嘟嘟嘟”的声音，顿时心里奔腾过一万只很红的动物，据说那叫“草泥马”。

虞锦沫低头沉思了一会儿，慢慢消化顾宏成所表达的意思。

所以……“你认为是？”

顾宏成将手机放到桌子上，然后抬头，“暂时也没什么事，只是看这情况，是该出点什么事了。”

“……”果然是在绕弯子，虞锦沫摇了摇头。

“是不是如果我出了什么事，公司的合法继承人，就是他？”虞锦沫开始浮想联翩，如果按照这个逻辑走的话，“那么……”她开始回忆当年的事，“所以，你怀疑当年的绑架案是他谋划的？”

这个想法本不应该有，毕竟那是她的亲舅舅，怎么可能会做出这样的事。

“砰”的一声，厨房里传来一阵盘碗破碎的声音，用人急急忙忙地拿了扫帚进去，虞锦沫被震得有些发怵，马上推翻了这种可笑的想法。

“这……只是我的猜测罢了，在事情还没有查清楚之前，你最好什么都不要乱想，也不要做一些举动。倘若这件事是真的，那么万磊那么精明，如果被他发现了，你恐怕会更危险，假如这件事是假的，你也就无须担心什么了。”

顾宏成说得严肃，两个人沉浸在各自的思绪之中。

忽然，虞锦沫笑眯眯地瞅着他，“你是在担心我吗？”

顾宏成咳嗽了一声，说得一本正经，“我不是一直都很关心你的吗？”

“噢……”虞锦沫应了一声，想来也不大可能说出什么惊人之语，她也就习惯了。

“傻丫头……”

虽然并不是这么动人的情话，但是听起来依旧内心暖暖。

这些年，他对她的关心不少，当她确定了自己的心意之后，发现整个世界都光亮了不少，而且对他的喜欢，岁月时间慢慢逝去，都是只增不减。

虞锦沫一个人在那儿傻乐，顾宏成瞄了一眼，心中暗忖，她又想到哪里去了？

“明天我会找几个保镖来保护你，如果没有什么特别的事，你就不要单独出门了。”顾宏成吩咐着，随即又想到另一个重点，这丫头也真的不是安分的主，“你要乖乖听话，否则后果自负，万一出了什么事，我可是不会管你死活的。”

“……”虞锦沫瞪大眼睛瞅着他。

好无情！

刚想感动那么一丝丝，就被他给打断了。

顾宏成一脸无法商量的模样。

虞锦沫像是一只炸毛的猫，“不要，我不是要去你公司上班吗？如果身后一直跟着两个人，我该怎么做事。”

“不行！”顾宏成完全不加理会她的辩词，直接就是拒绝。

“那我跟着你，你来保护我，我不喜欢整天被陌生人跟着。”虞锦沫放开杯子，坐到了顾宏成身边，摇着他的手臂撒娇。

顾宏成：“……”

“你不要以为我这样就妥协了。”虽然话是这么说，但是，他的语气仍旧是缓和了不少。

他有些无奈地看着虞锦沫，他最受不了她来这一套了，开始语重心长地解释道：“我也不可能一直看着你啊，你要听话，这不是小事。”

“对！这是大事！我也这么觉得，所以我更应该待在你身边了。你是什么人啊？你是宇宙无敌最厉害的人，我在你身边怎么可能会出事呢？”虞锦沫说得狗腿，恨不得把脸都贴上去了。

顾宏成觉得脑袋变大：“……”

“我发誓不离开你的视线，保证你随时随地都能看到我，好不好？”虞锦沫再次摇起了顾宏成的手臂，这一次将他摇得晕头转向的。

顾宏成叹了一口气，“好……那听你的。”

说完之后，他就后悔了，这事怎么能依着她的性子来呢？可话已出，就必然不能反悔了，只能……

没有办法，他只得妥协。

“好好好，听你的！”

顾宏成无奈地拉下虞锦沫的手，准备起身，可是眼前一黑，让他又坐了回去，脑子还处于那种晕眩状态。

“怎么了？”虞锦沫担心地问着，并且伸手去试探他的额头。

“大概是因为时差问题吧，从下飞机到现在，我也没有好好休息，我带你出去吃东西吧，等回来休息下。可能是年纪大了，所以身体越来越差吧……”顾宏成故意在开玩笑。

虞锦沫听他这么一说，不由得也跟着笑了起来，“那就换我来照顾你，顾叔！”

于是，站起身来，迅速地扶着顾宏成，小心翼翼地往前走。

顾宏成没有反对，只是任由虞锦沫搀扶着，心情略微复杂，可探究到底究竟是什么，又无法判断。

虞锦沫偷偷地看着顾宏成，灯光照到他俊俏的侧脸上，一半昏暗，一半明亮，正如他这个人一般，既爱他黑暗的部分，又喜爱他发光的地方，这样就是一个完整的个体。

如果可以的话，她真的很想跟他就这么走下去，陪在他的身边，紧紧地牵着他的手，去哪儿都好，有他在的地方，就是她的家，陪着他一起慢慢变老，到老了也可以一起看夕阳。

那真的很幸福……

会议室里，两台立体式空调“呼呼”作响，空气中凝固着冰冷的气息，各个主管都翻阅着手中的资料，为首的顾宏成脸色越发的阴沉。

秘书紧张地端上茶水，然后忙不迭地走出去。

章以南一本正经地放下文件，走到了顾宏成的身边，清了清喉咙说：“我已经调查了这次事件，其主要问题在于，资金到位了，材料也买好了，可是投资的项目却突然被人起诉了，原因是项目检验不达标，而负责人也突然失踪了，这些资金全都搁浅在那里。如果想继续这个项目，就必须等司法程序都办完，但因为负责人的失踪，这一切都做不了，所以这些投资就只能放在那里，也不知道什么时候才能得到结果。”

章以南说完之后，看了一眼顾宏成，发现他面无表情，拎不清他究竟在想什么。

于是，他轻声喊了一下：“顾总，你觉得呢？”

顾宏成这才缓缓抬起头，环视了一下四周问：“你们觉得呢？”

这时，一个年龄偏大的主管说：“现在主要是找到那个负责人吧！不然我们就功亏一篑了！”

“这负责人都跑了，怎么找？”

“难道这事就这样了？”

“不然我们去打点一下检验项目的人，没准……”

“你以为是这么好弄的？”

会议室里，大伙儿议论纷纷，顾宏成像是置身事外，并没有过多的情绪。

大约过了半个小时，等到一行人都说不出什么所以然来，顾宏成站起身来，“既然这样，那今天大伙儿回去再思考一下，明天再议。”

顾宏成这番话，确实让人摸不着他的想法。

章以南见他们都愣着，笑着说：“那大伙儿都散了吧！明天再讨论！”

顾宏成走到落地窗前，仰望着高楼林立的大厦，一座座拔地而起，挤得密密麻麻，这大概就是整个城市的残酷之处，完全不给人半点喘息的机会，也许在某些黑暗的巷子里，还存在着一丝松懈，正因为懒惰了，所以被这些高楼给掩盖了，丝毫看不见它的存在。

章以南：“老大，你的意思是？”

顾宏成慢慢地转过身子，“晚上不是要见万磊吗？听听他的说辞是不是更有建设性。”

“我算是明白了……”章以南笑了。

顾宏成正欲拿着文件离去，章以南轻飘飘地来了句，“其实你很喜欢锦沫吧？按照这种情况，她舅舅做得事八九不离十，你知道些却又不咸不淡，证明你还是看在锦沫的面子上。”

顾宏成停了下来，“你错了，我只是想知道他还能玩什么把戏。”

“……”章以南“呵呵”一笑，“毫不留情吗？”

顾宏成淡笑不语，“你不是很了解我吗？”

“现在不了……自从锦沫出现后……”章以南摊手。

顾宏成没有回答他，也许连他自己都不知道怎么回答。

晚上，夜色笼罩整个上海，仿佛将现代化都市塞进一个瓶子，灌入很多细沙，少的时候像是漫天繁星，多了的时候，则是如水的时光，一点一点变得满满的。

顾宏成趁着等红灯的空隙，给虞锦沫发了个短信："晚上好好吃饭，不准减肥，你那一套根本不管用，反弹的也快。"

发完这条短信，他忍不住笑了。

他将车子停在一个便利店前，进去买了三排养乐多。出门之前，他瞄见冰箱里所剩不多了，想来就那小丫头才会喜欢喝那种酸酸甜甜的东西，每次都是她硬塞给他的。

"顾叔，你喝点这个……味道很好的，而且促进肠道蠕动。"虞锦沫将一瓶冰凉凉的东西拿给他。

顾宏成喝了一口，嫌恶地蹙眉，"太甜了，我不喜欢。"

"怎么会呢？很好喝啊！"虞锦沫说得天真，笑得无邪。

顾宏成扔到一旁，愣是不喝了，他本就不喜欢喝这些甜的饮料，他喝的不是咖啡就是水，所以虞锦沫老说他没有生活乐趣。

可他觉得这东西可有可无，虽然是这么认为，但他倒是记下了那小丫头一如既往地喜欢喝这个。

车子绕过绿荫大道，在一家金碧辉煌的酒店门口停下，门口的服务生恭敬地接过车钥匙，小心翼翼地将车子停进车库。

顾宏成在服务生的带领下，从大厅往左绕，打开包厢门，就看见万磊笑脸盈盈地站起来迎接他。

他客气地点点头，两个人坐下点了这家店有名的菜。

“顾总，怎么不把锦沫带来？我想她也会喜欢这家的菜色的。”万磊热情地寒暄。

顾宏成摇摇头，“我让她去办公室实习了，看她最近有些累，就不让她出来了。”

本来是答应虞锦沫让她跟在身边，没想到这小丫头一刻都不能消停，嘴巴念念叨叨，所以他一狠心就把她扔到办公室了，一来可以学到很多知识，二来还是在眼皮底下，他办公室正对面，想来也不会出什么大岔子。

“这样……”万磊笑了笑，“那顾总费心了。”

顾宏成夹了一口菜，“不费心，照顾她是应该的。”

大概过了半小时，忽然，万磊开口，“听闻贵公司出了一些事……”

顾宏成点点头，顺着他的话说下去，“是有那么一些事。”

“是这样的，顾总，本来我不应该说的，不过既然你这么照顾锦沫，平时对我们公司又多加照顾，怎么着我也要提点意见。”

顾宏成不露声色地笑笑，“你说得对，你说说看。”

万磊诚恳地说：“我是个生意人，是为了大家都好，我有个建议，就是将你所投资的资金抽出来，都转投到万氏的一个项目里，这样一来可以减少顾氏的损失，同时也能让我们得到这个机会与顾氏合作。”

顾宏成笑了，“万总考虑得挺妥当，只是这资金已经投入，怎么能够转投呢？”

“是这样的，我们公司的这个项目，刚好与顾总所做的不谋而合，而且我们也在积极筹备，不如就合并成一个项目，你觉得如何？你们公司现在所遇到的难题，也就迎刃而解了。”

顾宏成拿起酒杯和万磊碰了一下，“那就合作愉快。”

万磊有些吃惊，没想到顾宏成答应得这么快，由惊变喜，“合作愉快……”

顾宏成喝了一些酒，虽然脑子还是清醒的，不过确实不能驾车，找了一个代驾送自己回家。

他回家的时候，看见灯火通明的屋子，忍不住暗暗骂道：“这小丫头，这么晚还不睡，明天是不想上班了吧！”

虞锦沫正在家里倒腾着拼图，一瞅见顾宏成回来，开心得不得了，蹦蹦跳跳地就来到他的面前。

原本正准备训斥她的，话到嘴边又说不出口了。

“顾叔，你晚上是和舅舅一起去吃饭了吗？怎么样了？你们都说了什么？”虞锦沫像是一个好奇宝宝一样跟着他。

“不怎么样，你怎么还没睡？”顾宏成将虞锦沫带回到房间，然后反手一推，让她进去。

虞锦沫喋喋不休地问：“不怎么样是怎么样呢？”

“你还是早点睡，早上起不来我可不叫你。”顾宏成说得冷淡。

虞锦沫眼睛眨巴眨巴，“顾叔，你是不是讨厌我了？”

顾宏成叹了一口气，“我干吗要讨厌你呢？”

“是不是我太吵了？”虞锦沫可以感受到顾宏成的反复，一会儿对她热情万分，一会儿对她冷漠。她不是小孩子了，或多或少会了解他内心的纠结，可是他究竟在执着什么呢？

顾宏成忍不住笑了，“是不大安静。”

“所以你就讨厌我了！”虞锦沫不满地问。

“那你还不安静点，免得被我更讨厌！”顾宏成话是这么说，仍旧忍不住摸了摸她的小脑袋，“你都在胡思乱想什么呀……”

“我……”虞锦沫还想说什么。

顾宏成打断她，“早点睡，别想太多了。”

顾宏成缓缓地将门关上，虞锦沫在门合上的那一霎，心底一阵酸涩，一个人靠在门边，眼泪就忍不住流了出来，她知道这是没骨气的事，对啊，她就是没种，遇见这么点事就很难过，可是……可是……她真的很难过……

难过又能怎么样?

明天依旧要笑眯眯地面对他。

因为顾氏和万氏合作的原因，虞锦沫经常能见到万磊，虽然两个人交谈并不多，总是免不了要凑在一起讲几句，面对万磊的热络，虞锦沫总是表现得冷淡许多。

虞锦沫对顾宏成的心思，在公司里是众所周知的，万磊自然不是傻子，看得出来她的小心思。

所以，万磊想要将虞锦沫拉到自己这边来，与自己站在同一战线，这样一来，即使将来虞锦沫与顾宏成有了什么结果，对他也只有好处没有坏处。

可是让万磊没有想到的是，虞锦沫完全不理会自己，反倒因为虞锦沫对他的排斥，让顾宏成对他也没有好脸色，于是他对虞锦沫也不再那么热情了。

想着既然从虞锦沫这里下不了手，就从顾宏成那里下手。

万磊派人查了顾宏成的老底，花了不少人力物力，毕竟这种人确实低调，索性皇天不负有心人，终于查到了一些消息。

当他们拿来消息的时候，万磊有些喜出望外，“这么全面……”

“是的……我们向来都是拿最全的资料。”

“好！”

万磊仔仔细细地看了一遍，发现顾宏成，竟然离过婚。

顾宏成离婚这件事，还要从他在国外留学那段时间说起。当时顾宏成并没有顾家这个背景，而只是一个普通的创业青年，年轻、帅气，有才华，但是，也有着很多普通人一样的贫穷。他当时有着一个大学就认识的女朋友，女方家里条件不差，在国内还算是很殷实的家庭，但也算不上是很好的，跟顾宏成很是相爱，甚至于大学毕业后两人就不顾家人的反对结了婚。

可是因为顾宏成没有什么事业，大学毕业后又想着自己去创业奋斗，加上在国外创业也不是那么容易，所以他放弃了很多回国发展的机会，因此女方家里就开始对顾宏成挑剔起来，时间一长，女子也受不了了，开始慢慢地嫌弃他。

直到后来女方先提出了离婚，最后两人便失去了联系。

而顾宏成在离婚之后失落了一段时间，又全身心地投入到工作中，就在他的小公司终于有一些起色的时候，顾家的人找到了他，并且将他的身世告诉了他，并且让他回来接管顾氏。

其实顾宏成一开始觉得自己这一切经历非常可笑，甚至还很排斥，可是当他看到那个病倒在床上的他的亲生父亲，在病中依然紧紧抱着他母亲的照片时，他还是答应了。

他没有告诉任何人他离过婚的事，反正顾家的人也没有几个，只有几个旁亲，他也无心去应付，直到后来他的父亲病逝，他彻底成了顾氏唯一的掌权人。

因为，前一段婚姻的关系，他几乎对那些送上门来的女人没有一点兴趣，以至于这么些年身边都没有一个女人。

万磊慢慢合上报告，好像是个很有用的消息……

暮色四合，一寸一寸暗淡下来，万磊的办公室缓缓地陷入了黑暗之中，他伸手打开了日光灯，随即拿起一支笔，在纸上涂涂画画。

这个女人……

第八章　一个在醒，一个在醉

我们拥有相同的情绪，可是不在一个步调上，究竟是我太要强，还是你太软弱，可我们谁都没有错，不是吗？

顾宏成坐在办公室里，看着整个城市沉浸在黑色的墨汁里，万家灯火仿佛一点点彩色颜料，点缀在其中，忍不住发了会愣。

这世间真奇妙，原本他以为生活就是平淡无奇的，却没有想到会遇见虞锦沫。

在没有发现自己对虞锦沫的异样感情之前，顾宏成并没有想过下半生会跟谁结婚，如果要结婚，那也只是考虑到顾家的血脉与顾氏的发展。

可是当他发现自己对虞锦沫的感情之后，他开始害怕起来，他想着找个女人结婚，而白若岚是他的表妹，他只是找她来冒名顶替，以此淡化对虞锦沫的感情，没想到……发生了许多的意外，唉……

只不过总想着与虞锦沫的年龄差距，更害怕这样对虞锦沫不公平，他一直不愿意承认这份感情。

三天后，顾宏成如同往常一样加班到很晚，而虞锦沫也陪着他一起。

有时候，他对她的执着更多的是不理解，虽然如此，但是心里依旧是开心的，看着她晃悠着小脑袋在办公室里走，心中最柔软的那个地方在坍陷。

两人一起下班回家时，虞锦沫正在“叽叽喳喳”地念叨着：“你说待会儿我们要吃什么呢？你想吃什么呢？”

顾宏成不自觉地笑笑，“晚上就别吃太多了，吃些清淡的东西，免得对身体不好！”

“噢……”虞锦沫嘟着嘴巴说，“我发现我们的世界观都是不一样的，你那么讲究养生，而我都在想着吃好的！”

“你到我这个年龄的时候，也会这样的。”顾宏成笑了。

虞锦沫点点头，“好像也是。”

而令他没有想到的是，他居然在门口遇见了一个女人，她曾经走过他生命中那么一个片段，回忆模模糊糊的，只是当她清晰地出现在面前的时候，只有一种陌生感。

“宏成……”那个女人站在公司门口，看着顾宏成出来，同样的一脸吃惊。

但是顾宏成脸上有的只有惊，而那个女人脸上多的，却是喜。

“宏成，真的是你！”沈琳红着眼眶走到顾宏成面前，直接扑进了顾宏成的怀中，将他抱住。

顾宏成仍旧处于震惊之中，完全没有反应过来，反倒是虞锦沫呆呆看着他们两人这样亲密地抱在一起，不明白眼前这一切是怎么回事。

“宏成！我以为我再也不会遇到你了，我以为我这辈子都不可能再见到你了！我好后悔当初听了我爸妈的话离开你，我真的好后悔，这些年来我一直在找你，可是一直没有找到，宏成，我还爱你，一直都没有改变过，我们重新开始好不好？”

沈琳在顾宏成怀中哭泣着，活脱脱像是一个找不到家的孩子。

可是，顾宏成却依旧直直地站在那里，一动不动。

“沈琳！你是怎么找到这里的？”顾宏成开口的第一句话，不是久违的客气，反倒是冰冷的质问。

他不相信一个将近十年没有找到他的人，会在这个时候突然出现。

“我在杂志上看到了你的专访，这才找到这里来的。”

沈琳从包里拿出一本杂志，确实是顾宏成少有的在维也纳给一家知名杂志做的专访。“这是我一个朋友从国外带回来给我的，我也是无意间在他家看到的，如果不是这本杂志，我甚至都不知道你……”

“好了，如果你是为了叙旧，我们可以改天再约时间，现在不早了，我们要回去休息了。”顾宏成说着，伸手拉住了退到一边正在胡思乱想的虞锦沫，向车子走去。

“宏成！”沈琳愣在原地，远远地看着顾宏成与虞锦沫离开，眼泪止不住地往下掉，“宏成，我还是爱你的，你要相信我……”

沈琳的话消失在了车子的背后，顾宏成因为不想听这些话，特意将车子开得飞快，吓得虞锦沫将安全带抓得很紧。

“她是谁？”虞锦沫还是忍不住地问出了口。

“我前妻！”顾宏成考虑了一下，开了口。他害怕虞锦沫知道了伤心，可是又不想隐瞒她，毕竟这事她总是要知道的。

“你离过婚？”虞锦沫没有吃惊，只是淡淡地问。

她不是没想过，像顾宏成这样的男人，怎么可能身边一个女人都没有，只是没有想过他竟然是离过婚，而且是那样的一个女人。

沈琳看上去虽然没有白若岚漂亮，但是她的气质很好，在普通人眼里，也算是一个大美女，与顾宏成站在一起也算是般配。

顾宏成没有回答，专心地开着车。

“那你还爱她吗？”虞锦沫转过头看向顾宏成，问出她最想知道的问题。

其他的她都可以不在乎，因为那些对她来说完全不算什么，只要她一心喜欢他，就什么都没有关系。

可是，如果他心里还有他的前妻，那么她就真的没有办法了。

顾宏成依旧没有回答，只不过握着方向盘的手不由得握紧了。

他要怎么回答？

直接告诉她他心里没有沈琳？可是他这样说出来，那他如今所坚持的一切，都会让虞锦沫看穿。他不能给虞锦沫希望，更不能让她伤心，那么他该怎么回答？

所以，他选择了沉默，不回答，就是最好的回答。

见顾宏这样，虞锦沫心痛地将头转向窗外，眼泪瞬间滑落。

虞锦沫什么也没再说，直到两个人到了家，她先下车回了房间。

顾宏成坐在车子里很久都没有动，只是看着虞锦沫的背影，痛苦地闭上了眼。

第二天一大早，虞锦沫如常的起床准备上班，但是下楼之后看到的却不是顾宏成，而是正坐在那儿悠闲地吃着早餐的章以南，还有两个不认识的男人，一见这个阵仗，虞锦沫心里就有了底，于是也不说话，坐到桌子前去吃自己的早餐。

章以南本来准备了一大堆的话来解释，可是见虞锦沫一声不吭，也就不用说出口了。

"老大今天有事不在公司，所以嘱咐我来带你去公司。"章以南见气氛这么沉闷，最后还是忍不住地说了出来。

"不用了，今天我不去公司，我有自己的事。"虞锦沫清淡地说，低头认真地吃着自己的早餐。

"呃……那让他们跟着你，这也是顾总嘱咐的。"章以南继续说，但看虞锦沫的眼神越发不对。

"随便！"虞锦沫淡淡应着，似乎完全不把这当一回事。

"你怎么了？"章以南疑惑地看着虞锦沫，总觉得两人像是发生了什么事。

"……"虞锦沫吃着自己的东西，不回答。

"因为沈琳？"章以南问。

虞锦沫僵在那里，终于抬起头看向章以南。"你知道？"

"当然！"章以南耸耸肩，放下手里的食物，拿过牛奶喝了一口，随后优雅的边擦着嘴角边说到，"我们是同一所学校的，虽然差几届，但当年他们两个可是学校里的风云人物。要知道，像顾学长那样优秀的人物，本来就是一个焦点，如果这个焦点身边再多一个美女，那就成了神一样的存在，几乎没几个人不认识他们。”

虞锦沫听章以南这么说，眉头不由得皱了起来。

“不过……虽然他们风云一时，但毕业之后就完全变了。他们毕业之后就结婚了，虽然很令人羡慕，但两人的感情却一天不如一天，直到后来学长突然告诉我，他们离婚了。”

“为什么离婚？”虞锦沫觉得很奇怪，既然当初那么相爱，甚至毕业就结婚了，后来又是因为什么离婚，像顾宏成这样优秀，又温柔体贴的男人，那个沈琳是疯了才会离开他。

“当初的学长并没有现在这么风光，因为拒绝了大公司的邀请，坚持自己创业，他几乎连一日三餐都成问题，而当时的沈琳收入也不多，加上她本来就不是一个特别能吃苦的人，所以后来两人因为工作与收入的关系吵了很多次，最后突然离的婚。具体是因为什么我不知道，但也不难猜测。”

章以南停下来看了虞锦沫一眼，又接着说道：“如今她突然又出现，没有几个人会相信她是真的因为还爱着顾学长。所以你放心，顾学长是不会为她这样的女人再动丝毫感情的。”

“可是他们还是曾经相爱过，那份感情不可能说没有就没有了，不是吗？”虞锦沫很难相信，像顾宏成这样的一个男人，会那么果断的对一个女人死心。

“这个吗，我还真的不知道！”章以南觉得自己不是当事人，自然也不能那么肯定，更何况顾宏成这个人，他本来就猜得不是很透。

“你回公司吧，不用管我，让他们跟着我就行了！”虞锦沫吃完早餐，回房间换了身轻便的衣服，就带着两个跟屁虫出了门。

她没有告诉章以南她去哪里，更不想让顾宏成知道，因为她现在心里太乱，需要一个人先冷静冷静。

虞锦沫去了一家装饰特别的花店，买了一束黄菊花，独自坐着车，神情没落地靠在窗边，有时候想想生活好像就是如此，你以为拥有了，其实那根本就不是你的。

一个人跑到父母的墓碑前，将花束放在前面，坐在附近，傻傻地发呆，距离上次来，已经过了好久。

本以为这一年多没回来，父母的坟会无人打理，却没想到坟前不但一尘不染，还有一束新鲜的花。

虞锦沫虽然觉得很奇怪，但也没有放在心上，或许是他们生前的朋友来过，所以也不足为奇。

她坐在坟前跟父母说了很多话，说了这些年的事，说了她与顾宏成之间的事，并且也说出了自己对顾宏成的感情。

她经常会想到一个画面，如果父母都在世的话，那她还能遇见顾宏成吗？想来应该是不大可能，也许遇见了也不会喜欢，她才不会喜欢一个年龄这么大的老男人，可是……巧就巧在这儿，什么事都撞到了一起，她遇见了他，然后还变得非常喜欢，让自己都无法相信。

如果这是命运的安排，安排她在最无助的时候遇到了顾宏成，又让她对他产生那么浓的依恋，却又注定让她失去这一切，那么命运是不是对她太不公平了。

虞锦沫苦笑着站了起来，深深地看了一眼墓碑上那对依偎在一起的父母的照片，转身离开。

他们死都要在一起，对虞锦沫来说不也是不公平吗？

可是她却连选择的余地都没有，只能在他们离开后来接受这个结果……

那么这一次，她又要这样被动吗？

对自己来说那么重要的人，她只能无助地看着他离开吗？

虞锦沫带着这样的胡思乱想回到家，刚一打开大门，就接到了一个陌生来电。

“喂？”虞锦沫接通电话，疑惑着谁会给她打电话，又有几个人知道她的号码。

“你好，虞锦沫小姐吗？我是沈琳，请问我们可以见一面吗？”电话那端的人自报姓名后，虞锦沫还是很吃惊的。这还真的是一个很大的意外，沈琳竟然会找上她。

“沈小姐，我不觉得我们有任何见面的必要，有什么事在电话里说吧！”虞锦沫不想见沈琳，理由很简单，因为见了她，只会让她更加没自信再去面对顾宏成。

沈琳是顾宏成曾经爱过的女人，而她对顾宏成来说什么也不是，如果沈琳要求她离开顾宏成，那么她有什么理由可以拒绝？

所以，虞锦沫害怕跟沈琳见面。

“不见面也可以，我不勉强虞小姐，但是有件事我必须让虞小姐知道，我一个人带了将近九年的孩子，我现在只希望我的孩子能有一个完整的家，所以我希望虞小姐能够帮我，让宏成回到我身边，我的孩子需要他……”

虞锦沫的耳朵“嗡嗡”作响，已经听不清后来沈琳说了些什么，直到电话挂断，她依旧处于震惊当中。

沈琳跟顾宏成，竟然还有孩子。为什么章以南没有告诉她？

等她回过神来，却只能露出一个僵硬的笑，现在好了，她连留下来的资格都没有了。

现在应该不用等顾宏成来赶她走，她就应该自发地收拾东西离开吧！

虞锦沫有些恍惚地回到房间里，看着家里的一切，几乎每个角落都有她与顾宏成的影子，那些快乐时光竟然就在不经意间过得这么匆匆。

顾宏成的影子在不经意间已深深地印在了她的心里，他的笑容、他的严肃、他的宠溺、他的关心，他的一切都让她无法割舍，就这样，让她如何能够离开。

“我该怎么办？该怎么办……”虞锦沫想着这一切，难过地蹲下身，抱着头失声痛哭。

门口的两个保镖看到了虞锦沫痛哭的模样，面面相觑，都不知道如何是好。

两人互相看了一眼，最后决定给章以南打个电话，将今天的事都报告给了章以南。

章以南接了电话之后又报告给了顾宏成，顾宏成听了之后什么也没说，仍旧用心地工作着，直到晚上才回家。

只不过让他想不到的是，回来面对他的，竟然是虞锦沫亲手做的一桌子饭菜，还有她灿烂的笑脸。

“顾叔，尝尝我的手艺吧！”虞锦沫第一做饭给顾宏成吃，这让顾宏成很吃惊。

虽然很吃惊，也觉得很奇怪，但是顾宏成却不知道哪里出了问题，也不明白虞锦沫为什么突然对他这么好。

“好！”顾宏成连手里的东西都没有放，就直接坐到了餐桌上，拿起筷子开始吃了起来。“你今天怎么心情这么好，想到给我做吃的了？而且手艺很不错，什么时候偷偷学的？”

“以前在家里学的，我妈很会做饭，是她教我的。”虞锦沫笑着回答，但是她却没有吃，只是静静地看着顾宏成吃。

“原来是这样，难怪你的手艺这么好，早知道你会做饭，在维也纳的时候就让你做了。这样吧，以后家里的饭菜就都交给你了，如果你不嫌辛苦的话，我倒是很乐意吃你做的饭菜，很好吃，很家常。”顾宏成边吃边称赞，可是他的话却让虞锦沫的眼神不由得黯了黯。

“好啊！”虞锦沫爽快地答应。如果有以后的话，她会给他做一辈子的饭。

听了虞锦沫的话，顾宏成抬头对她笑了笑，又低头吃了起来，好像虞锦沫做的饭菜是世间少有的美味一般，最后一大桌子菜都被他吃光光，撑得他连打了几个饱嗝，连连说道：“不行，不行，如果一直让你做饭，我估计要吃成一个大胖子了，那样多难看啊，哎呀，撑死我了。”

“那我们出去散散步吧！”虞锦沫笑着提议。

“这个提议不错，我去换件衣服。”顾宏成站起身向虞锦沫的头摸去，可是快要摸到的时候又顿住了，最后还是笑了笑，转身上楼了。

虞锦沫淡淡地笑了笑，收拾起了桌上的碗筷，等她收拾得差不多了，顾宏成也换了身轻便的衣服下来了，斜靠在冰箱上看着虞锦沫忙碌，甚至看得有些失神。

虞锦沫转身冲他笑了笑，摘下围裙走到他身边，挽起他的手臂，“走吧！”

“嗯！”顾宏成微笑着站直身体，与虞锦沫一起走出家门。

刚刚入夏的上海，风还很清凉，轻风迎面吹来，很舒服。

顾宏成与虞锦沫挽着手静静地走着，谁都没有说话，就像是害怕打破这份宁静与和谐一般。

就在两人走着的时候，迎面走来一对老夫妻，两人互相搀扶着，同样缓缓地走着，一路走着，还一路聊着年轻时的事，时而互相微笑，时而拌拌嘴，很是幸福的模样。

两人看在眼里，都流露出了羡慕的神情，不由得驻足看了很久，直到两个老人的身影消失在两人的视线里。

顾宏成回过神来，低头看向虞锦沫，以前的她遇到这种事总会忍不住地发表几句感慨。只是这一次她却是那么安静，只是安静地看着老人离去的方向，收回视线之后又默默地低下了头，却是一句话都没有说。

“在想什么呢？”顾宏成见虞锦沫不说话，就主动开了口。

“啊？没什么！”虞锦沫似乎被惊到，抬起头来忙对顾宏成展出笑脸，然后左右看了看，停下了脚步。“那个，不早了，我们回去吧！”

“好！”顾宏成见虞锦沫开口，也没有说什么，两人转身慢慢地又走回了家，还是谁也没有开口说话。

回到家里洗了澡，顾宏成正准备再去看看文件，虞锦沫却在这个时候抱着枕头出现在了他的房间门口。“顾叔，我今晚可以跟你一起睡吗？”

虞锦沫提这个要求，顾宏成很是吃惊，可是看着她一脸纯真，他又不忍拒绝，于是只好尴尬地点头，“好……”

虞锦沫见他答应，脸上也没有露出那种特别开心的表情，只是低下头抱着枕头走到了顾宏成的床边，指着窗子那边说道：“我可以睡那边吗？窗子给我开一个缝隙，我不喜欢太封闭。”

“嗯，随你！”顾宏成依旧依着她，甚至主动去开了窗子，让风可以吹进来一些。

虞锦沫躺在床上，而顾宏成也没有再去书房，将灯光调弱，躺到了虞锦沫的身边，两人就那样直直地躺着，谁也没有说话。

直到顾宏成觉得虞锦沫应该睡着了，这才将灯关掉，替她盖好了被子，准备起身离开，却在此时，虞锦沫突然拉住了他的手，轻声的呢喃着，“别走！我只是想在你旁边睡一晚！”

顾宏成因为虞锦沫的这句话而停顿了身体，最后还是躺了回去。可是虞锦沫却在这个时候放弃了她自己的枕头，将头埋进了顾宏成的怀里，伸手紧紧地环住了他的腰。

顾宏成被虞锦沫的行为吓到了，躺在那里一动也不敢动，属于虞锦沫的味道充斥在他的鼻息间，让他有些心慌意乱，想伸手推开她，却又害怕惊扰了她，最后只得放弃。

而就这样紧张的他，最后恍惚间还是睡着了，不知不觉地伸手将虞锦沫紧紧地拥在怀中，沉沉地睡去。

第二天，虞锦醒来的时候，顾宏成已经不在了，她没有失落，也没有因为昨晚他的拥抱而感到丝丝窃喜，只是起身回房间换好了一套职业装，却在关上衣柜门的时候看了自己那已经整理好的箱子一眼，这才关上门下楼。

楼下，顾宏成依旧坐在那里吃着早餐看着报纸，见虞锦沫下来也只是笑了笑，就像平常一样。

虞锦沫安静地吃完早餐，随后跟着顾宏成去了公司。

因为顾宏成说过，只要虞锦沫在他的视线之内，他就不会找保镖，所以虞锦沫才会跟着他去公司。

进了公司之后，虞锦沫又看着顾宏成走进办公室，这才笑着转身，在大家不注意的时候离开了公司回到了家里。

而顾宏成与章以南发现虞锦沫不在了的时候，已经是虞锦沫回到家拿了箱子准备离开的时候。

章以南打电话过来，虞锦沫没有接，提着行李坐上了出租车。

而当她坐上车子，离开了家的时候，顾宏成打来了电话。

虞锦沫看着手机上的名字，久久没有接，也不敢接。

“小姑娘，你的手机响了这么久，你怎么不接电话呀？”出租车师傅都不由得替她着急。

虞锦沫笑了笑，接通了电话，而电话那边的顾宏成早已气急败坏，生气地吼道：“虞锦沫，你去哪儿了，为什么不接电话？”

“我走了！”虞锦沫轻声说着。

“走？去哪儿？”顾宏成疑惑地问。

“去我该去的地方！顾叔，谢谢你这些年对我的照顾，祝你幸福！”虞锦沫说完，就挂断了电话，随手关了机。

顾宏成听着电话里的忙音，整个人都傻了，等他再打过去的时候，已经是“您拨打的电话已关机”的提示音。

“怎么了？”章以南看顾宏成的脸色就觉得不妙，可是他的问题并没有得到回答，只是当顾宏成慌张地跑出办公室的时候他才觉得不对，赶紧跟了上去，“顾总，怎么回事，锦沫去哪儿了？”

“给锦沫手机装的定位系统她手机关机了还能用吗？”走进电梯的时候，顾宏成寒着一张脸问道。

“可以！”章以南拿出手机，将定位界面调了出来。“锦沫怎么了？为什么要找她？”

“我就奇怪她怎么会突然想着给我做饭，还……还做了这么多奇怪的事，原来她是要准备离开……”

“离开？去哪儿？她一个女孩子家能去哪里？难道去找万磊吗？”章以南吃惊地叫着。

“还是这么小孩子脾气！虞锦沫，你还真的让我一刻都放不下心来。”顾宏成抢过章以南手里的手机，快步跑出了公司。

“去哪里？”章以南开车过来，顾宏成赶紧上车。

“公墓！”顾宏成寒着一张脸说着，章以南立马开了车。

虞锦沫这不是要去近处的节奏，否则她是不会在临走前还去向她的父母道别。不过她千算万算，却没有算到顾宏成会因为担心她的安危而在她的手机里装定位装置，更想不到她精心计划的一切还是被精明的顾宏成给打破了。

当虞锦沫在自己的父母坟前哭得肝肠寸断时，顾宏成冷着一张脸，带着一身的怒气出现在她身后。

“我本来就该一无所有，到最后还是一无所有，这是我的命，他给我的已经够多了，我怎么能奢求更多……”虞锦沫抱着父母的碑失声痛哭，却不知道顾宏成就站在自己身后。“可是爸妈，我好痛，真的好痛……像是要死了一样，为什么要让我爱上他，为什么不让我当年跟着你们一起走，让我现在这么痛苦，为什么……”

顾宏成的愤怒，因为虞锦沫的话而瞬间消失，从而傻傻地站在那里，看着因为自己的逃避而痛苦得不成人样的虞锦沫。

她是多么开朗的一个孩子，曾经那么坚强，那么勇敢，哪怕是被人欺负成那样也依然顽强地生活着。可是如今呢？她的笑容没有了，她的坚强也没有了，剩下的只有脆弱。

这样的她，这么需要他的她，他还能忍痛将她推开吗？他还能够再欺骗自己推开她吗？

如果她真的走了，那么他会怎么样？

顾宏成想到这里，不由得伸手一把将虞锦沫扯进怀里，也不顾她此时的震惊，不管自己有没有吓到她，只是将她扯进怀中，紧紧地拥着，几乎要将她揉进血肉里。“不要走，我不准你走，你哪儿也不能去，只能待在我身边，听到没有？”

虞锦沫从惊吓到震惊，从震惊到吃惊，从吃惊到惊喜。

她没有想到顾宏成会在这里，更没有想到顾宏成会这么快就找到她，更没有想到，他竟然会对她说出这些话。

“可是你不喜欢我……”虞锦沫哭着说。

“我从来没有说过……”顾宏成说。

“可是你有沈琳……”

“我从来没有说过……”

“可是她有你们的孩子……”

“我……什么？”顾宏成吃惊地扯开虞锦沫，一脸疑惑。“怎么可能？”

“她打电话给我，说她独自照顾孩子这么多年，让我给她一个完整的家。”虞锦沫依旧在哭。

“怎么可能，他们离婚的时候沈琳与老大已经快半年没有在一起了，哪来的孩子？”章以南突然冒了出来。

“你怎么知道他们没有在一起？”虞锦沫转头一脸疑惑地问着章以南，这种私密的事他也知道？

“呃……当时学长忙着公司的事，我们几乎吃住都在一起，除非他们两个在我们面前做，否则绝对不可能！”章以南的话才出口，就被顾宏成冷冷地瞪了回去，表示他这种话不应该在虞锦沫面前说。

“那孩子？”虞锦沫泪眼婆娑地看向顾宏成。

“不是我的！沈琳当时出轨了，所以我们才离婚的。”顾宏成一脸严肃地说。

“出轨……”

“出轨！”

两个吃惊的声音同时发出，一个是虞锦沫的难以置信，一个是章以南的八卦惊叫。

“你想让全世界都知道我被戴上了绿帽子吗？”顾宏成没好气地瞪了章以南一眼，一脚踢向他的膝盖。

“哎哟……不是，我还以为你们两个因为经济方面的事才……好痛……”章以南痛苦地抱着膝盖蹲在地上不停地揉着，还一脸无辜。“你都没说，我哪里知道啊！”

“那么我就可以不用离开了？”虞锦沫这才露出了一点点笑脸。

“当然，就算有孩子也不用离开……”章以南插嘴，结果还是被顾宏成狠狠地瞪了一眼。

“没有我的允许，你哪儿都不准去，别忘了，我是答应要照顾你一辈子的人。”顾宏成生气地对着虞锦沫吼道，但还是不舍地将她拥进怀中。

虞锦沫此时终于破涕为笑，幸福的将脸埋进他的怀中，将一脸的鼻涕眼泪都蹭到他的身上。

“那你来找我，是因为舍不得我走喽？”虞锦沫像只小猫儿一样，在顾宏成怀里中不停地蹭着，撒着娇。

“嗯！”顾宏成有些尴尬，可还是回答了。

“那你舍不得我走，是因为你也喜欢我喽？”虞锦沫接着问。

“嗯……”顾宏成依旧保持着单音节，可是当他回答之后才发觉不对，立马想要推开虞锦沫。“不是……”

“我不管，你都已经说了，我就当真了，你说话可是要负责的，我缠定你了，以后你赶我走都不行，章以南是证人。”虞锦沫跳了起来，扯着顾宏成的衣服喊道，并且将一旁无辜的章以南也拉了进来。

“你……”

“你什么你？君子一言，驷马难追！说出去的话，泼出去的水。你自己承认了，不许再狡辩，喜欢我就是喜欢我，我这辈子懒定你了。”虞锦沫也不给顾宏成机会再狡辩，直接踮起脚尖吻上他的唇，带着苦涩的泪水与幸福的笑脸，用尽全力去吻他。

章以南坏笑着转过身去，却偷偷拿出手机来了个自拍照，照片里虞锦沫一脸幸福甜蜜，和一脸鼻涕眼泪，而顾宏成则是尴尬与吃惊的一张脸，还泛着可疑的潮红，然后就是章以南那一脸迷死人的坏笑。

最后，这张照片还被章以南做成了墙画，在他家的客厅做了整整一面墙，弄得顾宏成连去都不敢去他家。

倒是虞锦沫偷偷让章以南给她做了一个小相框放在床头，每天睡觉前都要拿来看上几眼，这样她才能安心地睡觉。

不过这都是后话，而在此之前，虞锦沫与顾宏成，还是得面对很多问题。

顾宏成将虞锦沫安置在家里，随即迅速给沈琳打了一个电话，约了她还有她口中所谓的儿子出来见面。

沈琳很意外顾宏成会给她电话，原本还兴奋不已，没想到听到顾宏成的要求，被吓得不轻，原本是来骗骗虞锦沫那个傻子的，没想到顾宏成居然知道了，忙不迭地给万磊打了一个电话。

“万磊，都怪你让我拿儿子去刺激虞锦沫，现在好了，顾宏成要见儿子，到时穿帮怎么办？”

“能怎么办？你就实话告诉他，说是离婚后才发现自己怀孕了的，孩子是谁的你不知道，一直以为孩子是他的，所以才私自生了下来，这样他也不能拿你跟孩子怎么样。”

万磊在电话那边像个没事儿人一样，好像这事与他一点关系都没有。

“可是孩子明明是你跟我的，你这些年没有对孩子负任何责任也就算了，现在竟然连自己的孩子都要利用，你还是人吗？”沈琳生气地对着电话那边骂。

“你说孩子是我的就是我的了？别忘记了，当年是你自己爬上我的床的，我可没有逼你。更何况这些年我给你们母子的钱还少吗？你吃我的穿我的用我的，现在为我做点事就这么为难吗？我警告你，如果你把我抖出去，以后别想从我这儿拿到一分钱，哼！”万磊那边生气地挂掉电话，而这边的沈琳却难过地哭倒在沙发上。

她拿着桌子上自己跟儿子的照片，将照片紧紧抱在怀里失声痛哭。

如果……当年她不会一时鬼迷心窍地跟万磊在一起，如果她没有跟顾宏成离婚，那么如今她就不会是这个样子，没名没分，还是一个单亲妈妈，她这一辈子就这样毁了。

可是就算她再后悔，时光也不会倒流，她也再回不去与顾宏成在一起的那些年了。

如果当初不是因为她贪慕虚荣，如果不是当初她嫌弃顾宏成穷，如今她就是顾宏成身边最幸福的女人了。

只不过，她醒悟得太晚了，整整晚了十年！

咖啡店里，顾宏成一早就坐在那里等她，过了半晌，沈琳才扭扭捏捏地过来，画了一个淡妆，看上去气色不错。岁月对她还是很仁慈的，哪怕是这些年，她依然美艳动人，只是，这种貌美如花，在顾宏成的眼中，早已是昨日种种。

顾宏成让服务员给她上了一杯蓝山咖啡，“我记得你喜欢这个……”

沈琳的眼神中闪烁着光芒，“你还记得我喜欢的东西？”

顾宏成嗤笑一声，“怎么可能不记得……”

沈琳像是想到了什么似乎，整个人都黯然下去，蓝山咖啡价值不菲，当年顾宏成拼命赚钱，而她却在拼命挥霍，什么都要最好的，连咖啡也是。

有时候吃穿戴喝不代表道德，却能彰显出品德。

沈琳一句话没憋出来，“呵呵……我真没想到你会有今天的成就……”

“知道和不知道都不重要，反正我也没想到会再遇见你。”顾宏成有些不屑，其实沈琳对他来说是一段过往，是惨痛的昨日。

“孩子呢？我想见见！”顾宏成嗤笑。

沈琳说：“……这个场合不适合有孩子在吧？虽然我不是一个好妻子，但是我想做个好妈妈，关于孩子的话，我不想让他知道太多这些事！”

顾宏成身子坐得松松垮垮，一脸没耐心的模样，“你还真有良心！”

沈琳脸上红白交加，恨恨地说：“顾宏成，为什么你不早点有今天的成就，为什么？”

这句话……真可笑，倘若顾宏成原本对她还有一丝善意的话，那么现在连那一点仅剩的善意都磨灭了。他看着现在的沈琳，没有了大学时的青春，没有曾经的骄傲，更没有了他当年着迷的自信，现在的沈琳，早已不是他所认识的那个沈琳了。

“如果我早就有今天的成就，那么就不会有今天的我了，你我之间恐怕连坐在一起都没有可能。”

顾宏成的意思是他如果生活在一个富有的家庭，不用他去吃苦，不用他去奋斗，那么他就不会那么努力地学习，可能他的人生会变成跟那些普通的“富二代”、“富三代”一样，过着灯红酒绿、香车美女的奢靡生活，他与沈琳甚至都有可能不会相遇，更不用说离婚，还有现在所发生的一切。

而如今，他不知道有多庆幸自己没有生在那样的一个家庭，才会造就今天的他。

同样的，他也应该感谢沈琳，如果当初不是因为她的背叛，他也不会对女人那么失望，不至于到现在都对那些爱慕虚荣的女人那么反感。

“是啊！都是我的错，是我做错了选择，是我让自己沦落到今天这个地步的，是我……”沈琳忍不住放声大哭，后悔自己曾经做的一切。

就在这个时候，虞锦沫出现在了他们面前，她悄悄地坐到了顾宏成的身边。

顾宏成惊讶地看了她一眼，“你怎么找到这里的？”

虞锦沫调皮一笑，“你猜？”

“小丫头，越来越会绕圈子了。”顾宏成笑眯眯地拍了拍她的小脑袋。

虞锦沫看着这样的沈琳，不由得握紧了顾宏成的手，冲着他难过地摇头。

虽然沈琳的话曾经让她伤心难过，可是也帮了她不少，不是吗？

同样身为女人，虞锦沫应该为沈琳感到悲哀，感到同情，而不是去恨她所做的一切。如果沈琳能够过着平凡女人的幸福生活，她也不会在生活中受这么多的磨难，更不会做出这些事来。

“好了，我并不是为了孩子的事而来找你质问，我只是想让你告诉我，这件事是谁指使你来做的，告诉我，是谁？”顾宏成没有让沈琳再哭下去，而是直接切入主题。

“没有人……”沈琳不敢看顾宏成。

顾宏成笑了，“以你的脑子，我想恐怕还想不出来……”

沈琳默不作声，摆明不会把这事给抖搂出来。

顾宏成沉默了一会儿，“是万磊？”

沈琳的瞳孔不自觉地放大，迅速别开眼，“怎么可能是他，你……别胡说八道。”

“哦？不是他？”顾宏成冷冷地说，“当年那个男人也是他吧？”

沈琳“砰”的一声将咖啡杯打碎，言辞闪烁，“你在开什么玩笑？怎么可能是他呢？”

顾宏成自顾自地继续说下去，“是他让你来找我的？他是不是以为我对你还有旧情，如果是你的话，还能探听到些什么，没准还能捞点油水，如果运气好的话，还能吞掉顾氏不少股份，你觉得我说的对吗？”

沈琳脸上血色全无，仿佛摇摇欲坠的落叶，“呵呵……”

“我想他也就是把你当作一枚棋子，你觉得这样有意思吗？倒不如你把他的事说出来，我可以给你一笔钱，让你过好日子，起码衣食无忧。”

“我……”沈琳有些心动了。

顾宏成继续鼓动着，“你跟着万磊也就是当小三的命，而我给你一笔钱就不一样了，你可以过你想过的日子，将来也许还能嫁个不错的人，何必跟自己过不去呢？怎么权衡你该清楚的吧？这么大个人了，也不需要我教你怎么过日子了吧？”

沈琳咬了一下嘴唇，想了一会儿，这才说：“你说得一点也没错，是他让我这么做的，就像当年吞并虞氏一样，一口一口地鲸吞。”

“什么……”虞锦沫吃惊地站起来，声音提高了许多，脑子“嗡嗡”作响，像是被人打了一记闷棍。

很多的客人都看了过来，就连服务员也闻声而来，以为出了什么事，可是却被顾宏成制止了。

“你说什么？虞氏？”顾宏成担心地看了虞锦沫一眼，拉着她坐下，然后让沈琳一点一点地将当年的事都说了出来，“当年你的父母关系并不融洽，经常会有一些矛盾。”

沈琳盯着虞锦沫看。

虞锦沫愣了一下，没作声。

随即她又继续说：“万磊就是利用他姐姐和姐夫关系不融洽，怂恿万榕将公司的钱投入一个基金，意思是为自己留个后路，没想到被虞克发现，但是已晚，因为钱既已投入，就无法轻易拿出。后来你们也就知道了，那个基金崩盘了，一下子血本无归，可虞克还是还想给女儿留个后路，将公司改头换面给了万磊，希望他能好好照顾你，这就是为什么他们背负债务，却依旧给你留下了遗产。”

虞锦沫处于震惊中，脑子里像是藏了无数只小虫子，四处乱撞，然后看着它们开始自相残杀。

如果这一切都是真的？

她没有幻听吧？

听完了沈琳的话，虞锦沫胸口闷得发慌，无数的念头一阵阵闪过，焦躁得不得了。忽然，她猛地站起身子，想逃离这里，所有的人都在自动渐隐，拔腿就跑。

顾宏成被她的行为吓了一跳，连忙追出去。

虞锦沫知道她父母是有些口角，那时候她年纪还小，并不懂这代表什么，可真没想到，会成了万磊利用的刀刃，想想就心寒。她蹲在马路旁，双手抱膝，不知所以。

顾宏成急急忙忙地赶出来，看见虞锦沫一个人蹲成蘑菇状，放慢步伐，慢慢走过去，半蹲身子，拍了拍她的肩膀，“傻瓜，难过的时候，被人看出来，这样多傻。”

虞锦沫“哼”了一声，扭过身子，“你才傻呢！我才不傻！”

“还有力气顶嘴，看来精神头不错。”顾宏成打趣道。

虞锦沫继续闷着，就是不理他。

顾宏成一口气，“既然不理人，那我就走了！”

他见虞锦沫还是没抬头，于是就往后走了几步，没想到虞锦沫立马就转身，赶到他身边，大骂：“你这人怎么这样！不知道我很难过吗？怎么都不安慰一下！”

“你现在不是好多了吗？”顾宏成忍不住笑了，真是傻乎乎的。

“……”虞锦沫又“哼”了一声。

突然，虞锦沫被一个温热的怀抱搂住，只听他轻声说："我会让他为所做的事付出代价的，相信我，锦沫！"

"我才不要相信你！"虞锦沫说得委屈，却忍不住笑了出来。

第九章　谢谢你的爱

我想一直陪在你身边。

章以南急匆匆地推开顾宏成办公室的门，里面空空如也，就连窗帘也是拉拢的，里面黑乎乎一片，他忍不住嘀咕道：“工作狂这是去哪儿了？”

“你找我什么事？”顾宏成的声音响起。

章以南背脊一片阴凉，看来是一句坏话都不能说，“呵呵，老大，你今天挺悠闲的。”他想了一会儿，才想到这么一个优美的用词，一点都不突兀。

顾宏成走进办公室，第一件事就拉开窗帘，一道光迅速遍布室内，章以南亦步亦趋地跟在他身后，帮忙整理桌子上乱了的文件。

“老大，万磊那边的项目昨天遭人查了。”章以南问得小心翼翼，生怕触怒顾宏成。

顾宏成若无其事地点点头，从柜子里拿出一包在巴厘岛买的猫屎咖啡，热水“咕噜咕噜”的在沸腾。

过了一阵，热气腾腾得咖啡壶冒出一阵阵香气，顾宏成倒了一杯给章以南，“不急，反正之前就被查过一次，这会儿再被查，也没什么大不了的。”

“老大，难道……这事跟你还有关系吗？”

顾宏成淡笑不语，低头开启电脑，随即说了一句，“不管怎么样，静观其变总是没错的。”

“对了，上次让你查虞家的事，情况怎么样？”顾宏成问。

章以南喝了一口咖啡，“跟上次沈琳说得并无出入，只是她说得还只是表面情况，不可能只有万磊一个人就弄出这么大阵仗，而背后还有一批虞氏的元老，同样也在帮万磊，所以才会一夕之间破产。”

“恩。”顾宏成点点头，“暂时别让锦沫知道这些事。”

“老大，我可真没见过你对一个女人这么好。”章以南笑笑。

顾宏成若有所思地说：“我也是做梦都想不到。”

虞锦沫倒也没歇着，这次万磊给她的打击蛮大的，更多感叹人生的不确定性，很多时候，还是要自强不息，因为到最后，可能真的没有人可以帮到自己，永远不知道下一秒会发生一些什么事，她也不能这么肆无忌惮地受宠了。

也许……

没过半个月，万磊的公司宣告破产。

那天，虞锦沫如同往日一样去上班，进电梯的时候，就听见旁边有人在窃窃私语，“你听说了没？我们公司和万氏合作的项目倒了！”

“啊……不会吧？”

“真的倒了！我从报纸上看到的！”

“这个项目也太不吉利了吧？怎么做都倒！”

“就是说啊！”

虞锦沫处于震惊之中，走到办公室的时候，迅速到前台领了一份报纸，打开一看，上面赫然印着：“万氏集团一夜倒闭，究竟是何缘由？”

虞锦沫将上面的内容仔仔细细地看了一遍，其内容大概是万磊和顾氏合作的项目临时出现问题，顾氏在合同里设了一个圈套，其中列明如果该项目无法完成，那么万氏除了要付大笔的违约金之外，还要将该项目所有的资产全部给顾氏。

该报还评论了万磊对于合同的把控不细致等问题。

虞锦沫把报纸放在桌子上，这不可能，凭万磊这么精明的人，怎么可能会签下这种合约，这究竟发生了什么事？

就在这个时候，虞锦沫的脑子里闪过顾宏成说的话，“我会让他为所做的事付出代价的，相信我，锦沫！”

她一直以为那只是安慰的话，没想到居然在这么短的时间内成真。

万磊急匆匆地将车子停到顾氏楼下，迅速赶到了顾宏成的办公室，“啪”一下就把门打开了，气急败坏地说：“那合同是你骗我签下的！”

顾宏成正在和秘书谈论事情，被他这股阵仗给惊到了。

顾宏成对秘书挥了挥手，“你先下去。”

秘书恭敬地点头，然后抱着文件离开，顾宏成站了起来，嘴角挂着笑，“万总不是该在公司里，等着我们公司的人过去清点资产吗？怎么跑这里来了？”

“你……”万磊被气得一口气没上来，喘息了一下，“是你故意骗我签下那个狗屁合同的，我呸，你怎么能这么不仗义！”

万磊被气得失去了平时的自制力，仿佛一只发狂的豹子，而顾宏成则像是那个稳操胜券的猎人。

顾宏成走到了万磊的面前，万磊忍不住往后退了几步，“你想干吗？”

“万总，是你要求和我们公司项目合并的，也是你要和我合作的，怎么到这个时候，你却说出这样的话呢？岂不是自相矛盾吗？”

万磊恨恨地说：“谁知道那都是你下的圈套！”

“哦？我下的圈套？不是万总给我们下的圈套吗？怎么变成了我给你下的圈套？万总真的要逗笑我了。”

万磊有苦难言，他怎么都没想到，顾宏成在合同里附加了这么多条款，他原本就以为是一个简单的书面合同，再加上那天顾宏成说得爽快，两个人又喝了些酒，让他压根就不会想到合同有问题，而且是他找上顾宏成的，没想到顾宏成是在等他上钩！

“万总，你别以为我不知道沈琳的事，还有我们原先那个项目负责人失踪的原因，这些我就不谈了，反正我只是想警告你一句……”顾宏成说到这里停顿了一下，靠近万磊狠狠地说：“出来混，总是要还的。”

“你……”万磊踉跄了一下。

顾宏成笑得特别阴狠，“万总，不送，与其在这里跟我争论这些有的没的，还不如早点回去清点一下公司够不够赔款的。”

万磊咬牙切齿道：“算你狠！”

这件事远远没有万磊想的那么简单，顾宏成不仅要万磊赔款，而且以极低的价格让人收购万氏集团的股份，这么一来，万磊等于身无分文还倒欠一笔债务。

顾宏成要的可不只是万氏，而是要让万磊也尝尝那种万劫不复的境地，等着他狗急跳墙。

万磊被逼的焦头烂额，只能向唯一的救命稻草——虞锦沫求救，希望她还能顾一点旧情，能够帮帮他。他万般无奈地打通了虞锦沫的手机，“锦沫啊，我是舅舅……”

虞锦沫刚好在咖啡厅里打公司的资料，压根没想到会接到万磊的电话，不过仔细想想，他现在无处可求，也就只能找到她这里来了。她一只手搅动着咖啡，一只手拿着电话，“舅舅，你找我有什么事吗？”

万磊在那边“呵呵”一笑，“锦沫，你应该知道舅舅公司的状况吧？”

“知道点，舅舅你想说什么？”虞锦沫心底一片冰冷，她还能这么淡定，主要就是想看看他还想要什么把戏。

“锦沫，看在舅舅照顾过你的分上，你就帮我跟顾宏成求求情吧！”万磊憋了好久才说出这句话，他向来运筹帷幄，没想到这次却跌得这么惨。

万磊在电话里向虞锦沫求救，可是他哪里知道，现在虞锦沫对他有的只有满腹的恨意，哪还来的半分亲情。

虞锦沫不断搅动着咖啡杯，略有寒意地说：“好啊，到万氏集团的顶楼，我在那里等你，给你一些有意思的东西。”

而万磊并没有听出其中的含义。

虞锦沫从咖啡厅出来的时候，顾宏成打了个电话过来，“你在哪里？待会儿要不要去吃日本料理？你不是一直想吃吗？”

“待会儿，我想去图书馆查点资料，可能没空……”虞锦沫在这边小心地回答，就怕顾宏成听出什么破绽。

顾宏成说：“那好，你小心点，回头我打包带回来给你。”

“好……”虞锦沫有些感动，然后情不自禁地说了句，“谢谢！”

谢谢这么一直照顾她，什么事都替她考虑到了。

“傻瓜……”

虞锦沫独自来到了万氏集团的楼顶，俯视着车水马龙的世界，忽然觉得恍如隔世，当年她的爸妈就是从这里跳下去的，现在她站在这个地方，似梦似幻，仿佛置身于梦境之中。

没过多久，万磊就走过来了，虞锦沫坐在那边发呆，并没有站起来。他轻声叫了一下，“锦沫，你想给我看什么东西？”

虞锦沫转头看了眼万磊，“舅舅，你还记得这里吗？”

万磊环视了一下四周，似乎想起了什么，有些忐忑地问：“锦沫，你想说什么？”

“你说，我爸妈为什么当年要从这里跳下去呢？他们跳下去的时候，究竟在想什么？你说当时他们怎么就这么狠心跳下去了？难道就不顾及一下我吗？还是有什么不得已的苦衷，才要跳下去的？”虞锦沫失神地念念叨叨。

万磊笑得虚心，“锦沫，我们不能一直活在过去，对吗？既然这个事情过去了，那我们应该看看现在的情况！”

“哦……现在？”虞锦沫慢慢地站起来，阳光晒得她脸蛋红彤彤的，可是她的表情却是无限的愤恨，眼神里充斥着冰凉。

虞锦沫将手中的袋子摔到了万磊的脸上，他惨痛地叫了一声，“啊……”

“我也喜欢讲现在的事，你打开文件看看，自然就会明白这些是什么了，很有趣的。”虞锦沫声音越发阴森。

万磊忍着痛打开文件一看，整个人仿佛老了十几岁，不可置信地抖着问：“这……你怎么会有这个东西？”

“哗啦”一声，纸张都掉到了地上，撒得一地都是。

虞锦沫捡起一张纸，“啧啧啧……这不就是你当年怎么一步步逼我爸妈跳楼的证据吗？怎么就会落在我的手上？你不觉得奇怪吗？看来人真的不能做亏心事，不然被发现了……”她说到这里停了一下，用纸戳了戳万磊的脸，“可就万劫不复了。”

“原来这一切都是你设计的！”万磊喃喃着，“我可真没想到，当年的那个小女孩，怎么会做出这种事情！”

“我也想不到，我的亲舅舅居然害死了我父母，你说我们俩谁狠？”虞锦沫眼泪“唰”一下就流下来了，她大声喊着：“我妈妈对你这么好，你为什么要这么做，我们哪点欠你的，就算你想要，你可以公平竞争，为什么要用这种卑劣的手段！”

万磊凄惨地笑了，“这就是商场，胜者为王，败者为寇，我是输了，所以才会落到今天的地步。”

虞锦沫愤恨地质问：“都到这步田地了，你为什么没有一丝悔改之心呢？难道你就一点不为我爸妈的事感到愧疚吗？”

万磊声音提高，“愧疚？我是愧疚，可是愧疚又能怎么样？我难道能让他们复活吗？虞锦沫，很多事不是你想的那么简单。我是为了钱而不择手段，可你也没必要让顾宏成毁了万氏，这是我辛辛苦苦的心血啊，难道你就念一点旧情了吗？”

虞锦沫瞬间一股闷气上来，“好，你既然说我一点旧情都不念，我还就真不念了，我会把这些证据提交到公安部门的，到时候，你的下场是怎么样，就不用我多说了。舅舅，我对你够好了，否则我会让你更惨！”

她说完这句话，气哄哄地离去，留下万磊对着一堆纸张发愣。

须臾，万磊站了起来，嘴里念念有词，“罢了罢了，既然如此，我该还你们的，就让我还给你们吧！”

他走到栏杆边，耳畔传来大风“呼呼”声，眼睛一闭，纵身跳了下去，就让这一切都了结。

十几分钟之后，楼下传来了尖叫声，以及警车、救护车的声音，这似曾相识的画面，一如几年前放映过，好似现在就在回放。过往虽不会重演，但是依旧会上演类似的片段。

天越发地湛蓝，像是被水清洗过了一样，一切都像是摁下了结束键，又像是摁下了开始键。

虞锦沫是在第二天知道这个消息的，她坐在办公室愣了一会儿，迟迟没有消化掉这个消息，万磊就这么跳楼自杀了，这……她并没想这么做，只是想给他一些教训罢了。

结果，万磊居然从那里跳了下去，还跟她父母是同一个地方，就连摔的地方也差不了多少，这究竟是不是冥冥之中自有定数呢？

可是仔细一琢磨，如果他不跳下去，那么面临的将是巨大的债务，以及一辈子的牢狱之灾，这些事情对一个快五十岁的人来说，绝对是巨大的打击，而且，就连他做的那些勾当也会公之于众，所以才会有这种做法。

就现在的情况来看，他这么纵身一跳，算是全部都解脱了。

她仔细想想，如果她的父母还在，也不希望她做得太极端，至少，万磊毕竟是她妈妈的弟弟。

哪怕万磊不顾及这些，她妈肯定会顾及，只是，现在都为时过晚了。

下了班之后，虞锦沫来到了万氏集团的楼下，里面失去了往日的热闹，玻璃大门紧闭，里面的桌椅都乱作一团，今早顾宏成对她说，会对万氏进行一个整顿，想来是已经开始了，从内部的装修，到员工的调整。

站在万氏楼下，看着警察将万磊的尸体拖走的位置，回忆过去的种种，好像就是昨日发生的，一晃神，这一切竟然就变成了这样。

报纸上照片有舅妈痛哭流涕的模样，不知怎么的，她内心觉得无比的同情，虽然他们做了那么过分的事，可她就是没有置人于死地的冲动，人生在世何必计较这么多。

天色越发暗沉下来，整个大地又陷入了黑暗之中，四周的霓虹灯早一步就点亮了，照亮了整个城市，万家灯火，星星点点，仿佛一颗颗明亮耀眼的星星。虞锦沫打开手机，光线照到她的脸上，明明暗暗的，是顾宏成发来的消息，极其简短的两个字："转身。"

虞锦沫吃惊地扭头，顾宏成站在路灯下，影子拖得老长。他穿着简单的白半袖衫和牛仔裤，笑得可温柔了。

她匆匆地跑到了他的身边，一把抱住了他，两个影子迅速叠成了一个，并且拉得更长。

两个人抱了很久，才慢慢地分开，虞锦沫傻里傻气地笑了，"你怎么知道我在这里？"

"猜的。"顾宏成揉了揉她的小脑袋。

“这么聪明？”虞锦沫打趣。

顾宏成弹了一下她的小脑袋，“你觉得呢？”

虞锦沫并没有回答他的话，而是换了一句，“我爸妈不会怪我的，对不对？”

她瞅着路灯，眼神中充斥着迷离感，“你说，我舅舅……”

顾宏成将虞锦沫拥进怀中，低头亲吻她紧闭的双眼，吻去她因难过而流下的泪水，“不会！他们会为你骄傲！”

“答应我，你不会离开我，不会扔下我一个人。”虞锦沫转身抱着顾宏成，几近乞求的痛哭出声。

“你以后绝对不会是一个人！”顾宏成紧紧地抱着虞锦沫，用肯定的语气回答。

可是，致命的晕眩再次传来，让他有些无力的向地上滑去。

“你怎么了？”虞锦沫吓得扶着顾宏成跌坐在地上，拿出手机准备打电话。

“没事，只是这些天没有休息好，太累了，我们回家吧！”顾宏成撑着身体站起来，在虞锦沫的搀扶下一步一步的向车子走去。

“我回去做饭给你吃，把你养成胖子，好不好？”虞锦沫边走边开玩笑。

“呃，你这是要害我吧？我变胖了，就更加没有人要了。”顾宏成无奈地也跟着开玩笑。

“我要你！不管你变成什么样子，大胖子，或者是老头，我都会陪在你身边。”虞锦沫笑着说，这句话是她真心的。

“……”顾宏成没有回答，只是微笑地看着虞锦沫认真的脸，心底里流过一股暖流。

他是不是真的不应该再克制自己了？

办公室里，顾宏成跟秘书交代着下周的事，“把我下周的事情尽量安排在这周解决，我要休息一周，然后帮我预约一下医生，我想做个详细的身体检查。”

恰巧在这个时候，章以南推门而入，耳朵像是装了某种窃听器一样，非常敏锐地将这一段话听了进去，等到秘书走了之后，他笑得可暧昧了，“怎么，准备接受现实向锦沫妥协了？是觉得自己身体不行了，怕满足不了锦沫吗？”

“……”顾宏成不想理会章以南的疯言疯语，反正他也习惯了，“你要是这么有空，可以去谈个恋爱，把心思都放在工作上，人会很疲惫的。”

章以南发出“啧啧啧”的声音，“哟，万年光棍老开始评论我的人生了，我是不是要感动一下，然后按照你的说法去做呢？”

“随你……”顾宏成没好气地将一个文件扔到章以南脸上，像是想到了什么似的，开始警告章以南，“你对我乱说也就算了，可别对锦沫胡说八道，她没多大，不要玷污了她的心灵。”

“我怎么就没感觉她还是个孩子呢？”章以南摊手，“我想也就是你才那么认为，她早就已经成熟得让你无法想象了，再说了，女人都早熟，更何况是在你身边长大的。”

顾宏成根本没听进去，“注意，还是个孩子……”

章以南有些无奈地说：“她都二十多岁了，早就已经不是个孩子了，也只有你还把她当成未成年来看，我看啊，是你自己有问题。人家好好的一个大姑娘放在你身边，是个男人都会产生想法，只有你还能坐怀不乱。”

章以南刚说完这句话，顾宏成另一个文件夹飞了过来，他扭头躲过，就听见顾宏成说："你再敢说一次！我还是让锦沫跟你保持点距离，免得被你污染了。"

章以南想想是不能在老虎头上拔毛了，嘴角勾起一抹笑，"好了，我知道了，我不会再乱说话了。"

他在下一个文件迎面砸来之前闪出了办公室，"咳，我出去安排你的日程，然后把锦沫叫进来。"

章以南在随后将一脸疑惑的虞锦沫推了进来，看到出现在门口的虞锦沫，顾宏成吃惊了一下，嘴角止不住的温柔，那翻脸简直是比翻书还快，章以南开始喃喃自语，"总算是知道了什么叫重色轻友，这都是什么德行！"

"怎么了？"虞锦沫疑惑地问着，边捡起地上的文件放回到顾宏成的桌子上。

"没什么！下班之后我们回家吃饭，还是你做？"顾宏成让虞锦沫坐到了办公椅上，顺道给她倒了一杯果汁，是她最爱的柠檬口味。

虞锦沫无所谓地摆摆手，"你想在哪儿吃就在哪儿吃，我听你的。"

说完这句话之后，她一脸娇羞地看着顾宏成，慢慢蹭到了他的身边，将头靠在他的肩膀上，类似某种小动物。

顾宏成也蛮喜欢这种感觉的，故意调侃道："其实，我比较喜欢吃你做的饭！我记得有人说要给我做一辈子饭的……"

虞锦沫顺势接话，"那我们下班去超市买菜，好吗？"

"好好好！"顾宏成无奈地笑了。其实，她不用撒娇他也愿意，因为他已经在心里下了决定，只是行动上还没有那么明显。

“那我们说好了，今天不许加班。”虞锦沫开心地抱着顾宏成就亲了一口，随后不等顾宏成反应就跑出了办公室，走时还不小心把顾宏成的文件给带到了地上。

顾宏成看着虞锦沫的背影，不由得抬手轻轻地抚着她刚才亲吻的地方，露出无奈地笑，走过去捡起地上的文件。

可就在他捡文件的时候，眼前突然一阵发黑，身体莫名的就失去了支撑往后倒去，幸好他及时扶住了办公桌，这才没有摔倒。

顾宏成有些难受地扶着桌子回到办公桌前坐定，不由得伸手去揉着发痛的头，总感觉后脑一阵发肿，让他很不舒服。

正好章以南走了进来，手里还拿着日程表，“下周的会议挪到了下下周，然后比较重要一点的事我都安排到这几天了，还有，刚才给杜医生打过电话了，他说随时都可以给你安排身体检查。对了，你身体是不舒服还是怎么的，为什么突然要做身体检查，难不成被我说中了？”

章以南一脸坏笑，这次他可是变精明了，没有离顾宏成那么近。

“那就现在去吧，正好现在没什么事，你帮我看着锦沫，我很快就回来。”顾宏成不再理会他的玩笑，站起身拿起外套走出了办公室。

顾宏成直接坐电梯到了地下室，司机早已在那里恭候。他坐进车子里，仍旧疑惑地摸着后脑，不明白他这么健康的一个人怎么会莫名的发晕。按常理来说他这种发晕的状态应该是贫血，可是他一直都有锻炼身体，怎么可能还会贫血呢？

不过，这种状态已经不是一次两次了，不久前从维也纳回来后开始，就时不时地感觉到不适，保险起见，还是去医生做个全面检查才行。

毕竟，以后他要顾忌的不是他一个人，还有一个让他一直放不下心的大孩子需要他来照顾。

想着虞锦沫，顾宏成的嘴角不由得又上扬起来，让他脸上的愁绪被瞬时驱散。

司机开动车子，瞄了一眼后视镜，“顾总最近心情很好？”

顾宏成点点头，眼神看向窗外略过的树荫，“是不错，可能遇到了一些有意思的事。”

“是因为虞小姐吗？”司机又八卦了一下，“是虞小姐最近变乖了吧？”

顾宏成忍不住笑了，“她一直都很乖。”

顾宏成在医院做了一系列的检查，虽然他往年也会做检查，不过这次肯定是更为全面的，所以花了不少时间，还有一些项目是必须得空腹的，所以连带明天早上，他也要过来。

中途，一个护士小姐给他倒了一杯水，顾宏成连忙道谢。等到检查完后，已是到了下班点，于是，又让司机开车回公司，那只小东西肯定还不知道……

车子在公司大门前停下，虞锦沫穿着一件简单的白衬衫，配上一条黑色的“A”字裙，长发绾成一个小球，瞅见顾宏成的车开来，连忙跑下楼梯，大理石的地面发出“腾腾腾”的声音。

顾宏成在车里被她的模样逗笑了，这小丫头穿得这么成熟，行动还是这么莽撞。

等到车子停稳之后，虞锦沫打来后车门“噌”一下就进去了。

顾宏程忍不住说：“慢点，别撞到。”

“没事！”虞锦沫不以为然地笑笑。

顾宏成捏了捏她肥嘟嘟的脸蛋，笑着说：“冒失鬼。”随即扭头看了一眼司机，淡淡地说：“去超市。”

五分钟之后，虞锦沫按捺不住开始问：“听说你去医院了！是不是不舒服？”

“章以南可以去当喇叭了。”顾宏成叹了一口气。

虞锦沫连忙说：“不是他跟我说的，是我非要问的。”

这可是章以南交代的，必须得这么说，否则他会吃不了兜着走的。

“没有，只是身体检查而已，你也得去定期去做检查。”顾宏成怕虞锦沫担心，所以说得风轻云淡，其实本来也就不是什么大事，不应该再让她操心了。

“噢……”虞锦沫鼓起嘴巴，怎么就扯到她身上呢！“嗯，确实要检查一下，你工作太忙了，本来身体就处于亚健康状态，加上这几天你的脸色也不太好，我也不知道你哪里不舒服，正好让医生帮我看看你这个人到底哪里有毛病……”

虞锦沫一语双关，冲着顾宏成不怀好意的坏笑。

“你啊你，被章以南给传染了，看来我以后不能让他再接近你了，你都开始学坏了。”顾宏成没好气地在虞锦沫的头上敲了一下，但力道还是控制得很好，他可不舍得敲疼她。

“我哪有！”虞锦沫无辜地揉着自己的头，嘴巴不由自主地鼓了起来，还是很孩子气。也可以说，只有在顾宏成面前，她才会如此，因为只有他才会这样宠着她，胆子都是被他慢慢养肥的。

车子缓缓地开到了地下商场的停车库，虞锦沫熟门熟路地拿了一块钱，摁到了推车里，随即跟顾宏成一起坐电梯到一楼。

电梯里还站着一对小情侣，女的俏皮可爱，梳着一个长辫子，男的脸上还带着青涩的笑容，看起来约莫是二十岁出头，女孩比较主动地牵着男生的手，而男生则是脸上一红，不好意思地看着两人，轻声嘀咕："有人……"

女孩根本没理会，完全不顾旁人。

电梯"噔"一声打开了，两个人匆匆离开，顾宏成推着车出来，虞锦沫跟在他的身后，悄悄地说："你看，现在的女孩都挺主动的，那个男生还不好意思呢！"

顾宏成瞄了一眼虞锦沫，意味深长地说："是挺主动的。"

虞锦沫瞬间明白，瞪了一眼顾宏成，"撇开我！"

顾宏成耸了耸肩，无所谓地笑笑。

两个人并没有直接去超市，而是附近的店都逛了逛，因为今天恰好什么事都没有，他们俩也是难得出来逛，自然就不能放过这个机会了。

虞锦沫进了一家时装店，顾宏成原本是想在门口等，他对这些花花绿绿的女装，一点都没有概念，可是虞锦沫就是不肯，"我是个没有审美的人！你得跟着我一起。"

顾宏成忍不住失笑，"你不是一直说我是没审美的吗？怎么这会儿就变成你了？"

"哎呀，进去嘛！"虞锦沫将推车扔到门口，拉着顾宏成就进去了。

顾宏成走进店里，虞锦沫四处看衣服，现在已是夏季中期了，很多衣服都开始打折，所以虞锦沫一口气拿了七八件到试衣间。

顾宏成站在试衣间门口，百般无聊地滑动手机，点开了许久不上的微信，他浏览了一下朋友圈，发现里面也没多少更新，其实是因为他的微信好友不多，所以几乎满屏都是虞锦沫的自拍。

他特意点了一下虞锦沫的头像，她的状态还真是多，每天都能拍些稀奇古怪的花花草草，连吃饭都要拍进去，整个就是在报告生活状态，他不禁笑笑，有些不理解现在女孩的想法，他撑死就是转个有意思的链接罢了。

虞锦沫一出来，就看见顾宏成低头刷手机，有些吃惊，那看来她是让他很无聊了，因为他特别不喜欢把心思花在这些事上。

顾宏成一抬起头，就看见虞锦沫似笑非笑，再往下看，忍不住蹙眉，“你不冷吗？”

“呃！”虞锦沫本来高高兴兴的，这会儿就被他这句话给冻住了。

她穿着的是一件黑色露背长裙，由于很紧身的缘故，所以呈现出一个很好的曲线，她还很骄傲地想让他看看，她也是有身材的人，没想到他居然来这么一句话。

“还是换一件吧！你不适合这种，虽然外面天气是冷的，但是我们一直都在室内，所以肯定是冷的，不要买这种了，免得你生病了。”顾宏成说得一板一眼。

虞锦沫忍不住翻了个白眼，这难道就是传说中的代沟吗？“可是你不觉得很好看吗？”

顾宏成绕了一圈看了一下，随即摇摇头，“没必要穿成这样，你清清爽爽的模样就很好！”

“啊……”虞锦沫真想拆开顾宏成的脑子，真想知道里面藏了些什么，怎么会有这样的审美呢……

“去换掉吧！”顾宏成又下命令了。

“噢……”虞锦沫有气无力地应了一声，然后进到试衣间，果真是三年一代沟，他们之间隔得都快成深渊了吧！

顾宏成看着虞锦沫不大高兴地进去了，他忍不住笑笑，她是太小看自己的魅力了，他怎么会觉得不好看呢？他是怕她太美了，自己把控不住，他还是想好好让她长大，不敢轻易触碰她。

只是，这个傻丫头是不懂吧……

最终，虞锦沫按照顾宏成的审美，挑了三四件简单的半袖衫，而且全是浅色系的，她本来就有娃娃脸，被这么一穿，更显嫩，好像就是正在念大学的学生，这会不会把两个人的差距搞得更大了。

她有些不高兴地走着，顾宏成摇摇头，“其实你也可以不听我的建议，我就是随便说说。”

虞锦沫瞅了他一眼，“你不懂啦！”

“……”顾宏成不明所以。

虞锦沫瞪了他一下，“你就是不懂！”

顾宏成顿时不知怎么接，“那不懂你就解释。”

“不想解释啦！”虞锦沫“哼”了一声，大步往前后，不想理会顾宏成。

她走得飞快，然后转头看着身后的顾宏成。他永远都是人群中拔尖的，无论站在什么地方，她只是想喜欢他的喜欢，只要他喜欢的东西，她都喜欢，当然她也希望，他最喜欢的是她。

那个笨蛋……

不是说年纪越大的人越懂女人吗？

真的是一点都不准！

两个人一起走入超市，刚好这个点赶上人流量最多的时候，十几个收银台前都排满人，虞锦沫也就走得慢悠悠的了，顾宏成则是去一旁挑选蔬果。

两个人等于是分道扬镳了，一个注重实用性，全部跑去买吃喝用途的东西，而另一个则是买一些零食和好玩的东西，比如说新型电动牙刷。

顾宏成看着虞锦沫消失在人群中，直到看不见影子，他忍不住笑笑，倘若不是以这种方式遇见她，兴许他对这种小孩一点不会感兴趣，两个人的差异确实有些大。

过了一会儿，虞锦沫兴冲冲地跑回来，手上全都是她拿回来的各种琳琅满目的零食，而顾宏成忍不住脸色一沉，“这些东西吃太多对身体不好，你还是少拿点。”

“啊……”虞锦沫失望地说了句，“噢……那我拿回去一些……”

虞锦沫小心翼翼地拿了几包，准备拿回去，顾宏成看了一眼她失望的模样，“算了算了，下不为例。”

“好呀！”虞锦沫笑眯眯地又放回来。

因为收银台挤满了好多人，所以两个人也就刻意地放慢了步伐。

虞锦沫到了冰箱前，瞄了一眼顾宏成，伸手去冰柜里拿了一盒冰淇淋，见他没有反对，于是又拿了一盒蓝莓口味的。

顾宏成咳嗽了一声，“你……”

虞锦沫换上一副谄媚的模样，“我错了，就此一次，下不为例！”

“……”罢了罢了，小女孩都是这样的，他无奈地摇摇头。

两个人逛到了二楼的生活用品区，虞锦沫兴趣缺乏地四周看了一下，都不是特别感兴趣，顾宏成倒是专心地挑了一些东西。就在两人逛到一个货架前时，虞锦沫看着上面整整齐齐摆着的五颜六色的盒子奇怪起来。

因为颜色很吸引眼球，所以她也就忍不住地拿起来看，“这是什么？”

顾宏成见虞锦沫这么好奇，不由自主地走过去，可是，当他看到虞锦沫手里拿着的东西时，脸色瞬间变了，连忙一把将那东西抢了过去放回到货架上，并拉着虞锦沫转身就走。

“哎……”虞锦沫正要说着什么，可是，当她一回头看到头顶上那四个大字之后，脸瞬间红成了一个熟透的番茄，恨不得找个地缝钻下去。

再抬头看前面拉着自己走开的顾宏成，同样的一脸尴尬，这让虞锦沫不由得更加害羞了，只得借去看其他东西而挣脱他的手，随即一个人对着货架抓着一个东西猛捏，边捏还边骂自己笨。

“锦沫……咳……”顾宏成在虞锦沫身后喊着，声音依旧很尴尬。

“啊！我……看看这个……”虞锦沫羞红了一张脸，哪还敢回头去看顾宏成，只能边装作在看东西，边回答，其实她连手里拿的是什么东西都没有看清楚。

“你别把那个盒子捏破了，不然别人会让你买下的……呃……”就在顾宏成提醒的时候，虞锦沫手一抖，只听一声纸盒被撕开的声音，虞锦沫将手里的东西给撕破了。

“啊……”当虞锦沫终于看到手里的东西是什么时，她再次崩溃了，她捏了半天的东西，竟然是一盒男士内裤。“这……”

“算了……买下吧！”顾宏成抬了抬手，无奈地将虞锦沫手中的盒子抢了过去，放进车子里。

“对……不……起……”虞锦沫低着头，羞愧得几乎要将脖子给折成直角形。

“好了，我们去买菜吧！”顾宏成真害怕虞锦沫再这样逛下去，他是不是要将整个超市给搬回去，而虞锦沫估计还会闯祸。

“那这个东西，适合你吗？”虞锦沫尴尬地指着被自己撕坏的盒子问顾宏成。

“应该可以吧……”顾宏成不好意思地用其他东西将那个盒子盖住，伸手将虞锦沫拉到自己面前，低声说道：“你再这样乱摸东西，出了事我可不管啊！”

话刚说完，虞锦沫的脸更加红了，正准备抬头反驳，却意外的碰到了顾宏成正欲抬起的头，两人的唇就那样不经意的碰到了一起，让两人都愣在了那里。

正巧在这个时候，旁边传来了一个熟悉的女声，“亦墨，走啊，你在看什么呢？”

虞锦沫又尴尬又害羞地转过头去，却在看到那边站着的两个人时傻在那里。

王亦墨身穿着黑色半袖衫、蓝色牛仔裤，一手推着车子，而另外一只手则是搭在……沈青的身上。而沈青则是穿着一件孕妇装，隐约可见微微隆起的小腹，脸上也因怀孕而丰腴了许多。

沈青并没有想到会在这里碰见虞锦沫，错愕了一会儿，随即害怕地低下头，慌慌张张地握住了王亦墨的手。

顾宏成也看到了王亦墨，正准备上前去打声招呼，却突然被虞锦沫拉住了，“我们去买菜吧，一会儿人多了挑不到新鲜的，快走吧！”

虞锦沫连忙将顾宏成拉走，连头都没有回，她不想看到身后人的表情，不管是王亦墨的，还是沈青的。

这样子的再次相见，虞锦沫从来都没有想过，甚至她都没想过会再见。

先不说不告而别的她曾经最好的朋友王亦墨，就连沈青她也没有想过还能遇到。

而看王亦墨与沈青的样子，好像是在一起了，而且沈青看上去还有了宝宝，直到此时虞锦沫才发现，原来他们两个在一起还是挺般配的。

可是，沈青看起来并不是很想见她，从面部表情上的慌张可以就看出，既然如此，其实也就根本没有必要再有什么过多了联系，反正将来遇见的机会更少，何必自找没趣呢？

曾经顾宏成说过她，说她特别喜欢干些自找没趣的事，现在想来倒是真的，没有必要在意别人表现如何，只管过好自己的日子就行。

“不打声招呼，真的好吗？”

顾宏成边走边问着虞锦沫，他知道王亦墨喜欢虞锦沫，而且就他刚才看到的王亦墨看虞锦沫的表情，同样是男人，他不会不明白王亦墨当时是什么心情。

“打不打招呼都无所谓了，知道他们生活得挺好的就行了，没必要去打扰他们的生活。更何况，我也不适合去跟他们打招呼了。”

虞锦沫心里想着，既然沈青现在站在王亦墨身边，那么他们之间一定发生了很多事，沈青本来就对她心存芥蒂，如果她再出现在王亦墨面前，不就会让沈青更紧张了吗？

所以，虞锦沫觉得自己就这样当作什么都没看见，不必刻意去打扰别人的幸福，彼此相安就好。

毕竟，她现在已经确定了自己对顾宏成的心意，就更加不能有别的事别的人来扰乱她的心思了，昨日的种种，就像是电视剧一样在脑中上映，播完之后，就会被扔进一个黑匣子里，永远地扔在心底，埋葬。

“真的吗？毕竟他们曾经是你的同学，而且……”顾宏成想着王亦墨曾经对虞锦沫的感情，不由得心底冒出一丝丝不悦，这让他感到很不舒服。

“你吃醋了？”虞锦沫转过头，恰巧撞见顾宏成难得的不悦，而且还是因为她，顿时心情大好。

虽然她是知道他喜欢自己的，但是他的喜欢藏匿得太过深沉，她是拼了命扒拉扒拉，才能看见一点点曙光，但是她从未后悔过，哪怕那点光不存在，也没有关系。

顾宏成一愣，随即笑了，“你这小脑袋里究竟在想什么？”

“承认一下你喜欢我会死噢……”虞锦沫有些失落。

顾宏成瞄了她一眼，“会死……”

“你……”虞锦沫真的生气了，整个人都像是炸开了。

顾宏成补上两个字，“才怪。”

“……”虞锦沫一瞬间傻了，随即笑了，“哼……算你会说话。”

顾宏成笑着别过脸去，装作仔细地挑了一把刮胡刀，其实他嘴角的笑意早已出卖了他，“我是在想晚上吃什么，突然感觉肚子饿了，我们赶紧买完回去吧！”

虞锦沫真没这么简单就被糊弄住，嘴里念念叨叨：“顾叔，要是当初我喜欢上了王亦墨，你会怎么样？”

“我……”八成是在搞破坏吧……不过他可没把这话说出

来，顾宏成尴尬地别过脸去，以防情绪泄露出来，装作在挑选一旁的刮胡刀，那一股酸酸的味道，像是酿了好些年的陈醋……

如果真的是那样，他应该不止有吃醋这么简单，还有紧张，甚至紧张如果王亦墨再出现，再来追求虞锦沫，他能不能像自己所说的那样坦然。

现在想来，当初王亦墨开始追求虞锦沫时，他心里的那种不悦，就好似现在的这种感觉，难道他几年前就已经开始喜欢虞锦沫了？

侧过脸，顾宏成对上虞锦沫那双黑眸，内心猛地一阵悸动，让他不由得往后退了三步。

其实，他是没有办法再欺骗自己了，任何理由都抵不上爱她，如果说最初的相遇只是心疼她，那么后来的种种，绝对不是单纯的收留她，是想给她一个一辈子的家。

“我还是输给你了！”顾宏成轻叹着，伸手将虞锦沫拥进怀中，紧紧地抱了她一下，这才放开她去挑选东西。

“什么？”虞锦沫没听清顾宏成的话，疑惑地跟了上去拉着他追问。

可是顾宏成却没有回答她，只是将话题一次又一次的扯开。

他可是个大男人，而且还是这么成熟的男人，怎么可能承认自己刚才像个孩子一样对虞锦沫产生了悸动，那样多没面子。

所以还是让他用自己的方式去告诉她吧，虽然时间花的比较长，希望她能够有点耐心。

晚上回家，虞锦沫给顾宏成做了一大桌子的菜，两个人吃觉得实在是太多，于是好心地给章以南打了电话，让他过来混一餐。

章以南在混了这餐饭之后尝到了甜头，从此三不五时的就跑到他们家来蹭饭，就连顾宏成都赶不走。

于是，虞锦沫与顾宏成之间就多了一个连电都断不了的大电灯泡，而且还是死皮赖脸的电灯泡。

终于，顾宏成忍无可忍，趁着章以南来办公室送文件的时候，特意冷飕飕地来句，“最近胖了不少啊……”

“啊……不会吧！”章以南看了一下肚子，顺手摸了摸，“还好吧，没你说的那么严重，只是胖了一点罢了。”

顾宏成翻阅了一下手上的文件，“我看还是保持身材比较重要，免得一把年纪没找到女朋友，还连带身材走形。”

“这太狠了吧！”章以南可算听出顾宏成的意思了，“你就是让我别去蹭饭。”

顾宏成沉吟了一会儿，似乎是在很认真地考虑，“既然你都这么说了，那就按你说的做吧。”

“你狠……”

顾宏成淡笑不语，章以南摇摇头，“我可算明白什么叫作卸磨杀驴了。”

章以南说完这句话，低头捡起刚掉在地上的笔，就听见撕拉一声，好像裤子要分家了，声音还蛮大的，就连顾宏成也惊了一下，“看来……”

“好了……我知道了……”章以南一阵窘迫，确实是该减肥了。

而恰巧这个时候，虞锦沫推门而入，气氛一下子变得古怪，章以南提着裤子急匆匆走出去，好像身后跟着鬼魅。

晚上，顾宏成开车带虞锦沫回家，她在车上绘声绘色地讲着章以南早上的事，顾宏成受到她的情绪感染，也笑得开怀，“看不出来他还蛮能发胖的，才多久的工夫，就胖了这么多，连裤子都崩了，我记得那条裤子他买了不久吧……”

“你连这都有印象？”顾宏成似笑非笑地问。

虞锦沫歪着头，“我很注重别人穿着的。”

“是吗？”顾宏成摆明不大相信这句话，“我怎么觉得你都不在乎别人是圆是扁。”

“那是别人，他不是很熟了吗……口误……”虞锦沫虚笑了一下，“你看我最近是不是也变胖了？我总感觉自己的肚子也变成他那样了。”

虞锦沫摸着自己的肚子，想着章以南的肚子，突然又笑了起来。

“你不胖，可以再长点肉，女孩子不要总想着身材而节食，对身体不好。”顾宏成温柔地看着虞锦沫，伸手帮虞锦沫理了理头发，随后将车子停好，熄火，下车。

“太胖了会不好看的……”虞锦沫跟着下车，正要跟顾宏成争辩胖瘦的问题，却看见站在家门口的王亦墨，不由得愣在那里。

顾宏成也看到王亦墨，眉头不由得皱了起来，直觉地走到虞锦沫身边，牵起了她的手。

“锦沫……”王亦墨向虞锦沫走来，手里还提着一些东西，丝丝香味从里面飘了出来，让虞锦沫不由得向那些东西看去，“哦，这是你以前最喜欢吃的菜，我今天正好路过那里，就打包了一些给你送来了。本来只是想碰碰运气，没想到你真的还住在这里。”

“谢谢，进去坐坐吧！”虞锦沫接过王亦墨手中的东西，客气地邀请他进门。

“不了！我只是来看看你，毕竟这么多年不见了，我们可以聊聊吗？”王亦墨看着虞锦沫，一脸期待。

虞锦沫看了看顾宏成，又看了看王亦墨，最后还是点了头，“好吧！”

虞锦沫让顾宏成先回家，自己则是跟王亦墨走向了旁边的公园，一路上两人都没有开口，两旁的树上都装满了白色霓虹灯，仿佛一只只萤火虫。微风轻轻吹来，竟然还有一丝丝凉意，本来在这个季节，都是暖风来着，只会让人燥热，没想到今天天气真的不错，

或许是太久没见的陌生感，又或许是因为现在的关系太过尴尬。

她也没搞清楚王亦墨的用意，怎么会无缘无故找到她呢？

怀着这种忐忑的心情，两个人又走了一段，王亦墨这才缓缓开口，“你跟他在一起了，是吗？”

“不知道，好像是在一起，又好像不是。”虞锦沫淡淡地笑着，想着她与顾宏成的关系，确实还不太明确，毕竟他什么也没有说。

“这是什么话？难道他对你就没有一点表示吗？还是说他根本就不想对你负责？锦沫，你这样算是什么？”王亦墨握着虞锦沫的肩，误解了她的话。

“你别激动，他对我很好，只不过还没有到那一步而已。”

虞锦沫拉下王亦墨的手好声地安抚他，“倒是你跟沈青，你们两个结婚了吗，我看沈青好像怀孕了，几个月了？”

“我……我们准备结婚！”王亦墨低下头，不敢看虞锦沫，好似他要与沈青结婚而对不起虞锦沫一样，让他很是过意不去。

“恭喜你们啊！真替你们高兴！沈青上大学那会儿就喜欢你了，只不过我是后来才知道的，你转学之后她也转学走了，我也就没有你们的消息了，如果不是前几天在超市里看到你们，我都不知道你们在一起了！”

虞锦沫真诚地看着王亦墨，虽然她这话不能亲口对沈青说，毕竟不管是沈青还是王亦墨，他们都是她曾经珍惜过和最要好的朋友。

“其实，当年我被我爸送出国，并不是我的意思，只不过当时我心里很乱，他们又想让我出国去读书，于是我就听他们的话去了。只是没有想到，沈青她竟然也转了过来……但是我们那时候并没有在一起，我跟她……”

虞锦沫听出了他是想解释着什么，立马打断了他的话。“那也是挺巧的啊，你们正好在一个学校，那样两个人可以互相照应，多好啊！在异国他乡，能有一个认识的人在身边，总比孤身一人强。你们什么时候的婚期，定了没有？到时候我一定要封一个大大的红包，谁让你们两个都是我的同学呢！”说着虞锦沫还哥们似的在王亦墨身上捶了一下，仿佛两人还是当年那两个两小无猜的伙伴一样。

只是两人心里都很清楚，他们回不去当年，曾经无话不谈的两人，现在已经到了见面甚至都找不到话题的地步。

“锦沫……”王亦墨痛苦地看着虞锦沫，正想说什么，但虞锦沫的手机却在这个时候响了起来。

“喂，哦……好的，我马上回去。”虞锦沫接起电话，匆匆说了两句话就挂了，一脸抱歉地看向王亦墨。

王亦墨见虞锦沫这个表情，不由得苦笑起来，“看来他还是很在乎你的，才这么一会儿就打电话来了，以后应该也会对你很好，我也就放心了！锦沫，你一定要幸福，否则我会自责一辈子，当初我竟然那么轻易地就放弃了你！”

虞锦沫没有说话，只是微笑着点头。

王亦墨却没有放下，像是浮在空中的气球，想找个牵绊，可是只能随风飘走，越来越远……他上前一步，紧紧地抱住了虞锦沫，“祝福你，永远好好的。”

说完之后，王亦墨就松开虞锦沫，一步一步地往后退着，随后转身快步离开。

虞锦沫站在那里，看着王亦墨的背影，难过地低下了头。

他竟然还是没有放下！

虞锦沫在那里站了很久，脑子里尽是回忆，想起他们念书时候的事，满满的片段充斥着脑海，仔细一整理，最美好的倒不是那些时光，而是和顾宏成从头到现在，那时候她也不懂是什么，只是模模糊糊的一个大概，现在想来也真是幼稚得可笑，却又很可爱。

夜晚的公园并不是很安全，慢吞吞地往家里走，街道上人潮涌动，她独自一个人往前走，不认识谁，也不想为谁停留，只想赶紧回到家里。

约莫走了十几分钟，她一开门，顾宏成站在门口，如同门神，脸色阴沉不定。

“都一个多小时了！”顾宏成看着时间不悦，脸色越发暗沉。

“呃……其实也没说几句话，基本上就是走到了公园，然后说了几句话，我又走了回来。”虞锦沫干笑着，换下鞋子准备从顾宏成身边走过去。

“从家里到公园，最多五分钟，你们是用爬的吗？”

顾宏成拦住虞锦沫，将她抵到墙上，“告诉我，你们究竟说了什么？”

“呃……”

虞锦沫见顾宏成如此，先是一愣，随后终于明白过来，抬手钩住了他的脖子，心情有些小雀跃，“怎么，现在有男人追我，你吃醋啦？当年他来追我你就死活不同意，原来你早就在打我的主意了。老实交代，你是什么时候开始喜欢我的？不交代清楚，我就去找王亦墨，然后跟他……”

虞锦沫的话还没说完，顾宏成低头堵住了她的唇，让她接下来的话说不出来，一直到两人都有些喘不过气来，他这才放开她，一脸凶恶的说，“你敢！那小子一看就不是个好东西，他要是再敢来找你，我就把他的腿打断。”

虞锦沫红着脸，满意地看着眼前的顾宏成，幸福地靠进他怀中。“好了，你放心吧，他不会再来找我了，他都要结婚了，是和沈青。”

“我看着也像，你说他们都幸福了，你就不要打扰他们了。”顾宏成说得云淡风轻。

“王亦墨说他们转到了同一所大学，我感觉沈青应该是追着王亦墨去的，她那么喜欢王亦墨，为他做了那么多，真的是很不容易。”虞锦沫不理会他的口是心非，说得颇有感触，就像她对顾宏成一样。

“王亦墨现在是真心喜欢沈青的吗？”顾宏成提出这个疑问。在他看来，王亦墨既然都跟沈青有了孩子，就不应该再来找虞锦沫，既然他来了，就证明他的心中还是放不下，对沈青也并不是真心的。

虞锦沫抬手抚摩顾宏成的脸，深情地看着他，“我也相信，你总有一天也会爱上我的。”虞锦沫说着，又轻轻地吻了一下顾宏成的唇，随后放开他向厨房走去，“该做饭了，都这么晚了。”

顾宏成缓缓地靠在墙上，微笑地看着虞锦沫的背影。

晚餐吃过之后，顾宏成洗了澡就回到书房做事，他这几天实在太忙，都没有陪虞锦沫出去散步，不过他这么做也都是为了能过几天能带虞锦沫去玩。

虞锦沫洗过澡后一个人也不想这么早睡觉，就抱着枕头跑到了书房，在书房里找了本书躺在沙发上看了起来。

顾宏成不由得笑了笑，然后又低头工作，终于，等他工作完了，再次抬起头来时，虞锦沫已抱着书蜷缩在沙发上睡着了。

顾宏成无奈地笑了笑，不忍吵醒她，就轻轻地走到她身边，想着将她抱回房间。

可是当顾宏成低头靠近虞锦沫的时候，却被她伸手环住了脖子，将他拉到了沙发上。顾宏成就那样僵直地压在了虞锦沫身上，一动也不敢动。

虞锦沫感觉到身上的重力，有些迷糊地睁开眼，却发现眼前放大的顾宏成的脸，瞬间瞪大了双眼，害羞地咬紧了唇，忙将手松开。“我……你……我怎么睡着了。”

终于虞锦沫找到了自己的舌头，轻轻地推开顾宏成坐了起来，捂着发烫的脸不敢看顾宏成。

“咳……刚才我想抱你回房间，结果被你扯了一下，不小心跌倒了，所以才……”顾宏成同样尴尬地坐了起来，将刚才的情况解释了一下，怕虞锦沫误会。

但是他又怕让虞锦沫不好意思，只得说是自己不小心摔倒了。

“哦……”虞锦沫尴尬地回应，却不知道再说什么好，只得坐在那里抓着脖子，很不自在。

“时间不早了，早点回房间休息吧！”顾宏成先开了口，站起来将虞锦沫拉了起来。

虞锦沫不再说话，跟在顾宏成的身后出了书房，然后向自己的房间走去。而顾宏成却没有直接回房间，反倒是向厨房走去，打开冰箱给自己倒了杯冰水喝了下去，在冰箱前面站了很久，这才回到房间。

虞锦沫躺在床上翻来覆去一直睡不着，脑子里满满都是刚才顾宏成与她在沙发上的画面，让她又害羞又心悸，以至于让她一直到半夜一两点都还没有睡着。

最后，虞锦沫实在受不了，爬了起来，准备去拿点牛奶喝了再睡觉。可是当她打开房间门的瞬间，顾宏成房间的门也同时打开，两人就那样傻傻地看着对方，愣住了。

等反应过来之后，虞锦沫第一反应就是冲出房间，去冰箱找牛奶，而顾宏成则是跟在她身后同样走了过去。

于是两人就那样一人喝着牛奶，一人喝着水，尴尬地站在冰箱前面。

虞锦沫磨叽地将牛奶喝完，这才上楼睡觉，而顾宏成却还站在那里，低着头不知道在想些什么。

虞锦沫进了房间，却又拉开房间的门，抱着枕头走进了顾宏成的房间。

而顾宏成回来的时候看到正坐在床边低头绞着衣角的虞锦

沫时，吃惊得连话都说不出来了。“我睡不着！”虞锦沫委屈地垂着眼，但又不好意思看顾宏成。

“那就在这边睡吧，我看着你睡！”顾宏成抓了抓头，还是走向了虞锦沫。

“我想抱着你！”虞锦沫躺下之后，又将手伸向了顾宏成。

顾宏成没有说话，只是往虞锦沫的身边挪了挪，让虞锦沫抱着他，而他也伸手拥住了虞锦沫，两人像上次一样依偎在一起。

可是，就这样，十分钟之后，虞锦沫感觉自己不但睡不着，反倒更清醒了，这么近的距离，她能闻到顾宏成的味道，就连身体都开始变得燥热，甚至开始出汗了，于是虞锦沫开始不安地扭动起来，甚至连手放哪儿都不知道了。

本来顾宏成就因为虞锦沫在身边而变得紧张，加上她这么动来动去，甚至还时不时地碰着他的身体，让他开始更加不安起来，就连身体也跟着发生了变化，额头上出现了一层细密的汗珠。

而就在顾宏成强忍着身体异样的时候，却突然一惊，低头看去，虞锦沫的手不知什么时候已经伸进了他的睡衣里，而她自己则是红着一张脸仰头正看着他。

“锦沫……你在干什么？”顾宏成抓住虞锦沫不安分的手，沙哑着嗓子问道。

“你喜欢我吗？”虞锦沫撑起身靠近顾宏成，红着脸吻上顾宏成的唇。

“别闹，乖乖睡觉，时间不早了！”顾宏成想要推开虞锦沫，可是虞锦沫却不给他抓住她的机会，反倒坐了起来，跨到了他的身上。

“你说，你喜不喜欢我，我要听真话。”虞锦沫霸道地压着顾宏成的手，不让他再推开她，直直的逼视着他的眼睛，不让他有躲闪的机会。

“大晚上的，你不睡觉，这是要干什么？快点闭上眼睛睡觉，否则我要生气了……唔……”顾宏成严肃的话语，随着虞锦沫的身体下滑而变成了奇怪的闷哼。

“你不说我都已经知道了，你是喜欢我的，就像我喜欢你一样！”虞锦沫说着，伸手将自己睡衣的带子解开，衣服随着她光滑的皮肤缓缓滑落，然后她低头再次吻上顾宏成的唇，并且伸手解开了他的睡衣。

此时此刻，顾宏成的脑子再也不受他的控制，他咬着牙低吼一声，翻身将虞锦沫压在身下。“你是从哪里学来的这些？你是要逼疯我吗？”

“你不喜欢？”虞锦沫睁着一双无辜的大眼，但手却完全没有要停下来的意思，直接向顾宏成的腰部滑去。

“虞锦沫，你自己点的火，你可别后悔……”顾宏成再也克制不住，低吼一声，将虞锦沫的手压了上去，狠狠地吻住了她的唇，失控的思绪和身体与虞锦沫娇小的身体绞缠到一起，然后融入彼此。

这一晚两人注定无眠，顾宏成失去控制的爱意在这一晚充分地释放出来，直到两人都筋疲力尽地沉入睡梦中，但依旧紧紧地相拥着……

直到刺目的阳光透过窗子的缝隙投射进来，将虞锦沫叫醒，身边顾宏成已经不在了，只是床头留着一张便条，上面写着让她在家里好好休息，他去公司处理一些事情就回来。

虞锦沫幸福地拥着被子，想着昨夜发生的事，害怕的将头埋进被子里。

她竟然勾引了顾宏成，并且还勾引成功了，真的是太不可思议了。

而且顾宏成不但没有拒绝，甚至比她还要疯狂，一整晚都抱着她，用行动来表达着他的心思。

这是证明他也喜欢她了吧？

这是证明她并不是一个人自作多情了吧？

这也证明他这一次是真的决定要跟她在一起了吧？

心里这样想着，虞锦沫的心情也变得格外好，虽然身体还是很累，但她还是起来精心准备了一桌好吃的饭菜，等着顾宏成回来吃。

然而，虞锦沫等啊等，等到黄昏，等到天黑，顾宏成都没有回来，甚至她打电话过去，顾宏成都没有接，就连章以南的电话都没有接。

虞锦沫坐在家里，看着一桌子饭菜，傻了。

直到晚上，顾宏成没有回家，甚至连个电话都没有打，以前他有事不回来，或者是晚回来，都会打个电话告诉她一声的。

可是如今，他却连声招呼都不打，就这样无声无息地消失了。

顾宏成一夜未归，电话也持续关机，章以南的电话同样是处于关机状态，而虞锦沫则是坐在桌子前坐了一夜。

第二天天一亮，虞锦沫就去了公司，四处寻找顾宏成，却不见踪影，一个人憔悴地坐在椅子上发呆，究竟发生了什么事？她做错了什么？难道他开始讨厌她了吗？他是后悔了吗？

办公室里空无一人，就连章以南也出差了，问了公司里其他的人，都说不大清楚，反倒问了一句："难道虞小姐不知道吗？"

虞锦沫不知道该怎么回答，心情跌落至谷底。

她强忍着心痛，坐在顾宏成的办公室里替他处理了一堆文件，但仍是不放弃，一次又一次的试着拨通他的电话，可是得到的回应依旧是关机。

虞锦沫终于承受不住，坐在办公室里放声大哭起来。

难道他不是喜欢她的吗？

如果他不喜欢，可以直接说啊，为什么要忽然不见了，甚至连声招呼都不打。

如果他是害怕她会因为那晚的事而责怪他，那么他也太小看她了，如果她真的会因为这件事而去要求他对她负责任，那么她早就那么做了，也不需要等到现在。

他这样做，只会让她更加痛苦，比当面拒绝她还要让她痛苦。

顾宏成消失了，而章以南则是消失了两天后才出现在公司，在从公司人员那里得知虞锦沫来了公司一天就没有再来的消息后，他担心地跑到了顾家，在顾宏成漆黑的房间里，找到了人神俱悴的虞锦沫。

"锦沫……你怎么了锦沫？锦沫，我是章以南，你看着我，锦沫。"章以南将虞锦沫从角落里扶起来，扶着她坐到床上，担心地喊着她的名字。

虞锦沫失神地抬起头，用空洞的眼睛看着眼前的章以南，伸手抓住他的手臂，用嘶哑的声音开口问道："他呢？"

"不知道！我一回公司就接到他的电话，他让我飞了一趟总公司，找律师做了这个，让我交给你，然后我就联系不上他了。"章以南说着，将手中的纸袋递给了虞锦沫。

虞锦沫打开袋子，一张又一张地翻着那些纸，身体一寸一寸地变凉，最后身体一软，无力倒了下去。

"锦沫……锦沫，你醒醒……"耳边只有章以南逐渐变远的声音，虞锦沫的身体几乎是被掏空了一般，无力地飘浮在空中。

那一张张盖着章的纸在她身边漂浮着，然后慢慢变大，让她无法呼吸，想开口求救她都叫不出声来，身体好像要被撕裂一般，让她痛得几乎想去死。

第十章　就让我回到你身边

我不想说再见，也不想跟你分别，哪怕为你哭，也是值得的。

“他让我把东西交给你，然后我就一直联系不上他了。”章以南将手中的纸袋递给了虞锦沫。

虞锦沫颤抖地接过，整个人摇摇欲坠，仿佛冬日里枯萎的落叶。顾宏成竟然只留下了这些东西，他就这样凭空人间蒸发了，什么也不说，就连一句敷衍的话都没有，就这样连影子都看不见了。

心碎成一瓣一瓣的。

医院里，虞锦沫躺在病床上，双目无神地望向窗外，入眼翠绿的一片，一只小鸟欢快地站在枝干上蹦跳，真跟这样的她格格不入，桌子上放着一叠文件，密密麻麻的文字，真让人觉得恐怖，不断地在大脑里回旋。

公司法人转移文件、财产转移书，还有虞锦沫出任顾氏总裁的通知书等等，一样样地摆在那里，薄薄的几片纸，却如同一座山一样的压着虞锦沫，让她无法动弹。

而病房外，章以南忙着向一堆国内外的公司股东解释着这件事，替虞锦沫挡开了这些事情，好让她可以好好地冷静冷静。

章以南走进来，脸色却非常不好，见到虞锦沫又强颜欢笑起来。“锦沫，他们已经被我打发了，你就安心休息吧，不要想太多，公司的事暂时我会帮你处理。”

虽然章以南这么说，但是他是否真的都能一个人扛着，虞锦沫还是很清楚的。

所以虞锦沫没有听进他的话，掀开被子下了床。

“锦沫，你干什么？”章以南疑惑地问，并且伸手抓住了她，“你身体还很虚弱，医生让你好好休息，你就不要逞强……”

“我要去找他，他自己说的，不会再扔下我的，他自己说的……”虞锦沫挥开章以南的手，走出病房。

章以南见虞锦沫这么固执，知道自己说再多也没有用，只好跟着她走了出去。

两人回到公司，仔细询问了公司有前台，顾宏成离开的具体时间，甚至还调出了公司里的监控去看。

结果两人发现顾宏成一早来公司的时候，脸上还是洋溢着微笑的，可是当他接到一个快件之后坐在办公室看了很久，最后才慌张地离开公司的。

所以他们猜测，顾宏成的离开肯定是跟那个快件有关系。

虞锦沫和章以南在办公室找了一圈，都没瞧见那个快递，虞锦沫趴在椅子上，有气无力地说：“肯定是被他拿走了，顾叔这么谨慎的人。”

“那……”章以南推了推眼镜，“我去查查快递是哪儿来的。”

虞锦沫点点头。

章以南让虞锦沫在公司等消息，自己则是去了医院找杜医生，询问他那个快件里具体是些什么东西，为什么顾宏成看了那个东西之后就离开了，而且一声招呼也不打。

虞锦沫在公司里等章以南的消息，忍不住又将监控看了一遍，这才发现一点点异样的地方。

顾宏成早上来公司的时候没有任何异样，但是却在看到那个快件里的内容后好像十分吃惊，一直在办公桌前呆坐了十几分钟，最后才站起来走出办公室。

究竟是什么样的内容，会让顾宏成看那么久，而且好像受了很大的打击一样。

"锦沫……"正在虞锦沫疑惑的时候，章以南慌慌张张地推开门冲了进来，将一份病例交到她手上。

虞锦沫疑惑地打开病例，看着上面杜医生龙飞凤舞的字，身体一软，向地上倒去。

章以南及时扶住了她，但是他的脸上同样是一脸的难过。

虞锦沫以为顾宏成是因为她才离开的，所以她心里一直都很自责，责怪自己不应该那么冲动做出那些事。可是当她看到病历之后，整个人都傻了。

顾宏成不是因为不爱她，更不是因为不想对她负责，而是因为他不敢再回来她身边。

顾宏成，竟然得了脑癌！

难怪他这些日子总是脸色不好，难怪他总是会莫名地发晕，原来是他自己生了病而不自知，甚至一直拖到现在才发现。而这个病的起因，却是因为虞锦沫。

当年虞锦沫被绑架，顾宏成为了她挡了那一下，后脑被重创。

虽然当时检查并没有问题，可是后来却引起了后遗症。

杜医生告诉章以南，这个病其实是可以进行手术的，但是因为风险太高，所以成功率也不大，而且就算手术成功了，病人术后也很有可能出现问题。

而顾宏成也是知道这个，所以才一声不吭地离开，因为他知道如果虞锦沫知道了这件事一定会自责，并且依虞锦沫的性子，一定会死守在他身边。

可就是因为太了解虞锦沫，顾宏成才会更担心，假如他的病治不好，假如他死了，那么虞锦沫将会更伤心更自责，所以他才会选择离开。既然他已经要了虞锦沫，而他又不能用下半辈子来照顾她，只有将自己所有的一切都给了她，他觉得这样才能补偿虞锦沫。

就算他知道自己这么做，会伤害到她，甚至可能会伤她更深。

“顾宏成，你真狠心！”虞锦沫恍恍惚惚地站起来，将那本病例书扔到地上，站起来就往外走。“我稀罕你的顾氏集团吗？你想怎么样就怎么样吗？我偏不让你如意……”

“锦沫，你要去哪儿？”章以南跟着虞锦沫出了办公室，害怕她一时想不开而做傻事。

虞锦沫边走边拼命地抹着眼泪，目光坚定地看着前方。“我去找他，找他问清楚，为什么要用这种方式来侮辱我。我虞锦沫这辈子就算再不堪，也不需要他用这种方式来施舍我！”

“这人海茫茫的，你去哪儿找他啊？你先冷静下来，我找人去找，好不好？”章以南想要拉住虞锦沫，但却被他固执地挣扎开，并且还抢了他的车钥匙，打算自己开车。

虞锦沫并不是不会开车，只不过因为有顾宏成在，他从来都不会让她自己开车，他总是宠着她，害怕她受一丁点的小伤，所以他没有给虞锦沫开车的机会。

而章以南，也同顾宏成一样，害怕虞锦沫会出点什么事，所以也从不让她自己一个人出门。

也就是因为这种保护太过严密，导致他们对虞锦沫总是不放心，不信赖，让他们还觉得虞锦沫是个孩子，一个人出去总是太危险。

一看虞锦沫上了车，章以南一脸紧张地跟了上去，坐在副驾上盯着她，害怕她出事。

虞锦沫在上海找了一天，将所有顾宏成去过的地方与会去的地方都翻了一遍，都没能找到他。

可就算是这样，虞锦沫还是没有放弃，回家之后又一家家酒店打着电话，询问他们有没有见到过顾宏成。

一天下来，虞锦沫仍旧硬撑着，章以南看在眼里，终于在心底对这个任性而又固执的姑娘另眼相看。

短短的几年时光，他看着虞锦沫长大，从一个小女孩变成一个大姑娘。因为顾宏成的保护，让他也有种错觉，虞锦沫还是没有长大，可是如今看来，虞锦沫早已经不是当年的那个孩子了，她变了，彻底成长了。

“别打了，他那么聪明的一个人，如果不想让你找到他，那么他绝对不会去住那种让你容易找到的地方。我们俩想想其他办法，问问其他人，可能他们会有他的消息。”章以南阻止了虞锦沫盲目的寻找，拿出手机查找着顾宏成最有可能联系的人，最后翻出了几个。

顾宏成的家中基本上已经没有任何亲人，只有一个表叔，也就是白若岚的父亲，还有几个来常来往的顾家人，而这些人在这些年里基本上已经与顾宏成没有多少来往了，所以可以忽略，而唯一来往比较密切的还是白若岚。

最后，虞锦沫自己拿起手机，给白若岚打了电话，不论白若岚愿不愿意说，她都想从她那里得到一点消息，哪怕是求她。

“是虞锦沫吧！”电话接通了，可是白若岚一开口就猜中了电话是虞锦沫打的，而且毫不意外，这倒是让虞锦沫与章以南好好地吃惊了一把。

“是我！你怎么知道……”

“我当然知道，在这个世界上，除了你跟章以南，我相信没有人会再找这个男人了。你来吧，他在维也纳的医院里，情况不是很好……”白若岚的话到后面，是很严肃的语气，而且并没有任何想要为难虞锦沫的意思。

“他怎么样了？”虞锦沫不知道是该开心还是该难过，只能捂着嘴哭着，想得到他更多的消息。

“能怎么样，一个病人该有的样子，而且还是一个对某个女人放不下而思念成疾的病人。我从来没见过他像这样自暴自弃过，简直已经不成人样了。你快来吧，我可不想被他当成另外一个女人一直守在他身边。啊，他醒了，不说了！”

电话匆匆挂断，虞锦沫慌张地站起来，匆忙地翻找着自己的证件，连行李也不收拾了，直接去赶飞机。

章以南没有跟着虞锦沫走，因为他还得留下来主持大局。

所以这一次，只有虞锦沫一个人飞往了另一个国家，寻找着她这辈子认定了的男人。

然而，虞锦沫并没能顺利地找到顾宏成，当她赶到白若岚所说的医院时，顾宏成再一次地消失了。

他从白若岚的口中得知虞锦沫要来的消息，所以他又走了，他不想让虞锦沫找到他。

“对不起，我没想到他会离开，否则我一定会拉着他不让他走，我才出去一会儿他就不见了，他不想让我留住他，所以才偷偷溜走的。”白若岚一脸愧疚地看着虞锦沫，在白若岚的眼里，虞锦沫似乎也变了样。

虞锦沫瘦了，没有上次见面时那么精神，而且瘦了之后看上去成熟了许多。这也许是因为虞锦沫在这些日子里经历了很多事，受了太重的打击，才会变得这么憔悴。

“没关系，是他不想见到我，不关任何人的事。”虞锦沫淡淡地说着，转身准备离开，可是白若岚却在此时拉住了她，担心地看着她。

“你没事吧？”白若岚担心地问着，虞锦沫现在的脸色苍白得如同纸一样，人也感觉轻飘飘的，像一阵风都可以吹走的样子。

“我没事的，你放心，我还要找到他，照顾他呢，怎么可能让自己有事，我不会有事的，你不要担心我。不过还是要麻烦你，如果有他的消息告诉我一声，我还有事，先走了。”虞锦沫匆匆告别了白若岚，这才拖着沉重的身子回到了顾宏成维也纳的家。

顾宏成似乎回来过这里，因为虞锦沫的几张照片被抽走了，除了顾宏成，没有别人会来这里，他还是放不下她，还是想着她。

听白若岚说，顾宏成在昏倒之后躺在病床上，嘴里还喊着虞锦沫的名字，甚至还误将白若岚当成了虞锦沫，在睡梦中拉着白若岚的手不停地道歉。

这一次，虞锦沫并没有像顾宏成刚消失的那段时间那样疯狂，而是很心平气和的在家里收拾着顾宏成的东西，将他的房间打扫得干干净净，甚至每天都会做一桌子顾宏成喜欢的菜放在桌子上再出门，想着他可能有一天回来了，可以吃一点。

而虞锦沫在每天做完这些事之后还是会出门，一个人静静地游走在维也纳的每一个角落，去他带她去过的地方，一坐就是一天，总盼望着人群中有一个人会是他。

可是一个又一个的地方，一天又一天，虞锦沫还是没有等到他，就这样一个月过去了，终于白若岚又给虞锦沫打了电话，说在一家小医院里找到了顾宏成，但是这一次她怕顾宏成又不见，所以不敢出现，只是将这个消息告诉了虞锦沫。

虞锦沫听了白若岚的话，并没有冲动地跑到医院去找顾宏成，而是让白若岚去找他，去劝他到大一些的医院治疗，并且骗他说自己已经回国了，让他不用担心。

而虞锦沫则是暗中到了医院，看到了与白若岚坐在一起，已经瘦得不成人形的顾宏成。

虞锦沫远远地看着顾宏成的样子，心疼得几近崩溃，最后还是咬住了自己的手才让自己忍住，没出去。

从这天开始，虞锦沫每天都会去看顾宏成，跟在他身后不远处，到他去的地方，吃他吃的东西，看他看的书，还听他所听的音乐。

几乎是每个地方，每个场景，每样食物……

都是她与他曾经去过的吃过的，他竟然也在回忆着他们曾经的回忆，一个人默默地承受着病痛，一个人孤独地面对着死亡的到来。

虞锦沫从最初的脆弱，变得越发坚强，因为担心他身体支撑不住，她开始在家里给他准备营养食物，然后托白若岚带过去给他吃。

顾宏成一开始吃着就觉得不对，几次质问白若岚，白若岚都没有说，只说是自己学做的。

后来顾宏成也不再问了，只是每一次都将那些东西吃完，就算他吃多少吐多少，也会坚持吃掉，并且随着病情的加重，他开始无法出门，一躺就是一两天才能稍微好一些。

虞锦沫依旧跟着他，他在病房，她就在走道上，他在花园，她就在大树背后。她依旧每天做东西给他吃，依旧看着他吃不下却又强行下咽，依旧看着他因为病痛而变得憔悴不堪。

她拼命地忍着，拼命地克制着自己在他病痛的时候不冲进他的病房，不扑过去将他抱在怀中，而是他痛苦的时候跟着他一起痛苦，他虚弱的时候忍不住地流着眼泪。

直到有一天，顾宏成再次走出医院，到了金色大厅听了一场音乐会，而出来之后昏倒在了路边。

因为顾宏成的突然昏倒，一些路人都纷纷围了过来，打电话的打电话，急救的急救，虞锦沫脸色苍白地拨开人群跑到他身边将他抱在怀中，哭着抱着他，全身都在颤抖。可是他却在这个时候睁开了眼，一脸愤怒地看着她。

“原来真的是你！”顾宏成看着虞锦沫满是泪水的脸，却没有一丝的心痛，反倒是一脸的疏远与冷漠。“你还来干什么？难道你看不出来我是不想见你才离开的吗？你这样每天跟着我，你知道我有多烦吗？我拜托你，你已经是个大人了，已经不需要我来照顾你了，就不要再缠着我了，可以吗？”

“我没有缠着你啊！你走你的，我过我的，我又不妨碍你。”虞锦沫扶着顾宏成站起来，拼命地擦着眼泪，伪装成一副无所谓的模样，只是仍旧忍不住想要扶住顾宏成的手出卖了她。

“你觉得你不妨碍我？那为什么你每天还要给我送饭，为什么还要跟在我身后？你这是骚扰，你知道吗？亏你读了这么多书，这点基本的法律知识都不具备吗？”顾宏成用力地挥开虞锦沫的手，却不小心将虞锦沫推到了地上，她的手蹭掉了一层皮，鲜红的血直往外流。可他还是一脸冷漠，不愿靠近虞锦沫，只是远远地看着她，双手紧紧地握成拳头。

“那是我的事，你管我啊！”虞锦沫握着受伤的手，痛得满头是汗，可还是嘴硬的不愿意向顾宏成示弱，“你既然都不想管我了，我去哪里，做什么事你又管得着吗？我就是喜欢做饭给你吃，那是因为你自己说过让我给你做一辈子饭。我跟在你身后，那是因为你自己说过不会再扔下我。你自己说话不算话，你还好意思来教训我吗？”

虞锦沫的话句句逼紧，让他不由得失了神，愣愣地看着虞锦沫，忘记了反驳。

见顾宏成不说话，虞锦沫这才从地上爬起来，一步步地向他走过去。“你现在觉得我很烦是不是？你现在就不想让我跟着你是不是？那你当初为什么要将我带回家呢？你现在所承受的，都是你当初咎由自取的。如果你没有把我从学校的草地上带回家，没有让我依赖你，那么我这辈子都不会认识你，不会相信你，不会在你身边，更加不会爱上你！现在你觉得烦了，就想把我甩开了？我告诉你顾宏成，没门！我这辈子都会跟着你，你去哪儿我就去哪儿，你活着我跟着你，就算你死了，我也会跟着你，你别想甩掉我！”

虞锦沫伸手抓住顾宏成的衣袖，就像曾经无法次她抓着他的衣袖一样，紧紧地抓着不放。

顾宏成看着这样倔强的虞锦沫，看着她坚定的眼神，终于无奈地笑了，笑着笑着，眼泪也跟着流了出来，继而伸手将她扯进怀中，紧紧地揉进身体里。

“你真的是太让人操心了！我怎么会惹上你这么个小无赖啊！你这个样子，让我怎么放得下心，怎么舍得离开你呢？”

“那就别放下，别离开，让我一辈子都缠着你。”虞锦沫抱着顾宏成，终于哭出声来，将这些日子的委屈与泪水全都释放出来。

顾宏成从离开到现在，一共是一个月十三天，加起来有四十多个日子，虞锦沫也整整煎熬了四十多个日夜，如今两人又重新在一起，虞锦沫哪肯让他再离开。于是，虞锦沫不顾顾宏成的反对，搬到医院，住进了他的套房里，每天吃住都跟他在一起。

而章以南则是在接到虞锦沫的电话之后，带着重新整理好的财产授权书来到了医院，将东西交给了顾宏成。

顾宏成不愿意收，于是虞锦沫就要将他拉起来，让他跟她去登记结婚。顾宏成听到这个，更加不愿意，但只能接受。

后来虞锦沫问顾宏成，问他究竟为什么不想跟她结婚。顾宏成说，他当时的病情太过严重，很有可能一觉睡下去，就再也醒不来了，他怎么可能会拿着虞锦沫的终身幸福去冒险，所以他才不答应。

所以，后来他很久很久都没能得到虞锦沫的原谅。

顾宏成不愿意接受手术，他只想在人生的最后一段日子里能好好地跟虞锦沫在一起，哪怕虞锦沫用死来威胁他，他都不为所动。

直到突然有一天，虞锦沫在他的病床边昏倒，被查出来已经怀孕，此时顾宏成对虞锦沫已经什么都不能拒绝了。

虞锦沫让他吃药他就吃药，虞锦沫让他化疗他就化疗，虞锦沫让他动手术，他就签字。

因为如果他不答应，她就开始没完没了地在他耳边指责他不负责任，孩子生下来就没有了爸爸，甚至连自己爸爸是谁都不知道。还有如果他就这样死掉了，她也不会独活，这样就算孩子生下来也没有一个完整的家，那么还不如不生下来。或者等孩子生下来她也跟着他走，留孩子一个人在这世界上，孤孤单单，无亲无故。

顾宏成实在扭不过虞锦沫的软磨硬泡，只好什么事都依了她。

只不过在手术的前一天，顾宏成却突然提出来要跟虞锦沫回家一天，他不想最后的日子是在冰冷的医院里度过的，因为他不确定自己进了手术室之后还能不能再出来。

虞锦沫答应了他，带着他出了医院，回到了家里。

家中只有他们两个人，再也不用顾忌其他，两人尽情地享受着二人世界。

虞锦沫还是像往常一样给顾宏成做了一桌子菜，只不过这一次顾宏成只是看了看，却没有吃。于是虞锦沫又带着他在书房看书，推着他出屋外看夕阳，聊着以前开心的与不开心的事，最后两人一起回到房间，安静地躺在床上，互相依偎着，进入梦乡。

虞锦沫做了一个梦，梦到顾宏成进了手术室，然后健健康康地走了出来，然后两人牵着手走在夕阳下，甜蜜地计划着宝宝出生后的事。

可梦境还是梦境，当虞锦沫醒来之后，顾宏成还是安静地抱着她，他的身体并没有好，他还是得去面对那场没有完全把握的手术。

医院里，章以南跟白若岚都来了，顾宏成担心自己进了手术室，而虞锦沫一个人守在外面会很不安，所以让他们来陪她。

可是虞锦沫似乎没有他想象的那么脆弱，反倒是安慰起他来。“你不用担心我，我跟宝宝会等你出来，所以你一定要好起来。”

顾宏成微笑着拉过虞锦沫的手，在她的手上亲吻了一下，随后被推进手术室。

直到顾宏成走进手术室，虞锦沫才无力地坐到了门口的椅子上，刚才所表现出来的坚强，只是给他看的，只是为了让他可以安心的进行手术，没有顾虑而已。

“没事的！”白若岚坐到虞锦沫身边，握着她的手笑着安慰。

“嗯！”虞锦微笑着回应，但还是没能真的安下心来。

这一坐，就是八个小时，虞锦沫不吃不喝地守着，提心吊胆地看着手术室的大门，期盼着里面的人能早些出来。

终于，当医生推开门走出来的时候，章以南与白若岚同时惊喜地站起来走了过去，而虞锦沫却不敢往前走，甚至连开口问里面的情况都不敢。

“手术很成功！”医生一开口，章以南与白若岚同时如释重负地松了一口气，只有虞锦沫捂着嘴哭了出来。“病人意志很坚定，相信他一定会很快好起来的。”

医生说完之后就离开了，顾宏成被推出了手术室，转移进了加护病房。

三天后，顾宏成病情稳定，转到了普通病房，一周后，顾宏成醒了过来。

但是，当他看到围着他的一众人时，疑惑地皱起了眉。“你们……是谁？”

三个人面面相觑，特别是虞锦沫，更是被他吓傻了。

“别闹了学长！”章以南以为顾宏成在开玩笑，便开玩笑的在顾宏成的胸口轻轻推了一下。“跟我们玩失忆是吧？”

顾宏成看着章以南，仍旧一脸茫然。“学长？你是我的学弟？”

众人再次愣住，白若岚忙开口，“表哥，你真的不记得我们了吗？那她呢？锦沫，你还记得锦沫吗？”白若岚将傻在那里的虞锦沫拉到顾宏成面前，指着虞锦沫问。

顾宏成转头看着虞锦沫，皱着眉头想了很久，最终还是摇头。

“怎么会……”虞锦沫难过地开口，却说不出一句完整的话，只是眼泪止不住地掉了下来。

“我……我去找医生……”章以南这才发觉事情真的不太对，赶紧转身跑出了病房。

医生匆匆赶来，给顾宏成做了检查，并且问了顾宏成很多问题，最终得出一个结论：顾宏成这是短暂性的记忆失调。

“什么意思？”章以南刚放松下来，又被医生的话说得神经紧绷。

“就是脑部因为受过伤，手术之后产生的后遗症，但这种病症不会持续太久时间，只要耐心地陪着他，他还是会回忆起来的，这个要靠家人来帮助他，不能急，也不能太刺激病人，建议慢慢地让他回忆起以前的一些事，让他慢慢地适应。”

医生的话让虞锦沫很没有底，但是比起手术前的顾宏成，现在的他看上去要精神很多，至少没有了病痛的折磨，她也可以安心些。

“没关心，你不记得我了，那我就让你重新认识我。”虞锦沫拉着顾宏成的手，微笑着做起了自我介绍，“我叫虞锦沫，今年二十三岁，是你还没有正式承认的女朋友，也是你宝宝的妈。”虞锦沫抚摩着自己仍旧平坦的小腹微笑道。

“宝宝？”顾宏成吃惊地看着虞锦沫的肚子，又看了看虞锦沫，有些难以置信。

“对了，看这个……”章以南拿出手机，将自己拍的一些照片拿给顾宏成看。

有顾宏成与虞锦沫坐在一起办公的照片，有虞锦沫与顾宏成一起吃饭的照片，还有虞锦沫与顾宏成闹小脾气时的照片，其中最显眼的还应该数那张章以南的大脸，而身后虞锦沫主动吻上顾宏成的照片。

看着这些照片，顾宏成的眼神不自觉的变得温柔起来，看向虞锦沫露出了抱歉的笑。“对不起，我把这么重要的事都忘记了，让你担心了！”

“没关系，你病好了就好，我没关系的。”虞锦沫微笑着靠近顾宏成，喜悦的泪水再次涌了出来。

一个月后，顾宏成出院，身体已经好转，只是记忆仍旧没有恢复。

虞锦沫带着他去了他们曾经一起去过的地方，讲着他生病前两人的事，从他们认识到两人在一起，点点滴滴都告诉了他，包括他生病的原因。

顾宏成虽然没有记起来，但是因为虞锦沫的陪伴，他对虞锦沫又重新认识，并且爱上了她。

一年后，上海。

虞锦沫抱着女儿去看望父母，几个月的小宝贝看着墓碑上的照片并没有害怕，反倒开心的“咯咯”笑着，甚至双手不停地拍着。

“宝贝，这是外公、外婆，你还是第一次来看他们呢，外公、外婆见到你一定很开心。”虞锦沫抱着女儿，对女儿说着话。

“锦沫！把孩子给我抱吧，一直抱着会累的。”顾宏成走了过来，把宝宝接了过去，在宝宝脸上亲了又亲，爱不释手。“哎哟，我的女儿，真的是越长越像我了。”

“谁说是你女儿了，我跟你结婚了吗？”虞锦沫没好气地瞪了顾宏成一眼，拉着女儿的手逗着女儿，并且开玩笑地教着女儿说：“女儿啊，这个是爷爷，不要乱叫哈！妈妈还得管他叫叔叔呢，你记得叫爷爷哈，不要乱了辈分哈。”

此话一出，顾宏成的脸立马垮了下去，“虞锦沫！你怎么教孩子呢？”

“难道不是吗，顾叔叔？”虞锦沫扬着脸，一脸调皮。

“好啊你，看我一会儿回去怎么收拾你。”顾宏成坏坏地一笑，一手抱着宝宝，一手将虞锦沫扯进怀里，低头吻上了她的唇。“别生我气了，嫁给我吧！”

“不要！”虞锦沫推开顾宏成，“谁让你当初宁愿去死也不同意跟我结婚的，现在后悔了？来不及了，我跟你说……”

虞锦沫的话，最终都没能说出来，因为顾宏成再次低头吻住了她，并且一脸自信地说，“反正戒指我已经准备好了，总有办法让你同意的。还有，别总跟我要小孩子脾气，都是孩子她妈了，要长大了，乖！”

“不要，就不要，就不让你得逞，女儿，快叫爷爷……”

两人吵吵闹闹地离开，一束阳光照到墓碑上的夫妻俩，发出淡淡地光芒。

他们的女儿真的很聪明，已经懂地把自己过得很好了。

“有件事我一直没告诉你，早在你救我的一刻，我就已经爱上你了。恩。你一定不会知道的，因为我才不会让你知道。——今天 10:02 来自微博 weibo.com”

不会知道吗?

顾宏成合上笔记本电脑，嘴角噙着笑容，乐悠悠地去逗女儿。

第十一章　番外

章以南番外——遇见最美的你

上海的夜空美丽而又迷幻，像是罂粟花一般，慢慢引诱人上钩，置身于其中而无法自拔。章以南从小酒馆里走出来，脑子有些发昏，不过意识还是清醒的。

顾家夫妇带着家里的小公主一起去巴厘岛度假，所以公司里的大小事都落在他身上，他忙得跟狗一样，一点都没有自由的时间，只能趁着今天稍有的空闲时间，出来喝一杯，也就这点消遣了。

尽管他在电话里抱怨这个，顾宏成一点都没听进去，反倒问一句："你不是没女朋友吗？你闲下来干吗？打游戏吗？那还是算了，好好工作才是最重要的。"

听完这句话，他心里真的很想骂人，难道他看起来就这么闲吗？

思及至此，一阵胸闷，他默默走到街角，抽了一根香烟，看着烟圈袅袅上升，心中无限惆怅，他不是不想找，只是这些年一直没遇到合适的。

就在这个时候，章以南被人猛地推了一下，他踉跄了一下，扭头一看，一个喝得醉醺醺的女人，化着乱七八糟的妆，脸上一块红一块黑的，像是把颜料盒打翻了似的。

那个女人一下子抓住了他的领子，嘴里吐着酒味，恶狠狠地说："你说！她有什么好的！你凭什么要抛弃我！我有什么不好的！我漂亮……大方……能干……"

章以南又瞅了一眼她的脸蛋，实在是跟这三个词连不起来，这疯女人八成是喝醉了。他挣扎了一下，没想到她居然直接就咬上他的手！

"你干吗！"章以南死命挣扎开。

女人开始低低地哭泣道，"你要什么告诉我，我会去做的，为什么要离开我？我究竟有什么不好的！"

"小姐，你是不是喝醉了！"章以南虽然被咬得很痛，却依然保持风度，再说了这三更半夜的，他要是一走了之了，也不知道她会不会发生什么事。

"你过来……"女人轻声说。

章以南愣了一下，往前走了几步，就见女人冲了上来，抓住他的衣领，迅速地吐了出来，全是肚子里那些乱七八糟的东西，混合着浓浓的酒味。他整个人都傻了，那一股作呕的味道，让他简直没法面对，急急喊："你究竟在干什么！"

女人吐完之后，就整个人昏倒在他的面前……

清晨的第一道光照进落地窗，木制地板上闪烁着光芒，整个房间里暖暖的，书桌上的玩具模型个个站得挺拔，像是以另外一种方式，守护着这里的主人。沈嘉柔迷迷糊糊地醒来，整个人置身于一个陌生环境，眯了眯眼睛，头痛得不得了，忍不住轻声问：“这是哪里？”

她记得昨天晚上，一个人跑到小酒吧喝酒，然后就喝得醉醺醺，之后……完全没有印象了，不会跟人一夜情了吧？她下意识地看了一下身上的穿着，还好……还是昨天的衣服，那应该是没发生什么，只是，这里究竟是哪里？

卧室的门被打开，章以南穿着一件干净的半袖衫走进来，看了一眼那个疯女人，不咸不淡地来了句：“你醒了啊？”

沈嘉柔傻了，“你是谁？”

“我是谁？”章以南忍不住嘲讽地一笑，很好，她已经把昨晚的事忘光了，“这应该是我要问的吧，你是谁？你昨晚可是吐了我一身！”

“啊……”沈嘉柔盯着章以南看了一会儿，忽然想起来，这个人是有那么点熟悉，连忙不好意思地道歉：“对不起啊，我不是故意的。”

章以南耸了耸肩，没有表态，指了指旁边，“卫生间在那边，你去洗洗，我可没对你乱下手，直接把你扔到床上就走了。”

“谢谢……”沈嘉柔点头道谢，实际快要羞到地洞里去了，迅速跑到了卫生间里去。

章以南到厨房里煎了两颗荷包蛋，顺便热了两杯牛奶，虽然他是不大想照顾这个莫名其妙的女人，不过还是要做好表面，不能失了礼数。

当他把荷包蛋端到桌子上的时候，恰巧沈嘉柔从厕所里出来，顿时四目相对，一双水灵灵的大眼睛，让人移不开眼，皮肤白皙得吹弹可破，特别像金庸笔下的小龙女，这跟昨晚的疯女人大相径庭。

章以南心跳漏了半拍，刻意转移话题，“你叫什么来着？”

“啊？”沈嘉柔被他问得没反应回来。

“你叫什么！”章以南再重复了一遍。

沈嘉柔这会儿回神了，“沈嘉柔，嘉兴的嘉，柔软的柔。”

“喔……”章以南点点头，“我叫章以南。”

起床记

顾梓蕊从小就是个小霸王，什么事都要抢第一，吃饭、睡觉、玩游戏，都要当小头头，追究其根源，她有个事事都宠着她的老爸顾宏成，这大概是老来得女的后遗症，所以极为疼爱。

相较于父爱的泛滥，母爱就没那么肆意了，虞锦沫的教育显得严肃许多，所以她最怕的也就是妈妈了。

早上，顾宏成走到顾梓蕊的房间，看见她穿着一件凯蒂猫的睡衣，趴在床上睡得很香，他脸上勾起一抹笑，轻柔地将她抱到怀里，喊着：“起床了！要去幼儿园了！”

顾梓蕊像小浣熊似的钻进了被窝，不甘愿地嘀咕：“我还要睡觉。”

顾宏成叹了一口气，扯了扯被子，“可是再不起来就迟到了……”

“爸爸，那你就跟老师说我生病了！”顾梓蕊索性连脑袋都盖住了，就是不想起床。

顾宏成有些犹豫了，“这……不太好吧……”

“谁生病了？”虞锦沫一大早打着哈欠进来，眼睛一眯，瞄了一下床上鼓起的一小团。

顾宏成摊手，“不然就别让她去了，反正一天不去也没事。”

虞锦沫不动声色地坐到床边，笑盈盈地说：“锅里有水煮蛋，我好像忘记关火了。”

顾宏成一听，迅速站起身离开。

虞锦沫一把扯掉了被子，顾梓蕊烦躁地睁开眼，什么时候爸爸变成了妈妈，立马不敢说话了，委屈地瘪了瘪嘴巴。

虞锦沫伸出三根手指，严厉地说：“给你三分钟。”

“噢……”顾梓蕊乖乖地从床上爬起来。

午饭和六饭

这天，虞锦沫由于要参加高中同学聚会，一大早就出门了，顾梓蕊起来没看见妈妈，只瞅见看报纸的爸爸，顿时乐开花，这等于给她肆无忌惮的特权了，所以，家里迅速变成了玩具垃圾场，满地尽是各式各样的东西。

中午的时候，顾宏成从书房里走出来，看见房子乱得可以，心中暗忖果真是山中无老虎，猴子称霸王，他家的小猴子，是越来越没大没小了。

想虽那么想，他却没制止，估计是上了年纪，觉得小孩子闹腾点儿挺好的，反正虞锦沫管得也严，偶尔放松一下也行。

用人将午餐都端了上来，顾梓蕊还在地上玩得不亦乐乎，顾宏成小心翼翼地抱起女儿，将她放在椅子上，“吃午饭了，别玩了，你要不好好吃饭，妈妈回来就不高兴了。”

顾梓蕊想到要吃饭，心情大跌，一副兴趣缺乏的模样，拿起勺子敲着小碗，“爸爸，除了午饭，还有没有六饭，我们为什么非要吃午饭呢？”

“……”顾宏成诧异了一下，女儿什么时候会冒出这么多离奇的问题了。

“为什么呢为什么呢为什么呢……”顾梓蕊不断地念念叨叨。

顾宏成咳嗽了下，说了三个字，“问妈妈……”

顾梓蕊忽然乖乖吃饭了。

顾宏成觉得虞锦沫在家里的地位，真可谓是一人之下万人之上，什么事搬出她都好办。

我长大要嫁给……

顾梓蕊在幼儿园里有个好朋友，叫作陈崽崽，这绝对不是什么小名，而是父母给取得真名，其含义多了去了，反正得出最好的结论就是朗朗上口。

两个人无论做什么事，都要黏在一起，尤其是每次下课回家的路上，她都不要坐车，非要跟他一块儿走路，然后两个人就能打在一起，玩啊闹啊就回到家了。

大概就这么过了两个月，顾梓蕊看动画片的时候，顾宏成坐到了她旁边，笑眯眯地说：“蕊蕊在看什么呢？”

顾梓蕊看了他一眼，自顾自地看着，但是身子却松松垮垮地靠在他身上，忽然来了句，“爸爸……我长大之后要嫁给陈崽崽……”

“……”顾宏成顿时脸黑了大半，怎么小孩都这么早熟了。

虞锦沫在一旁笑得肚子都痛了。

剪刘海

顾梓蕊小朋友有个很可爱的波波头，是虞锦沫带她特意剪的，剪了这个发型之后，她们班很多小朋友都剪了，个个都是萌萌的小萝莉，为了区别开来，以及顾梓蕊的性格，虞锦沫每天早上就变着法地给她换发夹。

“蕊蕊，你头发好像很长了，好久没剪了。”虞锦沫今天给她换了个草莓发夹，就看见她的刘海快遮到眼睛了。

顾梓蕊看了眼镜子，“妈妈……这样是不是不好看？”

“是不太好看……”

虞锦沫仔细地瞅了一眼，恰巧看见桌子上有一把剪刀，笑着说：“来来来，我帮你剪剪，很快的。”

顾梓蕊疑惑地瞪大眼睛，“妈妈，你也会剪头发吗？”

“刘海肯定不成问题！”虞锦沫开始打包票。

大概过了十分钟，虞锦沫傻愣愣地看着眼前的画面，顾梓蕊的刘海变得坑坑洼洼，变成一段又一段的小波浪。

顾梓蕊盯着镜子，“哇”的一声就哭出来了，“妈妈骗人！妈妈骗人！妈妈就是大骗子！”

喜　欢

顾梓蕊对待感情问题，是个早熟的小朋友，为了这事，顾宏成纳闷了许久，他女儿活在这么无忧无虑的环境下，怎么可能会早熟呢？难道这事还有遗传的因素？

想到这里，他就怀疑着是不是随了她妈的个性，可她妈不也大一才喜欢吗？怎么女儿就……

前阵子喜欢陈崽崽，后来又喜欢什么张泽，然后变成了吕灰灰，变化的速度特别快。

顾宏成特意问了一下虞锦沫："你说我们的女儿怎么就变得这么快？"

虞锦沫倒是不以为然，"她就是小孩子打打闹闹，你急什么。"

"可是……"顾宏成还是认为不妥。

虞锦沫笑了，"她要一直喜欢一个人，你才该担心吧？"

"呃……好像是。"顾宏成点点头，却隐隐感觉这话有什么不对劲。

虞锦沫笑得没心没肺，"好了好了，她的心思你就别猜了，反正一会儿这样一会儿那样的，也没什么好想的，小孩子能出什么事，等大了再说。"

不得不说，在对待小孩子的问题上，女人永远比男人强悍许多。